나는 지금
나의 춤을
추고 있잖아

어느 TV 중독자가 보내는
서툰 위로

나는 지금
나의 춤을
추고 있잖아

이승한 쓰고
들개이빨 그리다

한겨레출판

자신만의
춤을 추는
모든 이에게

누군가를 위로하는 데 재능이 없다는 건 아주 오랜 콤플렉스였다. 위로는 공감에서 나오고 공감은 인간에 대한 이해로부터 나오는 것인데, 나는 생의 대부분을 나 자신도 이해할 수 없어 '내가 왜 그랬을까'를 습관처럼 되물으며 살았으니까. 나는 남의 어깨를 빌려 우는 것에는 익숙해도 내 어깨를 빌려주는 것에는 젬병인 인간이었다. 공감이 있어야 할 자리를 관용구로 채운 위로로는 그 누구도 제대로 보듬어줄 수 없었으니, 누군가를 위로해줘야 하는 상황이 오면 나는 늘 식은땀을 흘리며 말을 더듬었다.

처음부터 그런 의도를 가지고 시작한 건 아니지만, 〈한겨레〉 토요판에 '술탄 오브 더 티브이' 칼럼을 연재하며 가장 오래 염두에 두었던 건 사람을 이해해보자는 마음이었다. 누군가를 동의하거나 지지하거나 비판하거나 공격하는 일 이전에, 일단 그 사람은 어떻게 오늘날에 이르렀을지 있는 힘껏 이해하려 노력해보자고. 우리는 때로 이해할 수 없다는 이유 하나로 너무 쉽게 타인을 외면하거나 비난하고 배척한다. 내가 이해할 수 있는 사람들만으로 주변을 꾸리고 그 안온한 소우주 안에 숨는다. 남들도 그랬는지는 몰라도, 난 그렇게 숨어 지낸 끝에 변변한 위로 한마디 건네지 못하는 사람이 되었다. 나는 글을 쓰며 그 경계를 넘어 타인을 더 잘 이해해보고 싶었고, 내 글을 읽는 이들에게도 한 발짝만 더 걸어 나가보자고 말하고 싶었다.

책을 내기 위해 원고들을 추리다가, 새삼스레 이 책은 내가 누군가를 이해하고 간곡하게 위로해보기 위해 발버둥 친 흔적이란 사실을 깨달았다. 세상 사람들이 알아주지 않아도 자기 길을 묵묵히 걷고 있는 사람들, 반복된 실패 때문에 모든 걸 내려놓고 싶은 사람들, 자신이 옳다고 믿는 것을 위해 제 편 하나 없이 외롭게 싸우고 있는 이들, 아무도 주목하지 않는 순간에도 자신만의 춤을 추는 걸 멈추지 않는 수많은 외톨이와 괴짜와 관심종자와 고집불통 들에게, 당신을 이해해보기 위해 노력하겠다고 말하려던 내 가난한 시도들이 모여 이

책이 되었다. 비록 세상 사람들의 기억에 승자로 남지 않더라도, 당신은 다른 누구의 것이 아닌 당신만의 춤을 추고 있다는 사실을 내가 이해해보겠노라 다짐했던 서툰 기록들. 그러니 이건 연예인들에 대한 책이기도 하지만, 자신만의 춤을 추고 있는 이들에게 보내는 내 위로이기도 하다.

이 위로가 가능할 때까지 많은 이들의 도움을 받았다. 그 모든 이름을 적자면 책 한 권으로는 부족할 테니 최대한 간단히 적자. 오랫동안 이 책을 함께 고민해준 편집자 정회엽 씨와 게으른 나를 인내해준 〈한겨레〉의 담당 기자들, 글이 안 풀리던 순간마다 영감이 되어주던 부마방 동인들과, 이 서툰 위로가 영 서툴지만은 않도록 흔쾌히 공저자로 참여해준 들개이빨 작가에게 감사한다. 마감할 때 미처 걸러내지 못한 비문과 정치적으로 불공정한 표현들을 꼼꼼하게 살펴준 교정자 최고라 씨에게도 감사의 마음을 전한다. 그리고 무엇보다, 10년 동안 기꺼이 내 글의 베타 리더가 되어주고 마감 때마다 도지는 히스테리를 감당해준 유민지 씨가 없었다면 이 위로는 세상에 나올 수 없었을 것이다. 이 책은 기실 그와 같이 쓴 것이라 믿는다.

2년 전 겨울 혼자서 제주를 찾은 적이 있었다. 남들 다 가지고 있는 운전면허 없이 떠난 길, 나는 그저 쉬지 않고 걸었다.

복잡하고 어지러운 마음을 비우고 싶어서 걸었던 건지, 그 마음을 위로받고 싶어 그렇게 걸었는지 알 수 없었다. 겨울의 제주는 낯선 이에게 다정하지 않아 자주 비바람이 몰아쳤고, 나는 바람을 맞으며 지면을 사선으로 딛고 걸었다. 바다가 가깝다던 숙소는 밤마다 불어오는 해풍에 오한 들린 사람처럼 온몸을 떨어대던 창문 소리로 가득 찼고, 창문을 열고 밤바다를 보는 낭만은 일정 내내 허락되지 않았다. 바다를 볼 수도, 잠이 들 수도 없는 긴 밤이면 나는 휴가를 떠난 사람이 하면 안 되는 일로 시간을 보냈다. 노트북을 켜고 마감을 했던 것이다. 휴가를 떠나서도 마감을 해야 하는 팔자를 탓하면서도, 나는 이상스레 글을 쓰는 동안 마음이 차분해지는 걸 느낄 수 있었다. 미우나 고우나 글을 쓰는 것이 나의 춤이 된 거니까. 이게 내 춤이니까. 지금 이 순간, 자신만의 춤을 추고 있는 모든 이에게 이 책을 바친다.

차례

주눅 든
청춘의 얼굴
임시완

아버지는 병석에 몸져누웠다. 아르바이트를 병행하지 않고선 생계를 장담할 수 없었다. 아르바이트를 하느라 바둑에 전념하지 못했고, 전념하지 않고도 입단할 만큼 기재가 뛰어나진 않았다. 아버지의 죽음 이후 바둑을 그만둔 그는 후원자의 도움으로 대기업 무역상사의 인턴 자격을 얻지만, 고졸 검정고시 학력만 가진 그에게 돌아오는 건 노골적인 야유와 따돌림이었다. "열심히 하세요. 계속 그렇게 열심히만." 자신의 등에 대놓고 야유를 던지는 동료 인턴사원의 말에 장그래는 조용히 속으로 중얼거린다. "내가 열심히 했다고? 아니, 나는 열심히 하지 않아서 세상에 나온 거다. 열심히 하지 않아서 버려진 것뿐이다."

평생을 한국기원 연구생으로 살아오며 기울인 노력 같은 건 인정받지 못하는 세상, 장그래는 열심히 살아왔노라 항변하는 대신 내가 나태했노라 스스로에게 거짓말을 한다. 열심히 했음에도 아버지의 병과 가세의 몰락 탓에 어쩔 수 없이 좌절'당한' 거라 생각하면 너무 아프니까.

윤태호의 동명 만화를 원작 삼은 tvN 드라마 〈미생〉(2014)의 주인공 장그래는, 그렇게 제 몫이 아닌 잘못에 대해서도 사과하고 자책한다. 입단에 실패하게 된 수많은 이유들을 단지 열심히 하지 않은 탓이라고 목구멍 뒤로 꿀꺽 삼켜버린 그는, 기밀문서를 흘렸다는 오해를 사서 옥상으로 불려가 얼차려를 받고, 다른 부서에서 분실한 서류에 대해서도 '고졸의 낙하산 신입사원'의 실수라고 책임을 전가당하기도 한다. 소리 높여 "이건 내 잘못이 아니다"라고 이야기하고 싶을 법도 하고, 자신을 오해한 사람들을 원망할 법도 하다. 장그래는 그 모든 부조리를 자신의 탓으로 돌리며 참아낸다. 몇 마디 말로 오해가 풀릴 리도, 부조리가 사라질 리도 없으니까. 소리 내어 울고 세상을 향해 주먹감자를 날린다고 처지가 나아지진 않는다는 걸 아는 그는, 그저 일단 조용히 버틴다. 지금의 굴욕과 부당함을 무사히 견뎌내고 살아남아야 내일을 도모해볼 수 있을 것 아닌가.

그러고 보니 장그래를 연기한 임시완에게서 비슷한 모습을 본 기억이 있다. KBS 드라마 〈연애를 기대해〉(2013)의 진국은 연인이 다른 사람을 마음에 담자 그 이유가 연인의 불성실이 아니라 자기 자신에게 있는 건 아닌가를 먼저 의심했다. MBC 시트콤 〈스탠바이〉(2012)의 시완 또한 제 앞에 닥쳐오는 시련을 처연한 눈빛으로 맞이하는 부류의 인물이었다. 교통사고로 어머니(김희정)가 죽은 것이 그의 탓도 아니고, 어머니와 결혼하기로 했던 진행(류진)의 집에 얹혀살게 된 것이 그의 잘못도 아니지만, 그는 눈칫밥을 얻어먹고 구박을 들어야 하는 처지를 묵묵히 받아들인다. 그리고 무엇보다 영화 〈변호인〉(2013)이 있다. "바위는 부서져 모래가 되어도 계란은 언젠가 깨어나 그 바위를 넘는다"고 말하던 파릇한 청년 진우는, 온갖 고문에 몸과 마음이 망가진 채 기계처럼 중얼거린다. "내 진짜로 잘못했습니다. 내 앞으로 잘못 안 하겠습니다. 앞으로 잘하겠습니다. 진짜로 잘하겠습니다." 정말 잘못한 것도 없으면서, 짓지도 않은 죄를 고백하고 반성할 것을 강요당하는 어느 청춘의 얼굴.

임시완을 청춘스타로 만든 요소를 꼽으라면 여러 가지를 댈 수 있을 것이다. 소속 아이돌 그룹 '제국의 아이들'의 팬들이 붙여준 별명 '임저씨'('임시완'과 '아저씨'의 합성어)가 암시하는 특유의 진지함과 신중함, 주어진 배역에 몰입하느라 가수 활동을 병행하는 게 힘들었다는 연기에 대한 애착, 하얀 피부와 붉고 도톰한 입술, 반짝이는 눈망울과 가녀린 선으로 요약해볼 수 있을 빼어난 외모까지. 여느 미남 스타들이 스타덤에 오르는 것과 같은 루트를 타고 올라온 그의 성공 공식 자체만 보면 그리 특이할 것은 없다. 하지만 지금껏 그 어떤 청춘 스타도 이렇게 반복해서 자신의 탓이 아닌 것들의 책임을 짊어지는 역을 맡아 사랑받았던 적은 없다. 한 세대를 정의하고 대변하는 '청춘스타'의 키워드는 언제나 저항과 반항, 자기연민과 자아도취, 푸르름과 생기 넘침 따위였지, 주눅 듦과 자책, 견뎌내기였던 적은 없었다. 그런 의미에서 임시완의 성공은 다분히 징후적이다.

정치평론가 김민하는 지금의 2030 세대에 대해 "뭘 해도 되는 일은 없는 주눅 든 세대"라고 정의한 바 있다. 경기침체도 그들의 탓이 아니고, 무한경쟁 체제도 그들의 탓이 아니며, 제대로 돌아가는 것 같던 민주주의 발전의 시계가 뒤로 역행하는 것도 그들의 탓은 아니다. 그러나 세상은 그들에게 쉬지 않고 훈계한다. 젊은이들이 직장을 고를 때 눈높이를 낮춰야 한다, 수동적으로 일자리를 기다릴 게 아니라 스티브 잡스처럼 창의적인 인재가 되어 창업을 해야 한다, 이기적인 요즘 애들은 결혼도 안 하고 애도 안 낳으려 해서 문제다… 다른 한편에선 이렇게 말한다. 선거날 투표는 안 하고 놀러 다니기나 하는 젊은이들 때문에 나라가 이 모양이다, 예전엔 대학생들이 사회변혁의 전위였는데 요즘 대학생들은 스펙 경쟁에 눈이 멀었다… 물려받은 세상에서, 그 세상을 물려준 어른들이 시키는 대로 착실히 살아왔을 뿐인 이들은, 졸지에 생산성 저하와 내수경기 침체, 앙시앵레짐(구체제) 복원의 원흉으로 몰려 손가락질당한다. 김민하의 말처럼 어쩌면 지금의 2030은 "스스로가 스스로를 칭찬하지 않으면 누구에게도 칭찬을 받을 수 없던 세대"(김민하, "흔한 이야기가 '사연'이 되는 이유", 《주간경향》, 제1001호)인지 모른다.

주눅 든 장그래를 표현하기엔 너무 생기 있게 붉은 입술을 지닌 탓에 컴퓨터 그래픽으로 입술을 어둡게 그려 넣어야 할 정도의 미모를 지닌 임시완은, 자꾸 자신의 탓이 아닌 책임을 추궁당하는 역을 맡는다. '생긴 거랑 다르게'라거나 '어울리지 않게'라고 말하는 건 쉽다. 그러나 그런 그조차도 〈미생〉의 장그래나 〈스탠바이〉의 시완, 〈변호인〉의 진우가 그랬듯 제 탓이 아닌 것들에 대해 책임을 자문하고 그 시간을 견뎌내야만 했다. 아이돌 그룹 데뷔를 준비하기엔 다소 늦은 대학생 시절 연예계에 발을 들인 그는, 소속 그룹이 인기를 얻지 못해 절반쯤은 무명으로 지내야 했던 시간 동안 스스로를 의심했다. "아이돌로 활동하기에 적지 않은 나이이고, 잘하는 동료들이 너무 많아 난 어디서부터 어떻게 시작하고 노력을 해야 하는지 아무것도 모르겠더라. 능력도 없는데 얻어걸린 거라면, 잘하지도 않으면서 괜히 욕심만 내는 거라면, 이곳에선 민폐인 거다."(이화정, "임시완─조용하지만, 강한", 《씨네21》, 제935호)

그의 말에서 날고 기는 동기들 사이에서 어떻게 노력을 해야 하는지 몰라 당황해하는 〈미생〉의 장그래를 떠올리는 게 비약은 아닐 것이다. 해왔던 노력을 부정당하고 그것이 제 잘못이 아닐까 자책하던 그는, 기껏 작품으로 성공을 거둔 이후에도 "운이 좋아 능력 이상의 것들을 얻었다"며 자신의 노력을 인정하는 것을 망설였다.

〈미생〉 제작발표회 현장에서, 임시완은 기자들에게 장그래에게서 자신의 모습을 보았노라 말했다. "장그래는 본인이 있던 세계가 아닌 다른 세계에 와서 환대받지 못하는 친구잖아요. 저 역시 제가 몸담는 곳에서 환대받지 못했고 사회를 구성하는 데 제가 필요하지 않다고 생각될 정도로 존재감이 없다고 생각했을 때가 있었거든요. (중략) '내가 몸담고 있는 이곳에 있는 게 맞는 건가'라는 생각도 많이 했죠."(이미나, "헐렁한 바지 속에 담긴 '미생' 임시완의 '진심'", 〈오마이뉴스〉, 2014년

　그러고는 그는 자기가 생각하기에 장그래는 "어쩔 수 없이 살아가는 이 세상 절대다수의 사람 중 한 명"이며, 〈미생〉은 "'우리는 어떻게 살아야 한다'라는 것을 알려주는 게 아니라 '우리는 이렇게 살고 있다'고 보여주는" 작품이라 말했다. 자신의 것이 아닌 책임을 온 등에 꾸역꾸역 짊어지고 자신이 노력을 안 해서 이 모양이 된 것이라고 자책하면서, 임시완은 그렇게 "우리는 이렇게 살고 있다"는 메시지를 온몸으로 전달한다. 몸에 맞지 않는 아버지의 양복을 입은 채 네온사인이 빛나는 도시의 한복판에 홀로 떨궈진 "이 세상 절대다수", 수많은 장그래 중 한 명이 되어. 잔뜩 주눅 든 우리 시대 청춘의 얼굴이 되어.

또 하나의
벽을 기어오르다
광희

재는 왜 혼자서 영화를 찍고 있는 걸까. 첫 추격전에 임한 광희를 보다 나도 모르게 중얼거렸다. MBC 〈무한도전〉 멤버들과 부산 경찰 간의 추격전, 모든 게 처음인 광희는 그저 사력을 다해 뛸 뿐이었다. 실외기 사이에서 비를 맞으며 한 시간가량 몸을 구겨 넣은 것을 시작으로, 촬영감독을 버려두고 생면부지의 레미콘 기사에게 히치하이킹을 시도해 형사의 눈을 피해 달아나더니, 급기야 지나가던 시민과 옷을 바꿔 입어 자기로 위장시키는 대목쯤 됐을 땐 감탄할 수밖에 없었다. 모르는 사람이 보면 진짜로 죄짓고 도주 중인 사람처럼 보이는 처절함. 어찌나 불쌍해 보였는지, 따로 부탁하지 않아도 알아서 경찰에게 거짓말까지 해가며 광희를 숨겨준 부산 시민은 무심하게 툭 한마디를 던졌다. "내가 보니 제일 안됐더라. 테레비 보니까는. 제일 약해 보이더라고."

어쩌면 그 한마디는 그날 광희의 행색이나 〈무한도전〉 입성 이후의 행보가 아니라, 광희의 커리어 전체를 요약하는 문장이었는지도 모른다. 안돼 보일 정도의 절박함. 데뷔 후 소속사가 처음으로 잡아준 리얼리티 예능은 다짜고짜 나미비아에 떨궈놓고는 살아남을 것을 주문하는 SBS 〈김병만의 정글의 법칙〉(2011)이었고, 같은 해 참석한 환경의 날 행사에서는 한 시간 40분 동안 티셔츠 252장을 껴입으며 기네스북 기록을 세우는 것으로 사람들의 발걸음을 멈춰 세워야 했다. 광희의 절친인 이준은 〈무한도전〉 입성 이후 광희가 "목숨을 걸고 하고 있는 게 보인다"고 평했고, 광희와 함께 강원도 고성으로 방어잡이 촬영에 나간 MBC 〈그린실버 고향이 좋다〉 최재혁 프로듀서는 "옆에서 봤을 때 안타까울 정도로 목숨을 걸고" 촬영에 임했다고 말했다. 사람을 웃기러 나온 일터에서 "목숨을 건다"는 이야기를 듣고 가는 사람의 자세란 대체 무엇일까?

절박할 수밖에 없었다. 소속사 '스타제국'의 일상을 다룬 리얼리티 쇼 Mnet 〈오피스 리얼리티—제국의 아이들〉(2009)을 끼고 데뷔했지만, 회사는 좋은 곡을 얻어올 능력도 그걸 변변하게 프로모션할 능력도 없었다. 비가 심하게 와서 준비한 테이프들이 손상됐다는 이유로 3분짜리 노래의 뮤직비디오를 1분 9초 분량만 만들어 내보낸 회사인데 뭘 바라겠는가. 결국 팀을 알릴 수 있는 창구는 예능밖에 없었다. 그나마 말주변이 좋았던 광희는 예능에 나갔고, 어떻게든 카메라를 멈춰 세워야 했기에 제 치부를 까발리며 자폭하기 시작했다. 자신은 네 차례 성형수술을 했으며, 수술 후 누워 있었던 기간을 다 합치면 1년에 가깝다는 이야기를 촉새처럼 빠른 말투에 실어 던진 것이다. 기껏 과거의 자신을 탈피하기 위해 한 성형이었지만, 그 과거를 밝히는 것 말고는 딱히 다른 선택지도 없었다. 광희는 비싼 돈을 들여 예뻐졌으니 자랑해야 할 것 아니냐며 배실배실 웃었다.

성형 사실을 숨기거나 '수술이 아니라 시술'이라고 수습하기 바쁜 연예인만 보다가, 자신의 성형 사실을 공격적으로 휘두르며 같이 나온 다른 연예인들 견적까지 봐주고 있는 광희를 처음 본 사람들은 모두 "뭐 저런 캐릭터가 다 있나"라고 중얼거렸다. 그러나 그건 절박함에서 비롯된 억척스러움이었다. 기껏 공무원이 되길 바랐던 아버지의 반대를 설득해가며 데뷔했는데 그대로 묻히는 것보단, 성형 사실을 밝혀서라도 기회를 잡는 쪽이 나으니까 말이다. 그는 다른 멤버가 혼자 예능에 나와 얌전한 모습을 보여주고 있을 때 깜짝 게스트로 치고 나와 프로그램에 방점을 찍고 퇴장했고, 진행자가 행여 같이 나온 멤버에게 토크 배분을 안 해준다 싶으면 턱을 치켜들며 치고 나와 공간을 열어줬다. 다른 멤버들이 각자의 커리어를 쌓기 시작한 뒤에도 자신의 질투심 많은 캐릭터를 이용해 은근슬쩍 다른 멤버들의 성취를 언급해가며 팀을 알린 건 광희였다.

말하자면 재능으로 사람들의 시선을 끌어당기는 사람이 아니라, 사람들의 시선을 끌어당기는 것 자체가 재능인 사람인 셈이다. 문제는 유명해진 다음이었다. 광희는 외투 어깨에 잔뜩 '뽕'을 집어넣어 남자다운 이미지를 갈구해봤지만, 정작 그에게 러브콜을 보낸 방송은 EBS 〈최고의 요리비결〉과 메이크업 프로그램인 KBS W 〈뷰티바이블〉이었다. 대중에게 광희는 멀리서 보며 흠모할 상대가 아니라, 수다스럽게 대화를 나누며 식자재를 다듬고 메이크업 베이스의 유분기에 대해 논하며 같이 옷을 환불받으러 가고 싶은 그런 상대였던 것이다. 멋있어 보이고 싶었지만 친근함으로 소비됐고, 아이돌로 데뷔했지만 예능인으로 알려진 예상치 못한 상황. 광희는 유명해지는 데는 성공했지만 본인이 바라던 형식으로 유명해진 것은 아니고, 유명해진 뒤에야 그 인지도에 상응하는 값을 치러야 했다.

어쩌면 당연한 결과였다. 임시완처럼 모두의 인정을 받을 만한 연기력이 있는 것도, 동준처럼 운동을 잘하거나 박형식처럼 리얼 버라이어티에서 두각을 드러낸 것도 아니었으니까. 성형 언급은 반복할수록 충격의 역치가 낮아지며 시들해질 수밖에 없는 소재였고, 매번 치고 나오며 제 분량을 만들어내는 특유의 화술도 호불호가 갈렸기에 그것만으로 오래갈 수는 없었다. 설상가상 '유리 몸'에 가까운 체력도 그의 발목을 잡았다. 데뷔 5년 차가 되었을 무렵 그는 이렇게 자평했다. "한때 핫했을 때도 있었는데 지금은 많이 내려갔다. 걷잡을 수 없이. 대세에서 내려와서 내 할 일 열심히 하고 있다."

1년간 누워 있으며 얼굴을 고친 절박함으로 연예인이 됐고, 그 사실을 만방에 떠드는 처절함으로 스타덤에 올랐다. 목표한 지점까지 올라 더 올라갈 곳이 마땅치 않아 보이는 상황이라면 어쩌면 좋을까. 그쯤에서 내려올 게 아니라면 답은 하나다. 더 높은 목표를 좇아 퇴로가 없는 곳으로 들어가는 것. 마침 그 순간 광희에게 〈무한도전〉이 손을 내밀었다. 아무리 잘해봐야 욕을 안 먹는 수준에서 끝날 것이 자명해 보이는 〈무한도전〉 여섯 번째 멤버 자리에 뽑힌 것이다. 일단 목표 지점이 생기자 광희는 다시 억척스러워졌다. 자신이 출연하던 동시간대 프로그램인 SBS 〈스타킹〉에 양해를 구하고 〈무한도전〉에 얼굴을 비친 것은 물론이거니와, MBC 〈황금어장〉 '라디오스타'에 나가서는 자신을 식스맨으로 뽑아달라는 내용으로 개사한 노래를 부르며 자신을 어필했다.

우여곡절 끝에 〈무한도전〉에 들어와서도 그는 끊임없이 자신을 평가하는 시청자들의 기대치를 의식해야 했다. 5년 가까이 정형돈에게 '웃기지 않으니 하차하라'고 주문했던, 예능 역사상 가장 가혹한 팬덤을 보유한 프로그램이 아닌가. 광희는 자신이 제출한 〈무한도전〉 엑스포 기획안이 현실화되었을 때도 제대로 웃지 못했고, '발 연기' 탓에 더빙 특집에서 단역만 얻어왔을 때는 대사 하나짜리 캐릭터를 몇 시간씩 분석해가며 톤을 잡아갔다. 그렇게 도망갈 곳 없는 사지에 자신을 던지고는 안쓰러울 정도의 인정투쟁에 들어간 것이다. 그러곤 합류 8개월 만에 마침내 자신이 주인공인 에피소드를 가질 수 있게 되었다. 그 특유의 절박함을 알아본 사람들 덕분이었다.

모든 게임이 끝난 뒤, 광희는 이번 추격전에 목숨을 걸고 임했던 이유를 이렇게 설명했다. 추격전 소식을 알리는 기사 밑에 달린 네티즌 댓글 중 "광희야, 마지막 기회다"라는 글이 눈에 들어왔다는 것이다. 모든 것이 끝난 뒤에야 웃으며 말할 수 있었지만, 바로 그 순간이 광희에겐 가장 절박한 성장의 신호가 아니었을까? 아이돌치고 이른 나이는 아니었던 스물세 살 데뷔부터, 웃으며 제 치부를 광고해야 했던 토크쇼, 그리고 '하차 서명운동'까지 감내해야 했던 〈무한도전〉 합류까지, 광희에게 마지막 기회가 아니었던 건 없었으니까. 그리고 그때마다 광희는 보는 이들이 다 민망할 정도로 처절하게 제 앞에 놓인 벽을 기어 올라왔다. 연말 시상식에선 꽃다발이 모자라 멤버들 중 유일하게 빈손으로 무대에 있었지만, 괜찮다. 특유의 절박함으로 〈무한도전〉 멤버들과 같은 무대에 설 수 있는 기회를 쟁취한 것이, 세상 그 어떤 꽃다발보다도 의미가 있었을 테니.

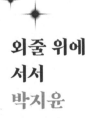

외줄 위에
서서
박지윤

열심히 일하는 것도 단점이 될 수 있을까? 보통의 경우 한국 사회에서 누군가 일 욕심을 부리며 개미처럼 일하는 것은 흉이 아니다. 그런데 그게 여자라면, 그것도 가정이 있는 여자라면 이야기가 좀 달라진다. 왜 그렇게 악착같이 일하느냐는 질문과 간섭이 달라붙기 시작한다. 어린아이는 엄마와 유년기를 보내는 게 정서에 좋지 않으냐는 걱정을 가장한 참견부터, 둘이 안 벌면 안 될 정도로 집안 사정이 어려우냐는 비아냥, 결혼까지 했으면 일 욕심은 줄여도 되지 않느냐는 성차별적인 언사와 젊은 후배들에게 자리를 내줘야 하지 않느냐는 노골적인 퇴직 요구까지. 조금씩 상황이 개선된다고는 하나, 아직 한국에서 기혼 여성이 일 욕심을 내는 건 수많은 편견의 벽을 마주해야 하는 일이다.

연예인이라고 딱히 사정이 다르지는 않다. 대중의 곁에 오래 살아남는 데 성공한 여자 기혼 연예인 중 적잖은 수는 그와 같은 비아냥을 견뎌낸 이들이다. 비혼인 상태로 오래 활동하는 이들에게는 "언제 시집갈 거냐", "이제 한물갔다" 따위의 손가락질을 하고, 기혼인 상태로 활발하게 활동하는 이들에게는 악착같다고 손가락질을 하는 이 환장할 상황. 물론 누군가는 반문할 것이다. 그거야 예전 이야기지, 요즘 그런 이야기 들어가며 방송하는 사람이 어디 있냐고. 세상이 많이 바뀌었다고. 맞다. 그 덕에 이제 백지영이 출산 3개월 만에 만삭의 몸을 이끌고 온 친구 유리와 함께 토크쇼에 나와도 손가락질을 받지 않는 세상이 됐다. 하지만 그렇다고 해서 이런 세상이 오기까지 앞장서서 욕을 먹으며 편견과 싸우고 제 존재를 증명한 사람들이 있었다는 사실이 사라지는 건 아니다. 이를테면, 아나운서 박지윤 같은 사람들 말이다. 박지윤이 둘째 출산 27일 만에 JTBC 〈썰전〉에 복귀한다는 뉴스가 보도되었을 때, 인터넷에 올라온 네티즌 반응들은 결코 호의적이지 않았다. 구체적인 내용이 궁금하신 분들은 바로 위 문단을 보고 오시면 되겠다.

이상하게 들릴 수 있다는 것 안다. 언론·방송계 종사자들이 선망하는 KBS 아나운서 출신 프리랜서 방송인, 케이블 프로그램(Y-Star 〈식신로드〉) 사상 최초 백상예술대상 여자 예능상 후보 지명, 출연 프로그램 편수가 대폭 줄어든 지금도 TV를 틀면 어디선가 메인 진행자 자리에 앉아 있는 게 자연스러운 여성 연예인. 이런 화려한 타이틀만 놓고 보면 박지윤은 마치 잘 깔린 탄탄대로를 밟고 올라온 사람처럼 보이니까. 그러나 2004년 KBS 공채 합격 뒤 10년이 조금 넘는 시간 동안 박지윤이 걸어온 길을 찬찬히 돌아보면, 그 길이 그리 무난한 것만은 아니다. 그의 커리어가 뉴스나 교양이 아니라 예능 프로그램 〈스타 골든벨〉(2004~2010)로 풀리기 시작했던 2006년부터, 박지윤은 끊임없이 외줄 타기를 하는 중이다.

한국에서 여자 아나운서들은 종종 턱없는 저평가의 대상이 된다. 기껏 엄청난 경쟁을 뚫고 저녁 메인뉴스 앵커 자리에 앉아도, 동료 남자 아나운서로부터 찬사랍시고 '9시 뉴스의 꽃과 같은 존재'라는 이야기를 듣는 게 현실이니 말이다. 그나마 뉴스는 상황이 낫다. 커리어가 뉴스나 교양이 아닌 '예능'으로 풀리기 시작하면, 여자 아나운서가 받는 상대적 저평가 위에 예능인에 대한 뿌리 깊은 천시가 얹어져 차원이 다른 홀대를 받는다. 아나운서의 본령에 충실하고자 해도 연예인처럼 소비될 것을 강요하면서, 정작 작정하고 연예인의 영역에 발을 디디면 아나운서의 본령을 벗어났다고 문제를 제기하는 환장할 상황. 박지윤은 입사 2년 만에 '아나운서로도 예능인으로도 온전히 존중받기 어려운' 이 기괴한 외줄 위에 올랐다.

자신의 약점을 무기 삼아 남들을 웃기는 코미디 특유의 문법과 남에게 내려놓음을 강요하는 것을 헷갈리는 이들이 많은 탓에, 그의 사소한 신체적 특성은 종종 놀림의 대상이 되곤 했다. 〈스타 골든벨〉을 진행하며 박지윤은 종종 자신보다 작은 체구의 여자 아이돌과 비교를 당했고, 그 탓에 '등빨' 좋다는 이야기나 '어깨장군'이라는 별명을 얻었다. '예능은 시청자를 웃게 만들면 그뿐'이라며 외모 비하를 합리화하는 상황을, 박지윤은 그저 우직하게 전진하는 것으로 돌파했다. 그는 공동 진행자 김제동과 함께 농담을 주고받았고, 그 농담 안에는 '외모 디스'나 연애 이야기와 같은 무례한 화제들도 적지 않았다. 피할 수도 없고 특별대우를 바랄 수도 없다면, 물러서느니 이상한 룰이나마 '게임의 법칙'으로 받아들이는 쪽을 택한 것이다. 체구가 작은 남자 아이돌 가수라도 나올라치면 둘 중 누구 어깨가 너 넓은가를 겨루는 상황을 견뎌가면서.

박지윤은 그렇게 존중받는 내일을 위해 존중받지 못하는 오늘을 견뎠다. 40번 이상의 낙방을 견뎌가며 도착한 곳에서

는 노력에 대한 존중 이전에 '등빨'을 먼저 이야기했고, 프리
랜서 전향 이후 지상파 방송에 얼굴을 비치는 횟수가 줄어들
자 사람들은 으레 '육아에 전념하느라 방송을 쉬는 모양'이라
생각했다. 첫아이 출산 뒤 40여 일 만에 방송에 복귀하자 사
람들은 그의 프로페셔널리즘을 칭찬하는 대신 '출산이 체질
이냐'는 무례한 농을 걸었고, 맡은 프로그램마다 조기 종영했
던 프리랜서 초창기 시절을 반복하기 싫어 치열하게 달리니
'욕망 아줌마'라는 해괴한 별명이 따라붙었다. 대놓고 말하지
않을 뿐, 세상은 '농담' 속에 뼈를 숨겨 박지윤의 발목을 건 것
이다. 세상이 정해놓은 '바람직한 여자 연예인 체형'을 벗어났
다고, 결혼하고 출산도 했으면 좀 쉴 것이지 왜 그렇게 악착
같이 나오느냐고.

그때마다 박지윤은 부당한 게임의 법칙에 항의하기보단
자신을 더 많이 내려놓는 쪽을 택했다. 아이 엄마라는 캐릭터
를 적극 활용해 "모유 수유를 했더니 글래머가 됐다"는 더 센
농담으로 기선을 제압하고, 출산 뒤 이른 복귀를 놀리는 말들
에는 "타고나길 강골로 태어났다"고 맞받아치며, '욕망 아줌
마'라는 괴상한 별명이 생기자 아예 상표권 등록을 해버리는
방식으로 말이다. 물론 한국 사회가 여자 연예인을 대하는 태
도를 억척스러운 아줌마의 캐릭터로 극복하는 건 근본적인

해결책은 아니다. 그러나 그렇게라도 우회하지 않으면 자신이 설 자리를 만들 수 없다. 일과 가정이라는 두 마리 토끼를 모두 잡은 슈퍼우먼이 되어야 비로소 여성의 사회진출이나 가사노동, 육아 등의 성 역할 고정에 대해 문제를 제기할 수 있다 말하는 건 불공정하다. 그러나 세상은 그런 성취를 이룬 사람에게만 귀를 기울였다. 박지윤은 이 아슬아슬한 외줄 위에 올라가 끝내 자신만의 자리를 만들어냈고, 마침내 합당한 존중을 요구할 수 있는 위치에 섰을 때 잊지 않고 조용히 질문을 던지기 시작했다. 그런데 왜 여자에게만 더 많은 걸 요구하느냐고, 꼭 이렇게까지 해야만 존중을 해줄 셈이냐고.

2014년 10월, JTBC 〈비정상회담〉에 출연한 박지윤은 "아이들이 자랄 때는 엄마가 아빠보다 더 많이 옆에 있어줘야 좋다"는 패널들의 말에 차분히 "아빠가 대신해줄 수 없는 (엄마만의) 영역이 있다는 것을 나도 안다. 그러나 그렇게 얘기하기 시작하면 여성의 사회진출이 근본적으로 막힌다"고 반박했다. 평소 고수하던 '욕망 아줌마'의 캐릭터를 벗은 박지윤은 전에 없이 진지한 어조로 패널들을 설득했다. 지금은 자신보다 남편이 더 많은 시간을 육아에 할애한다는 사실을 굳이 숨기지도 않았다. 그 와중에 셋째도 가지고 싶고 일도 계속하고 싶은 자신이 그렇게 비정상이냐고 묻는 박지윤의 질문은 공손하지만 단호했고, 토론 전 5 대 6이던 정상 대 비정상의 비율은 토론이 끝난 뒤 7 대 4로 뒤집혔다.

같은 해 같은 방송사의 추리 예능 〈크라임씬〉에서 박지윤은 홍진호가 압도적인 우위를 보일 것이라는 세간의 예측을 깨고 홍진호를 위협하는 실력을 입증하며 '추리여왕'이라는 별호를 얻었다. 단서를 빠르게 조합해 진실을 파악하는 추리력과 다른 플레이어들에게 자신의 추리를 납득시키는 설득력이 모두 필요한 게임. 박지윤은 첫 번째 시즌에서 단 두 차례를 제외하고 모든 사건에서 승리했다. 마치 '사실은 이렇게 실력만으로 인정받는 게 맞지 않느냐'고 세상에 되묻기라도 하는 듯. 물론 그 질문에 대한 답을, 우리는 알고 있다.

평범한 아줌마의
독립적 서사
라미란

이름도 없는 배역부터 시작했으려니 하는 편견을 비웃듯, 의외로 그는 스크린 데뷔작에서 제법 비중 있는 배역을 맡았다. 교도소의 폭군인 마녀(고수희)에게 괴롭힘을 당하다가 금자(이영애)의 도움으로 조금이나마 고통을 덜어낼 수 있었던 여자, 출소 후에는 남자의 목을 베어 든 여자 동상을 만들어 파는 금속세공사. 극 중 그의 이름은 '여자 1'이나 '감방 친구 1'이 아니라 성까지 번듯하게 갖춘 '오수희'였고, 대사는 몇 줄 안 됐지만 임팩트가 강했던 덕에 모두의 주목을 샀다. "그 새낀 찾았어? 죽었어?" 무심하게 '바빠서 아직 못 죽였다'는 금자에게 수희는 묻는다. "맛있는 걸수록 뒀다 먹는, 그런 마음?" 나이 서른하나에 처음으로 출연한 영화의 배역이 〈올드

보이〉(2003)로 전 세계의 주목을 받은 박찬욱 감독이 이영애와 함께한 작품 〈친절한 금자씨〉(2005) 속 주인공 친구라니, 썩 괜찮은 출발이었다. 그러나 일단은 거기까지였다. 남자 배우에 비하면 여자 배우에게 주어지는 기회는 적었고, '주연급 미모'가 아닌 30대 여자 배우에게 주어지는 기회는 더더욱 적었으므로. 필모그래피가 쌓일수록 점점 이름 대신 '부인 1', '맞선녀 2', '중년 여선생' 등으로만 표기되는 배역들이 쌓여갔다. 그가 다시 성과 이름 모두 갖춘 배역을 맡기까지는 5년이 더 필요했다.

배역 이름이야 어찌 됐든, 모든 배우가 그렇듯 그도 작은 배역이라고 허투루 연기하지 않으려 안간힘을 썼다. "같은 '아줌마'라도 다들 다른 '아줌마'라는 거죠. 그들은 너무나 다른 상황에 처해 있으니까요."(최준용, "'댄싱퀸' 명품 배우 라미란, 유쾌한 그의 꿈을 이야기하다", 〈헤럴드경제〉, 2012년 2월 12일 자) 배우에게 소중하지 않은 배역이 어디 있고 공들이지 않은 영화가 어디 있으랴. 그럼에도 사람들은 그를 쉽게 기억해내지 못했고, 그나마 기억하는 이들은 종종 그에게 늘 비슷한 이미지의 역만 맡는다는 지적을 했다. 그가 어쩔 수 있는 일은 아니었다. 한국 사회에서 '아줌마'는 이름으로 호명되기보단 '○○네', '○○댁', '아무개 엄마'로 호명되는 이들이고, 너무 쉽게 무성·

무개성의 존재 취급을 당하는 이들이니까. 실제 삶에서도 소외된 이들이 환상을 파는 영화나 드라마에서 돋보이는 모습으로 묘사되기가 어디 쉬운 일인가. 평범한 우리들과 닮은 얼굴을 지닌 탓에, 그는 그렇게 이름도 없고 개성도 없는 배역들을 떠안아야 했다. 아무리 혼자 대본엔 없는 배경을 설정해보고 고민해가며 개성을 부여하려 노력해도 기껏해야 주인공 친구 정도의 배역을 가지고 매번 차별화를 꾀하는 것에는 한계가 있었다.

배우란 선택을 기다려야 하는 직업인지라 캐릭터 변신을 하려면 "새로운 걸 도전해보고 싶은 용기 있는 감독님들의 연락을 기다"려야 했다. 배역이 작다고 서러웠던 적은 없지만, 자신 같은 이가 "멜로를 욕심내면 웃음부터 터져 나오는 분위기"는 "좀 서글"펐다.(이승미, "[취중토크③] 라미란 "새로운 용기 가진 감독님 연락 기다려"", 〈일간스포츠〉, 2015년 1월 6일 자) 평범한 배경, 평범한 외모를 가지고 나이 먹어간 아줌마에게도 자신만의 독립적인 서사가 있고 욕망이 있다는 걸 쉽게 수긍해주는 관객은 흔치 않았다. 부산국제영화제에서 상을 받았던 주연작 〈댄스 타운〉(2010)은 그리 많은 관객과 만나진 못했고, 〈소원〉(2013)으로 청룡영화제 여우조연상을 받은 이후에도 MBC 〈황금어장〉 '라디오스타'에는 이름보단 '거지, 몸종, 내시, 그리고 변태'로 먼저 기억되곤 하는 감초 배우 특집에 출연했다. MC들은 그가 맡았던 배역들의 이름을 딱히 궁금해하진 않았고, 그는 "분량이 많이 나온 작품들은 잘 안 되지 않았냐"는 짓궂은 농담에 "저희 같은 사람들은 좀 많이 나오면 (관객들이) 불편해하시는 것 같아요. 잠깐잠깐 치고 빠져야지"라고 답해야 했다. 연극 무대부터 헤아려 배우 인생 20년을 꽉 채우던 해에 출연한 토크쇼였다.

아줌마들에게도 독립적인 서사가 있고 욕망이 있다는 걸 관객에게 납득시키기 위한 그의 부단한 노력이 빛을 보기 시작한 건 비교적 최근의 일이다. 2013년 tvN 〈막돼먹은 영애씨〉 시리즈에 합류한 그는 삶의 무게를 짊어진 채 살아남느라 밉상이 되어버린 워킹맘을 연기했고, 같은 방송사의 메가 히트작 〈응답하라 1988〉(2015)에선 자신만의 욕망과 콤플렉스를 모두 지닌 '쌍문동 치타 여사'를 연기했다. 찢어질 듯한 가난에서 복권 한 방으로 인생 역전에 성공한 치타 여사는 화려한 호피 무늬 옷으로 돈 자랑도 하고 싶고, 어떻게 먹는지도 모르는 스파게티도 "이게 요즘 유행한다는 미국 국수"라며 챙겨 먹는다. 남편 성균(김성균)이 가난하던 시절의 흔적을 못 벗고 목 늘어난 러닝셔츠를 입고 있는 꼴이 싫고, 추위에 떨었던 과거의 한 때문에 트럭 한가득 연탄을 사서 광에 쟁여

놓아야 직성이 풀린다. 그러면서도 자신이 어렵던 시절 손을 내밀어줬던 같은 골목 이웃들이 기죽는 건 또 싫어서 큰돈도 성큼 빌려주고는 천천히 갚으라고 말한다. 꼴불견 속물 벼락부자인 동시에 속정 깊은 이웃. 흔한 아줌마에게도 단순하게 한 문장으로 요약할 수 없는 복잡한 성격과 역사, 특징이 있다는 걸 보여준 쌍문동 치타 여사는 단순한 주인공의 엄마 역이 아닌 당당한 극의 한 축이었다.

그래서였을까. 모두가 폭소했다고 손꼽았던 장면인 〈전국노래자랑〉 에피소드에 대해 그는 단호하게 "웃기는 장면이라 생각하고 연기하지 않았다"고 말했다. 이미 5년 전에 한 차례 〈전국노래자랑〉에 도전했다가 긴장을 풀기 위해 마신 술기운이 올라 도전도 못 해보고 실패한 경험이 있는 상황, 치타 여사에겐 이번 기회가 절실하다. 그런데 하필이면 가장 중요한 순간, 반주 테이프가 바뀌었다. 그렇다고 다시 포기할 순 없다. 언제 다시 기회가 돌아올 줄 알고. 치타 여사는 입으로 반주를 넣어가며 노래하고 춤을 춘다. 동료 배우들조차 그 상황을 보고 폭소를 하는 동안, 그는 자신이 맡은 배역의 간절한 욕망을 읽어내고 그것이 "웃기지 않다"고 말했다. 그렇게 그는 평범한 이들의 복잡한 욕망을 풀어 설명할 기회를 얻었고, 그 기회를 통해 이름 석 자를 대중에게 각인시킬 수 있었다. 쌍문동 치타 여사의 본명이자 자기 자신의 것이기도 한 그 이름, 라, 미, 란.

그가 처음으로 고정 멤버로 출연한 지상파 예능 프로그램이 멤버들에게 '이루고 싶은 꿈이 있느냐'고 묻는 것에서 출발하는 KBS 〈언니들의 슬램덩크〉라는 점은 그래서 의미심장하다. "데뷔한 지 22년째인데 뜨는 데 22년 걸렸다"고 너스레를 떨던 라미란은 "마흔두 살에 꾸는 꿈이란 어떤 것이냐"를 묻는 제작진의 질문 앞에서 당황해하며 조심스레 말했다. "생각지도 않은 고민거리?" 자신이 맡은 배역의 다채로운 욕망을 그려내려 노력해온 사람의 대답치고는 맥 빠지는 답. 그러나 어찌 보면 당연한 일인지도 모른다. 누구도 마흔두 살의 아줌마에게 무엇을 소망하는지 진지하게 물어봐준 적 없었을 테니 말이다. 그러니 라미란이 뜨는 데 걸린 세월은 어쩌면 라미란만의 것은 아닌지도 모른다. 그 22년은 세상이 평범한 아줌마들의 개별적인 삶에 최소한의 관심을 표하고 그 욕망을 묻기 시작하는 데 걸린 시간의 일부이기도 하니 말이다. '주연급 미모'를 가져서도 아니고 나이보다 동안이어서도 아닌, 사람이라면 누구나 응당 존중받아야 하기에 받는 최소한의 존중. 누구의 엄마나 댁도 아닌 자기 자신으로서 받는 관심.

라미란은 고민 끝에 제작진에게 조심스레 가수가 되고 싶었던 어린 시절을 고백했고, 놀라는 멤버들에게 "잠깐 덧없는 생각을 했었다"며 굳이 꿈의 크기를 줄이고 줄여서 이야기했다. 그러나 일단 마이크를 잡자, 그는 MBC 〈일밤〉 '복면가왕'에서 선보였던 실력 그대로의 가창력을 뽐내며 BMK의 노래를 완창해냈다. 그가 〈언니들의 슬램덩크〉 시즌 1 걸 그룹 미션에서 프로듀서 박진영의 탄성과 찬사를 이끌어내며 팀의 에이스가 된 것도 전혀 이상하지 않다. 소리 내어 꿈을 말한 적 없기에 그 시작은 수줍고 어색했을지라도 한번 제 꿈을 고백하고 긍정하기 시작하니 이제 누구도 감히 그 꿈을 비웃지 않는다. 그리고 그 변화는, 라미란만의 것은 아닐 것이다.

화려하지 않지만 조용히 빛나는 박철민

그에겐 변변한 이름이 없는 일이 잦았다. 엔딩 크레디트 위에서 그는 '시민군 K'였고 '우리들'이었으며 '웨이터', '회사 동료 1', '여관 주인'이었다. 꼭 배역 크기만의 문제는 아니었다. 관객들에게 존재감을 알리게 된 이후에도 그는 '형사', '둘째', '담임선생님', '캡틴' 등의 이름으로 작품에 임했고, 사람들은 배역의 이름보단 배우의 얼굴과 애드리브로 그를 기억하곤 했다. 가만히 있어도 뚝배기처럼 촌스럽고 짠한 얼굴을, 웃을 때면 그 윤곽이 무너질 정도로 크게 웃는 통에 입 양옆으로 팔자 주름이 계곡처럼 파여버린 남자. 입으로 바람 소리를 내면서 "이것은 입으로 내는 소리가 아니야"라고 부르짖는 허세투성이 사내. 한껏 피치가 올라가는 목소리와 씰룩이는 입술, 진한 호남 말씨로 매사에 전투적으로 반응하는, 살면서 어느 골목에선가 한 번쯤은 마주쳤을 법한 유난히 호들갑스러운 사람. 사람들은 구태여 그를 배역의 이름으로 기억하지 않았다. 그는 브라운관이나 스크린 너머, 주인공이 아닌 장삼이사의 삶을 사는 '우리들' 중 한 명이었으니까.

그렇게 박철민은 은근슬쩍 우리의 옆자리를 치고 들어왔다. 영화 〈스카우트〉(2007)에서는 "왜 멋있는 건 그쪽 혼자 다 하려고 하느냐"며 주인공 호창(임창정)에게 눈을 흘기다가도 결국 그를 돕는 연적 '곤태'로, 〈화려한 휴가〉(2007)에서는 전남도청을 지키다 죽어간 이름 없는 사내 중 하나인 '인봉'으로, 드라마 〈베토벤 바이러스〉(MBC, 2008)에선 클래식을 동경하면서도 몸에 밴 성인 카바레의 기운을 빼지 못해 괴로워하는 색소폰 주자 '용기'로. 박철민은 항상 어딘가 한 끗발 모자라지만, 그래서 우리 주변에서 흔히 볼 수 있을 것 같은 우리의 못난 동료, 친구, 감초로 변신해 화면을 채웠다.

때로는 그의 과감한 애드리브나 특유의 과장된 발성에 대중의 호불호가 갈리긴 했지만, 못난 장삼이사가 흔히 그렇듯 그는 미워도 많이는 미워할 수 없는 존재가 되어 지난 십수 년간 대중의 지근거리를 지켰다. 매번 비슷한 역만 맡으며 빠르게 소진되고 있는 건 아닌가 하는 의구심을 "내가 배우인 것도 운명이고, 이 캐릭터를 확 깨지 못하는 것도 운명이다. 모자라지만 친근하고 구성진 이 캐릭터라도 완벽하게 만들어보자"고 다독이면서.

젊은 시절 마당극에 오래 몸담았던 박철민은 감독에게 "마당극적인 연기를 하시네"란 말을 들으면서도 "어느 무리든 한 놈은 호들갑스럽고 과장스럽게 감정을 표출하는 이가 있다"며 자신의 연기를 캐릭터화했고, 그 결과 특유의 연기 톤은 대중의 뇌리에 깊숙이 남았다. 〈또 하나의 약속〉(2013)에서 박철민이 주연을 맡았다는 소식을 들었을 때 사람들이 반신반의한 것은 그 때문이었다.

삼성반도체 입사 2년 만에 백혈병을 얻어 2년의 투병 끝에 스물셋의 나이로 세상을 떠난 황유미 씨와, 딸의 죽음이 산업재해임을 인정받기 위해 근로복지공단과 그 뒤에 숨은 삼성과의 외로운 싸움을 계속한 끝에 결국 1심 일부 승소 판결을 받아낸 아버지 황상기 씨의 실화를 다룬 영화의 주연. 과연 촐싹거리는 감초 연기로 일가를 이룬 박철민이 잘 소화해낼 수 있을까 의구심을 품은 이들이 적지 않았다. 스스로도 "까불고 능청스러운 편안한 이미지가 너무 정형화되어 지겹기도 하고 한계도 느꼈"을 무렵이었으니, 보는 이들이라고 비슷한 걱정을 안 할 리가 없었다.

박철민으로선 억울한 일일지도 모른다. 그는 대학 졸업 뒤 노동극단에서 활동을 시작한 배우이고, 1980년대 말 화려한 재담으로 노동자와 학생 들의 집회를 이끌던 집회 사회자 '민주 대머리'였다. 그런 그에게, 젊은 노동자의 죽음과 딸과의 약속을 지키기 위해 고군분투하는 아버지의 싸움이 그리 낯선 이야기만은 아니었을 것이다. 그러나 지난 십수 년의 필모그래피는 예전의 박철민과 오늘날의 박철민을 연결해서 생각하는 것을 어렵게 만들었다. 조선인인 것을 숨기고 사는 친구 역도산을 바라보는 말수 적은 재일조선인 김명길(〈역도산〉, 2004)처럼 차분한 배역을 맡은 적도 있건만, 100편 가깝게 쌓인 필모그래피에서 그런 역을 콕 집어 기억하는 게 쉬운 일은 아니었다. 그런 미묘한 반신반의의 기류 안에서 박철민은 묵묵히 촬영에 임했고, 끝내 영화를 완성했다.

결과는 어땠을까. 객석 점유율 1위를 기록하며 개봉 2주 차에 확대상영에 나선 〈또 하나의 약속〉에서, 박철민의 연기는 화려하지 않지만 조용히 그 빛을 발한다. 다 큰 딸과 소주 한 잔을 나눠 마실 수 있음에 감사하며 내보이는 소박한 아버지의 웃음에서, 회사에서 백혈병을 얻어 돌아온 딸 앞에서 어찌할 바를 모르고 굳어버리는 창백한 절망의 표정까지, 박철민은 그 아찔한 낙폭을 차분하게 연기해낸다. 아픈 딸에게 "아프면 아프다고 윗사람한테 이야기하지, 왜 이야기를 안 했느냐"며 다그치는 것 말고는 다른 위로를 미처 떠올리지 못하는 못나고 투박한 아비, 딸의 치료비를 회사에서 대준다는 말에 멋도 모르고 순순히 산재신청 포기각서를 받아들이는 순진한 중년, 연락을 고의로 무시하는 회사 인사과 직원에게 "이 쌍놈의 종자야"라고 음성 메시지를 남겨놓고선, 정작 직원이 병원에 찾아오자 일단 고개부터 숙이는 힘없는 소시민. 박철민은 안으로 수그러드는 말투와 처진 어깨로 그 지옥과 같은 세월을 통과하는 한 남자의 초상을 그려낸다. 종종 흥분하면 섞여드는 콧소리가 잠시 박철민의 예전 필모그래피를 떠올리게 하다가도, 일인 시위를 막으려 회사가 보낸 버스 차벽 안에 갇혀 망연자실하게 하늘을 올려다보는 장면의 적막함은 관객의 시야를 다시 영화 안에 온전히 붙박아둔다.

신기하게도, 특유의 과장된 연기 톤을 절제했음에도 우리와 부대끼며 사는 평범한 장삼이사의 얼굴은 고스란히 박철민의 육신을 통해 화면 위로 떠오른다. 영화의 오프닝, 뒷자리에 탄 손님에게 "두 분은 언제 결혼해요? 내가 택시 운전만 25년을 했어요. 어떤 사연 있는 손님인지 보면 대번에 알아요"라고 말을 건네는 모습은 긴 설명 없이도 인물이 어떤 식으로 세상을 살아왔는지를 설명해준다. 감초의 부산스러운 호들갑처럼만 여겨지던 특유의 애드리브 실력 또한 조용히 빛을 발한다. 애드리브를 극도로 자제했다는 박철민이 스스로 애드리브였노라 밝힌 장면이 있다. 자신을 만류하던 아내(윤유선)가 마음을 바꿔 "당신이라도 올라가서 싸우"라고 말을 건넨 아침 밥상, 한상구(박철민)는 웃는 듯 우는 듯한 표정으로 "당신 참 예뻐"라고 답한다. "자신도 모르게" 튀어나왔다는 그 애드리브는, 배우가 오래 쌓아온 순발력이 인물의 진심과 만났을 때 가능한 어떤 경지를 보여준다. 일평생 그런 말은 간지럽다고 하지 않고 살다가, 어렵게 아껴둔 말을 꺼낸 옆집 사는 아저씨를 보는 듯한 착시. 화려한 스타 이미지 하나 없이 지난 십수 년간 관객과 면을 터온 박철민의 친근한 얼굴은, 이 영화가 거대 기업과 제도의 허점에 맞서 싸워 이긴 특별한 영웅에 대한 서사가 아니라, 어쩌면 우리 중에 한 명일지 모르는 아주 평범한 남자의 비범한 이야기라는 점을 관객에게 즉각적으로 상기시키는 힘을 지녔다. 덕분에 〈또 하나의 약속〉은 사회고발 영화라는 층위에, 평범한 가장이 외부 충격으로 붕괴된 가족공동체를 복원하고 죽은 딸과의 약속을 지키려 고군분투하는 가족극의 층위도 함께 지닐 수 있게 되었다.

영화 자체의 완성도만 놓고 본다면 〈또 하나의 약속〉은 엄청난 수작이라고 이야기하긴 어렵다. 배경음악은 종종 관객보다 앞서 슬퍼하고, 대사는 지나치게 친절하고 투박하다. 그럼에도 이 영화가 지니는 의의가 있다면, 영화평론가 허지웅의 지적대로 "도저히 이길 수 없었던 싸움을 이겨낸 아버지의 실제 사연을 들어 믿을 수 없는 승리의 경험을 기록해" (허지웅, "[터치스크린]현실 부조리와 맞선 승리의 경험", 《주간경향》, 제1063호) 냈다는 데 있을 것이다. 불의에 맞서 싸우다 패배하는 비극적인 서사 속에서 관객들은 울분을 쌓는 동시에 저도 모르는 사이 패배를 학습하곤 한다. 그런 냉소와 염세 속에서 한 평범한 아버지가 이뤄낸 승리의 기록은 보는 이로 하여금 패배의식을 딛고 다시 희망을 품게 만드는 힘을 지녔다. 그 의의의 대부분은 실화의 주인공인 황상기 씨와 고 황유미 씨에게 빚진 것이겠지만, 평범한 장삼이사가 영웅으로 각성하는 일 없이 세상과 맞서 싸워내는 모습으로 인물을 완성한 박철민 또한 충분히 박수를 받을 자격이 있다. 장삼이사로 스크린과 브라운관을 살아낸 박철민이 일궈낸, 작지만 옹골차게 빛나는 성취다.

역사 한가운데
던져진 장삼이사
송강호

영화 〈변호인〉이 개봉한 직후, 어디를 가든 대중문화에 대한 이야기가 조금 길어지다 보면 자연스럽게 〈변호인〉에 대한 이야기가 나왔다. 나는 말하는 것이 조심스러웠다. 영화에 대한 평가는 종종 영화 속 송우석 변호사의 모델이 된 고 노무현 대통령에 대한 평가로 오인되었기 때문이다. 아마 어쩔 수 없는 일일 것이다. 〈변호인〉은 안온하게 살며 돈 잘 벌던 변호사가 우연한 계기로 시대의 모순을 각성하고 인권 변호사로 거듭나는 이야기다. 그것이 우리가 아는 '바보 노무현'의 시작이었으니, 그를 지지하는 사람이든 그를 적대시하는 사람이든 영화와 그 영화의 바탕이 된 실제 역사를 분리해 생각하기란 쉬운 일이 아니리라.

다만 내겐 그런 반응들이 다소 낯설긴 했다. 〈변호인〉 속 송강호는 고 노무현 대통령의 동작이나 말투, 습관을 따라 해보는 이들로 하여금 고인을 떠올리게 하기보단, 관객에게 '송우석'이라는 등장인물 자체의 삶을 납득시키는 데 최선을 다하기 때문이다. 설령 고 노무현 대통령이라는 실존 모델의 삶을 전혀 모르는 타국의 관객이 본다 하더라도 〈변호인〉이 가지는 영화적 의미는 크게 퇴색되지 않을 것이다. 그것은 인물을 흉내 내는 것이 아니라 자신의 방식으로 재해석해 소화해내는 송강호의 탁월함에 많은 부분을 빚졌다. 송강호가 아니었다면, 어쩌면 〈변호인〉은 독립된 텍스트로 홀로서기에 성공하는 대신 실존 인물과 실존 역사에 종속되었을지도 모른다.

잠시 〈변호인〉에서 눈을 돌려 송강호의 필모그래피를 보면 한 가지 재미있는 점을 발견할 수 있다. 〈설국열차〉(2013)를 기점으로 〈관상〉(2013)과 〈변호인〉을 지나 〈택시운전사〉(2017)에 이르기까지, 송강호가 연기한 인물들은 공교롭게 역사의 격동기를 자주 온몸으로 맞아내곤 했다. 〈설국열차〉의 남궁민수는 열차라는 시스템과 커티스의 혁명 양쪽 모두에 회의를 품은 무정부주의자였고, 〈관상〉의 김내경은 본의 아니게 역사의 격랑에 휩쓸려 정의를 지키는 쪽에 서고자 했으나 끝내 실패한 지식인이었다. 정권의 공작과 공권력의 부당한 행사에 맞서 일어선 변호사를 연기한 〈변호인〉이야 더 말할 것도 없고. 실제 김사복 씨의 유족이 나와서 고인의 행보를 증언해주기 전에 만들어진 작품인 〈택시운전사〉의 만섭 또한 속물 소시민이었으나 광주에 가서 눈을 뜬 인물로 그려진다. 아마 〈설국열차〉와 〈관상〉, 〈변호인〉이 개봉했던 2013년 〈조선일보〉가 알레르기 반응을 일으키며 "급전 필요한가"("설국열차, 관상 이어 변호인까지… 송강호 연이어 영화 출연 '급전 필요한가?'", 조선닷컴, 2013년 10월 30일 자) 운운하게 된 것 또한 이런 심상치 않은 행보에 그 원인이 있었을 것이다.

누군가는 이런 필모그래피를 들어 송강호의 정치적 지향을 넘겨짚기도 하지만, 내가 진짜 궁금한 것은 '왜 송강호가 그런 배역들을 연달아 맡았을까'라는 질문의 정반대편에 있다. '왜 그 많은 감독들은 이런 역사의 격랑 한가운데에 서 있는 배역들을 송강호에게 맡기고 싶어 하는 것일까'다. 이에 대한 가장 간단하고 게으른 답변은 '그 연배의 주연급 배우 중 송강호가 상업적으로나 연기력으로나 가장 파괴력 있는 배우이기 때문에'일 것이다. 동년배 주연급 배우 중 상업성과 예술성을 동시에 인정받은 배우가 송강호 하나뿐인 것은 아니다. 당장 송강호와 함께 트로이카로 호명되는 최민식과 설경구가 있고, 잠시 동안의 부진을 딛고 일어난 한석규도 있다. 그러니 질문은 여전히 유효하다. 왜 송강호인가?

한때 한국 영화계에 지적으로 생긴 남자들이 주연을 도맡아 하던 시절이 있었다. 〈태백산맥〉(1994)의 안성기는 좌와 우 모두에 회의를 느끼는 민족주의자 김범우로 분해, 격렬한 좌우 대립을 직접 경험한 임권택 감독의 시선을 대신 전했다. 수배를 피해 도망 다니는 법학도 출신의 학생운동가 김영수를 연기한 〈아름다운 청년 전태일〉(1995)의 문성근 또한 지식인의 자리에서 전태일의 삶을 바라보았던 박광수 감독의 입장을 대변했다. 심지어 블록버스터 영화였던 〈쉬리〉(1999)의 한석규조차, 인텔리 국가공무원의 자리에 서서 남북 분단을 바라보았다. 우리는 멋진 주인공들이 스크린 위에서 고뇌하는 모습을 보며 그에 반했고, 그들의 설명을 따라 극을 이해했다.

반면 송강호의 경우는 앞에 언급한 배우들과는 조금 다르다. 〈변호인〉에서 그는 나이트클럽 앞에서 홍보 명함을 돌리다 삐끼로 오인받는 고졸 출신의 속물 세법 변호사였고, 〈괴물〉(2006)에서는 '어릴 적 영양소를 잘 섭취하지 못해서 그런지 머리가 좀 그런' 어수룩한 한강변 매점 주인이었다. 〈의형제〉(2010)에서는 어떻게든 남파간첩을 잡아 팔자를 고쳐보려

하지만 전처를 따라 영국으로 떠난 딸과 통화하고 난 뒤엔 처진 어깨를 감당하지 못하는 못난 아비였고, 〈살인의 추억〉(2003)에서는 매번 뒤통수를 치고 달아나는 범인 앞에서 멍한 표정을 감추지 못하는 시골 형사였다. 본의 아니게 계유정난에 휘말린 〈관상〉에서조차 그의 본질은 자식의 앞날을 걱정하고 돈 많이 벌어 식솔을 먹이는 것이 목표인 평범한 아버지였다. 돈 10만 원을 벌기 위해 다른 택시기사가 받은 예약손님을 새치기하려는 〈택시운전사〉의 만섭은 어떤가?

물론 송강호가 맡은 그 많은 인물들을 한두 가지 공통점으로 싸잡아 묶어버리는 것은 배우에 대한 결례일 수 있다. 그 위험을 감수하고 굳이 공통점을 짚어보자면 영화 속 그의 자리는 주로 상아탑이 아닌 소시민들 틈바구니였고, 무게를 잡고 시대에 고뇌하기보단 주리면 먹고 졸리면 자며 큰 야망보다는 소소한 행복이 중요한 소탈한 인간상을 더 자주 맡아왔다는 점일 것이다. 송강호는 극을 설명해주고 이끌어가는 '지식인'이 아니라 '우리 중 한 명'으로 분해 우리 옆에 서서 스토리라인을 함께 걷는다. 그래서 우리는 송강호가 연기할 때 주인공의 활약을 '보는' 것이 아니라, 자연스럽게 스스로를 주인공의 자리에 앉히고 그 활약을 '체험'하게 되는 것이다.

이는 동시대 트로이카로 묶여서 호명되던 최민식이나 설

경구와도 또 다른 덕목이다. 끓어오르는 분노와 통제불능의 야수성을 속에 꾹꾹 눌러 담은 최민식이나, 허허 웃고 있어도 어딘가 서늘한 기운을 담고 있는 설경구의 연기는 '체험'하는 것이 아니라 '압도'되는 종류의 연기에 가깝다. 설경구와 두 차례 작업하며 등장인물의 뒤틀린 삶으로 객석을 압도하던 이창동 감독이, 영화 〈밀양〉(2007)에서 여주인공 신애를 물끄러미 뒤에서 바라보는 동네 노총각 종찬의 자리에 설경구가 아닌 송강호를 앉힌 것도 그런 맥락에서 생각해볼 수 있다. 송강호는 어딘가 허술해 보이고, 다분히 무신경하며, 동네 다방 여종업원과 농담 따먹기를 즐기는 흔한 시골 노총각의 연기로 영화 속 밀양이라는 공간의 공기를 그려낸다. 이렇듯 송강호는 우리 중 한 명 있을 법한 '흔한 남자'를 그려내는 데 타의 추종을 불허한다.

그렇다면 〈설국열차〉와 〈관상〉, 그리고 〈변호인〉을 만든 감독들이 왜 모두 송강호에게 러브콜을 보냈는지에 대해서도 이렇게 생각해볼 수 있을 것이다. 그 영화의 감독들은 '우리 중 한 명'을 탁월하게 그려내는 송강호를 역사의 한가운데에 세움으로써 '세상을 바꾸고 역사를 목격하는 자리는 위대하고 비범한 인물들만의 몫이 아니라, 바로 나와 당신과 같은 평범한 장삼이사들의 몫이기도 하다'고 말하고 싶었던 것은 아닐까 하고 말이다.

　넬슨 만델라 전 남아프리카공화국 대통령은 생전 연설에서 "역사는 왕이나 장군들이 만드는 것이 아니라 민중들이 만드는 것"이라고 말한 바 있다. 오늘을 살고 있는 평범한 우리 한 명 한 명의 생각과 행동이 역사의 방향을 결정짓는다는 뜻이다. 그리고 '왕'이나 '장군'이 아니라 저잣거리에 흔한 '우리 중 한 명'으로 분한 송강호는, 관객의 옆구리를 툭툭 치며 넌지시 묻는다. "이런 게 어디 있냐"고. "이러면 안 되는 것 아니냐"고. 그리 잘나지도 특출하지도 않은 우리가 보기에도 이건 아니지 않으냐고. 영원할 듯했던 열차의 질주를 뽕쟁이 망나니가 멈춰 세웠듯, 촌에 은거하던 관상쟁이가 권력의 심장을 목격하고 증언했듯, 속물 세법 변호사가 시대의 불의와 맞서 싸웠듯, 목숨을 걸고 기껏 빠져나온 광주로 다시 되돌아간 택시기사처럼, 평범한 당신도 일어설 수 있지 않으냐고 말이다.

가혹한
재발견의 굴레
송혜교

2012년 말의 일이다. 영화관에서 혼자 〈레 미제라블〉을 보고 나오는 길에, 같은 관에서 영화를 본 한 커플과 엘리베이터를 함께 타게 되었다. 심야 상영이었던 터라 관객도 많지 않아 엘리베이터를 탄 사람도 셋뿐이었는데, 데이트 중인 커플들이 흔히 그렇듯 옆에 있는 나는 전혀 안중에 없는 두 사람만의 오붓한 대화가 시작됐다.

"야, 커트 러셀 누가 섭외한 거냐? 노래 너무 못하던데?"

"그러니까. 클로즈업은 또 얼마나 잡는지, 보는 내내 부담스러워서."

대화에 끼어들어 "러셀 크로겠죠. 이 영화에는 커트 러셀이 출연하지 않습니다"라고 한마디 얹어주고 싶었지만, 그랬다가 이어질 민망하고도 어색한 침묵을 감당할 자신은 없었다. 내가 혼자 남자의 말을 정정해주고 싶은 충동과 싸우고 있는 동안, 커플의 대화 주제는 팡틴 역의 앤 해서웨이로 넘어갔다.

"앤 해서웨이 연기 많이 늘었더라?"

"진작에 이런 거 좀 찍지. 그동안 왜 그런 영화들에만 나왔대?"

가만, '그동안 그런 영화'라니, 연기가 '늘었'다니? 커트 러셀과 러셀 크로를 헷갈리는 거야 외국 이름이니까 그럴 수 있지 했는데, 이건 좀 아니다 싶었다. 팡틴이란 캐릭터 자체가 연기력을 '과시'할 기회가 많은 배역이라 연기가 눈에 더 잘 들어와서 그렇지, 앤 해서웨이는 언제나 자기 몫은 너끈히 해내는 배우였다. 죽은 게이 남편의 애인으로부터 걸려온 전화를 복잡미묘한 표정으로 받던 중년 여인을 연기해낸 〈브로크백 마운틴〉이 2006년, 언니의 결혼식에 참여하기 위해 재활원에서 나온 약물중독자 역을 한 〈레이첼, 결혼하다〉가 벌써 2008년 영화였으니 말이다. 심지어는 '그런 영화' 축에 낄 법한 〈악마는 프라다를 입는다〉(2006)에서도 그의 연기는 호평의 대상이었다. 연기력이 늘었다는 말이 늘 칭찬인 건 아니다.

비슷한 경우가 그해 봄에도 한차례 있었다. 2012년 3월 〈화차〉가 개봉하자, '김민희의 재발견' 운운하는 이야기가 도처에서 튀어나온 것이다. 그가 드라마 〈굿바이 솔로〉로 '재발견'이란 말을 처음 들었던 게 2006년이었다. 〈뜨거운 것이 좋아〉에서 이미숙에게도 밀리지 않는 연기를 선보이며 또 '재발견'된 게 2007년, 〈여배우들〉에서 허허실실 극의 빈칸을 메우며 또 '재발견' 소리를 들은 게 2009년이었다. 작품을 할 때마다 '재발견'이란 말을 듣는 배우라니. 그렇다면 〈화차〉는 '재-재-재-재발견'쯤 되려나. 이쯤 되면 '재발견'이란 말을 사용하는 사람들은 그간 진작에 김민희를 발견 못 하고 뭘 했는지를 묻는 게 더 빠를 것이다.

이 '재발견' 리스트에 합류한 사람 중 송혜교를 빼먹으면 서운할 것이다. SBS 수목드라마 〈그 겨울, 바람이 분다〉(2013)에서 시각장애인 재벌가 상속녀 오영 역이 재발견의 계기였다. 분명 쉬운 조건은 아니었다. 벌써 두 번째 리메이크다 보니 원작 일본 드라마 〈사랑 따윈 필요 없어, 여름〉(2002)의 히로스에 료코, 한국판 리메이크 영화 〈사랑 따윈 필요 없어〉(2006)의 문근영과 비교를 피할 수 없었다. 함께 출연하는 배종옥이나 김규철과 같은 베테랑들과 한 화면에 나오면 송혜교가 밀리진 않을까를 걱정하는 목소리도 있었다. 다행히도,

기우였다. 〈그 겨울, 바람이 분다〉가 방영되는 수요일, 목요일만 되면 인터넷 연예 기사가 온통 '진정한 연기파 배우로 거듭났다' 같은 표현들로 도배가 되었다. 지나치게 화사한 화면 연출이나 극단적인 클로즈업에 대한 비판은 있었어도, 그의 연기에 이렇다 할 시비를 거는 사람은 없었다.

물론 처음부터 이렇게 칭찬 일변도였던 것은 아니라서, 외려 첫 2회분 정도는 그의 연기를 지적하는 의견이 많았다. '시각장애인이 어떻게 저렇게 굽이 높은 힐을 신고 다닐 수 있느냐'부터 '앞이 안 보이는 사람이 어떻게 저 넓은 집 안을 지팡이도 없이 휘적휘적 다닐 수 있느냐', '립스틱 바르는 장면을 클로즈업한 건 PPL을 노린 거냐'는 지적들까지. 마치 '어디 시각장애인 연기를 얼마나 잘하는지 두고 보자' 하는 마음으로 지켜보기라도 한 것처럼 연기 지적이 쏟아져 나왔다. 결국 누군가 나서서 시각장애인들 중에도 굽 높은 힐을 즐겨 신는 사람이 제법 있다는 점, 그들도 지형지물에 익숙한 집 안에서는 지팡이 없이도 잘 다닌다는 점, 립스틱을 바를 때 입술 선을 손으로 확인해가며 바르는 장면은 디테일이 살아 있다는 점 등을 해명해준 다음에야 초반의 연기 논란이 간신히 가라앉았다.

그런데 한 가지 흥미로운 건 그에 대한 찬사가 터져 나온 시점이다. 마음의 문을 닫고 살던 오영이 십수 년 만에 만난 오빠(인 줄 알고 있는) 오수(조인성)에게 마음을 열고 '오빠 너를 믿고 싶다. 믿어도 되겠느냐'며 오열하는 장면이 기점이었던 것이다. 그러니까 그가 시각장애인들과 함께 생활하면서 그들의 일상을 관찰하는 공을 들여가며 선보인 시각장애인 연기가 아니라, 조인성과의 멜로가 궤도에 오르며 연기에 대한 칭찬이 시작된 것이다. 좀 이상하지 않은가? 정통 멜로 연기는 〈가을동화〉가 히트했던 2000년 이래로 송혜교의 주 전공 분야였다. 새로 선보이는 연기 도전 앞에선 갸우뚱하던 여론이, 늘 잘해왔던 걸 잘해 보이자 난데없이 '재발견'을 외치며 그제야 시각장애인 연기도 덩달아 칭찬하는 이 기이한 현상이라니.

생각해보면 송혜교는 늘 그 정도의 연기는 소화해냈다. 주전공인 멜로에만 집중해도 됐던 〈올인〉(2003)이나 〈풀하우스〉(2004)에서의 호연은 말할 것도 없고, 방송사 드라마국 새내기 감독 주준영 역을 맡았던 〈그들이 사는 세상〉(2008)에 들어서는 '믿고 볼 수 있는' 단계에 접어들었다. 소수점 단위의 시청률 변화에도 스트레스를 받고, 남자들 천지인 드라마 판에서 여자 감독으로 생존하기 위해 아등바등해야 하는 주준영은 쉽지 않은 역이었다. 송혜교는 이 까다롭고 낯선 특수

전문직 연기를 손에 잡힐 듯 펼쳐 보였다. 물론 그때도 시작은 '발음 논란'으로 시작했고, 연기가 궤도에 오른 시점엔 시청률이 떨어지는 바람에 칭찬을 받을 기회조차 없었지만.

하긴, 세상엔 그런 배우들이 있다. 발랄한 이미지와 준수한 외모 탓에 아무리 호연을 펼쳐도 늘 상대적 저평가에 시달리는 배우들. 처음엔 연기 신동 소리를 듣던 레오나르도 디카프리오도 〈로미오와 줄리엣〉(1996), 〈타이타닉〉(1997), 〈비치〉(2000)를 거치면서 꽃미남 스타 정도로 이미지가 굳어질 뻔했으니까. 그의 연기에 대한 진지한 논의는 그가 살집을 불리고 미간에 주름을 잡아 "인상이 잭 니컬슨을 닮아간다"는 이야기를 들었던 〈갱스 오브 뉴욕〉(2002)에서야 다시 시작됐다. 멀리 할리우드까지 갈 것도 없다. 장동건 또한 연기력을 제대로 인정받기 시작한 건 〈인정사정 볼 것 없다〉(1999), 〈친구〉(2001), 〈해안선〉(2002)으로 이어지는 일련의 연기 변신 이후의 일이었다. 사람들에게 '그냥 잘생긴 사람'이 아니라는 걸 인정받기 위해 넘어야 할 문턱이 남들보다 높았던 셈이다.

이런 편견은 남자 배우보다 여자 배우에게 유독 더 가혹하다. 여자 배우에 대한 오랜 이중 잣대, 즉 얼굴 예쁜 덕에 CF나 촬영하고 화보나 찍으며 공짜로 인기를 얻은 게 아니냐는 뿌리 깊은 편견에서 자유롭지 못하기 때문이다. 그래서 여자 배우들은 종종 제 자신이 배우라는 사실을 증명하기 위해 기예에 가까운 연기에 도전하곤 한다. 앤 해서웨이는 11킬로그램을 감량한 채 카메라 앞에 앉아 삭발을 하고 울면서 노래를 불러야 했고, 김민희는 온몸에 피 칠갑을 한 채 속옷 바람으로 산장 바닥을 걸레질해야 했다. 이영애는 〈친절한 금자씨〉에서 웃음과 울음이 기괴하게 뒤섞인 표정으로 얼굴을 구겼다. 그리고 송혜교는 앞이 안 보이는 시각장애인을 연기하며 쇼핑몰 분수대에 빠졌다. 물론 누구에게나 삶은 어렵고 자기 재능을 증명하는 일에는 노력이 필요하다. 하지만 성별을 비롯한 특정 조건에 놓인 이들에게만 세상이 요구하는 바가 유독 더 가혹하다면 그건 부당한 일이 아닐까. 오늘도 우리는 '연기력 논란' 따위의 핑계를 들어 누군가에게 부당하게 더 높은 허들을 세우고 있을 것이고, 세상 어디에선가는 또 누군가 배우로 존중받을 자격을 따내기 위해 몸에 피 칠갑을 하고 있을 것이다. 어떤 이들의 자기 증명은 그렇게나 처절하다.

불편하디?
젊은 여자라서?
김유정과 태도 논란

"최근 온라인으로 제기된 공식 석상에서의 문제점에 대해 모두 인지하고 있으며, 자신의 태도에서 비롯된 논란에 대해 깊이 반성하고 항상 신뢰해주신 팬분들에게 실망을 안겨드려 죄송스럽게 생각하고 있습니다. 당사 역시 앞으로 이 같은 일이 발생되지 않도록 최선의 노력을 다할 예정입니다. 다시 한번 이와 관련해 많은 분들께 심려 끼쳐드린 점 고개 숙여 사과의 말씀 드립니다." 2016년 12월 22일 iHQ가 발표한 사과문이다. 무슨 일이 있었기에 이들은 이렇게 고개를 깊게 숙이는 것일까. 이유를 알고 보면 허탈하다. 같은 달 19일에 열린 영화 〈사랑하기 때문에〉 시사회 현장. 관객들에게 인사를 하러 다른 주연 배우들, 감독과 함께 무대 위에 올라간 배우

김유정은 짝다리를 짚었고, 감독이 마이크를 잡고 관객에게 이야기를 하는 동안 손톱을 매만지다가 옆에 서 있던 김윤혜에게 제 손톱을 보여줬다. 네티즌들은 이런 김유정의 모습이 함께 서 있던 차태현이나 서현진 등 다른 선배 배우들에 비해 산만하고 무성의한 태도였다는 것을 문제 삼았다.

물론 그 순간이 보는 사람에 따라선 다소 불쾌할 수도 있을 것이다. 그러나 그날 있었던 다른 순간들은 회자되지 않았다. 이를테면 같은 날 옆 상영관에서 시사회를 본 한 네티즌은, 김유정 태도 논란이 불거지자 무슨 소리냐며 자신이 찍은 동영상을 인터넷에 공개했다. 동영상 속 김유정은 연신 웃는 낯으로 다른 배우들의 말에 박수를 치고, 사진을 찍는 팬들을 향해 손가락으로 브이를 그려 보이고, 허리를 90도로 숙이며 객석을 향해 인사를 했다. 그러나 이런 영상이 '자신이 아끼는 연예인의 잘못을 무작정 감싸고 보는 팬들의 실드' 정도로 여겨지는 동안, 짝다리를 짚고 손거스러미를 정리하는 10여 초는 인터넷에서 반복 재생된다. 찰나의 순간은 졸지에 본질로 돌변한다. 몇몇 기자들은 게으르게 해당 논란을 퍼 옮기며 트래픽 장사를 했고, 네티즌들의 말 뒤에 숨어 자신들이 하고 싶은 말을 했다. 그러니 행실을 바르게 했어야지.

논란을 다룬 기사 밑에는 험악한 댓글들이 주렁주렁 달렸다. "어린 나이에 너무 일찍 인기를 얻더니 건방져진 것"이라는 추측부터, "아는 기자가 있는데 원래 버릇이 없다더라"는 '카더라' 통신, 홍콩 일정 중 얻은 감기 몸살로 일정을 취소했다는 것도 "죄다 동정표를 얻기 위한 수작이 아니냐"는 넘겨짚기, "돈을 그만큼 벌면 조금 힘들고 지치더라도 성의 있게 굴어야 한다"는 '받은 만큼 일하라'는 요구까지. 사과문이 나온 이후라고 댓글이 딱히 온화해진 건 아니다. "본인의 자필 사과문이 아니라 회사 명의로 사과문을 낸 걸 보니 진정성이 없다"는 말부터 시작해 "이번 일로 인성이 다 드러난 거다"라며 인성 문제까지 운운하는 이가 있는가 하면, "뭘 이런 걸 문제 삼느냐"는 다른 이의 지적에 "그럼 지금 내가 별거 아닌 일로 트집 잡는다는 이야기냐. 기분 나쁘다"고 대응하는 이도 있다.

혹자는 말한다. 편의점에서 아르바이트를 해도 짝다리를 짚으면 태도 지적을 받는 게 당연한데 하물며 대중의 사랑을 받으며 많은 돈을 벌고 있는 연예인이니 지적을 받는 게 마땅하다고. 서비스업에서 친절이 생명인 것을 모르느냐고. 그러나 다시 생각해보자. 우리는 쉬지 않고 "사랑합니다, 고객님"을 외쳐야 하는 감정노동자들의 고충에 가슴 아파하고, 싫어도 싫은 티를 내지 못한 채 직장 상사의 사생활 침해와 부당한 요구를 감당해야 하는 우리 자신을 안쓰럽게 여긴다. 거의 모든 노동이 감정노동의 성격을 지니게 된 세태에 대해 분노하고, 남에게 굽실거리지 않고도 존엄을 챙기며 살 수 있는 세상이 오길 바란다. 그러면서도 연예인이 나에게 감정노동을 성실히 수행하지 않으면 격분하는 것은 왜일까? "나는 네가 누리는 부와 인기를 가능하게 한 소비자 '대중'이니, 내가 받아야 할 몫을 챙기겠어"라는 소비자 심리와 "나는 감정노동을 하는데 왜 쟤는 안 해?"라는 불행의 평등주의가 폭력적으로 결합된 결과가 아닐까? 모두가 감정노동을 덜 강요받는 세상으로 함께 가자는 게 아니라, 나도 강요받으니 너도 강요받아야 한다는 소모적인 평등주의. 그리고 그런 요구는 대체로 때리기 만만한 젊은 여자 연예인에게 몰린다.

화사하게 웃는 얼굴로 스타덤에 오른 10대 여자 연예인과, 성격대로 지르는 것을 콘셉트로 대중을 만나 온 데뷔 35년 차 남자 연예인을 평가하는 기준은 좀 다를 수 있다. 그러나 MBC 〈마이 리틀 텔레비전〉에서 이경규가 방송을 하다 말고 피곤하다며 숫제 자리에 드러누울 때, 사람들은 그 행동에 '눕방'이라는 용어를 붙여가며 박수를 치고 웃었다. 그가 JTBC 〈한끼줍쇼〉에서 시민과 대화를 나누려는 강호동의 집요함에 치를 떨며 시민의 말을 빨리 끊고 정리하려 들 때, 사람들은 그걸 '빨리 찍고 빨리 쉬려는 극도의 실용주의'로 이해한다. 영국 록 밴드 오아시스의 리엄 갤러거가 "음악은 ×나 예전에 끝났어. 다 돈 때문에 하는 거야. 그러니까 빌어먹을 티셔츠나 사라고"라고 이야기하는 것은 록스타의 다듬어지지 않은 야성으로 평가받을 때, 짝다리를 짚은 여자 연예인은 인성을 의심당한다. 왜 누군가의 육체 피로나 거침없는 언행은 용인되고 누구는 용인되지 못하는가?

이런 논란을 겪은 여자 연예인이 김유정이 처음인 것도 아니다. 우리는 대중과 미디어가 젊은 여자 연예인의 몸과 마음을 통제하려 드는 광경을 심심찮게 목격했다. 사람들은 브래지어 없이 티셔츠 차림으로 사진을 찍은 (것으로 추정되는) 설리에게 손가락질하며 '관심병 환자'로 몰아세웠고, 네티즌의 댓글에 건조하고 단호하게 답을 한 하연수를 "둥글게 말했으면 별문제가 없었을 걸 까칠하게 굴어서 문제를 키운" 사람이라 평가했으며, 자신의 트위터 계정에 '여배우'라는 단어는 여성혐오적 단어이니 사용하지 말자고 이야기한 배우 이주영에게 비난을 퍼붓는 한편, MBC 〈황금어장〉 '라디오스타'에 출연해 개인기도 없고 숫기도 없다며 소극적인 모습을 보인 레드벨벳의 멤버 아이린의 방송 태도를 질타했다. 젊은 여자 연예인은 신체와 옷차림, 언어와 생각, 대중 앞에서 재롱부리는 것을 버거워하는 태도를 차례로 평가받았다.

남자 연예인이라고 대중으로부터 비판과 시정 요구를 받지 않은 건 아니다. 영화 〈당신, 거기 있어줄래요〉(2016) 제작 발표회에서 여자 배우들에 대한 성희롱성 발언을 했다가 항의를 받고 자성과 학습을 비롯한 재발 방지를 약속한 배우 김윤석이나, 팬 사인회에서 자신에게 반말을 한 여자 팬의 머리채를 쥐고 흔드는 장난을 쳤다가 사과 요구를 받은 방탄소년단 등의 예도 있었다. 그러나 남자 연예인들에 대한 대중의 요구가 '명백한 편견을 조장하는 언어 사용을 중단해달라'거나 '타인의 신체 자결권을 침해하지 말라'는 게 본질이었다면, 여자 연예인들에 대한 대중의 요구는 조금 다른 방향에 초점이 맞춰져 있다. 설리의 노브라 차림이, 아이린의 숫기 없음이, 김유정의 짝다리가 누구를 공격하거나 그릇된 사회적 편견을 조장한 적 있는가?

그렇다면 결국 인성까지 논하는 저 요구의 본질이 무엇인지는 자명하다. '늘 공손하고 고분고분하고 웃어야 하는 연예인이 감히 내 기분을 나쁘게 했어'인 것이다. 물론 노브라를, 개인기 없음을, 짝다리를 보고 기분이 나쁠 수는 있다. 그러나 내가 기분이 나쁘다는 이유로 상대의 인성을 논하며 마녀사냥을 하는 일이 정당화되는 게 아니다. 넷플릭스 드라마

〈오렌지 이즈 더 뉴 블랙〉 시즌 3의 한 장면. 레드(케이트 멀그루)는 자신에게 거짓말을 한 파이퍼(테일러 실링)를 외면한다. 파이퍼는 레드의 심기를 거스르지 않으려 한 거짓말일 뿐이라며 이렇게 말한다. "많은 문화권에선 타인의 품위를 진실보다 더 중요하게 여겨요. 라디오에서 들었는데, 한국에선 그런 걸 '기분'이라고 부른대요." 파이퍼의 말을 들은 레드는 이렇게 쏘아붙인다. "러시아에선 그런 걸 '개소리'라고 해."

언제까지
무릎만 칠 건가
샘 오취리와 인종차별

연초부터 부끄러울 일투성이다. 2017년 1월 4일에 방영된 JTBC 〈말하는 대로〉에 출연한 가나 출신 방송인 샘 오취리는 자신이 한국에서 경험한 인종차별 사례를 들려줬다. 지하철에서 마주친 중년 여성이 "까만 ××가 한국에서 뭐 하는 거냐. 너희 나라로 돌아가라"고 폭언을 던진 일, 이를 보고도 가만히 침묵하는 수많은 승객을 보며 '한국인들은 원래 이런가' 생각했다는 이야기, 똑같이 단역배우 아르바이트를 해도 백인들이 멋진 역할을 맡는 동안 흑인들은 악당이나 좀도둑 역할을 맡아야 했던 경험, 흑인이라는 이유만으로 영어 학원 강사 자리를 얻을 수 없었다는 경험담…. 듣는 사람이 다 부끄러워지는 인종차별 사례는 그 종류가 다채롭기까지 했다. 서아

프리카 지역에 에볼라 바이러스가 유행하던 2014년, 한 식당이 "에볼라 바이러스로 인해 아프리카 고객은 받지 않겠다"는 문구를 내걸며 접객을 거부한 탓에 전 아프리카인들이 분노했다는 이야기쯤 되면 나라도 대신 나서서 사과하고 싶어진다. 이토록 무례하고 폭력적인 공동체의 일원이라서 미안하다고.

아마 늘 웃는 얼굴로 한국을 향한 사랑을 얘기하던 샘이기에 이날의 고백이 더 충격적이었으리라. 그의 그늘 없는 웃음에서 폭력적인 인종차별이 남긴 상처를 찾기는 쉽지 않으니 말이다. 방송 직후부터 인터넷에는 자성의 목소리를 담은 프로그램 리뷰 기사들이 올라왔고, SNS나 블로그에서 인종차별에 대해 이야기를 나누는 이들 또한 쉽게 발견할 수 있었다. 한국이 이처럼 인종차별이 심한 나라인 줄 몰랐다는 이야기부터, 우리 모두 자성해야 한다는 다짐까지. 올라오는 글들을 공감하며 지켜보다, 문득 전에도 이런 광경을 본 것 같다는 기시감이 들었다. 우린 이미 이런 이야기를 수도 없이 접해왔고, 그때마다 비슷한 반응을 보이지 않았나? 2015년 KBS 〈이웃집 찰스〉에 출연한 코트디부아르인 숨이 동료 상인들로부터 악의적인 조롱과 성희롱을 당하는 걸 봤을 때도, 2014년 SBS 〈붕어빵〉에 출연한 나이지리아인 벤이 흑인을 경계하는 한국인들의 눈빛 때문에 한 시간이나 기다렸다가 혼자가 됐을 때 비로소 엘리베이터를 탔다는 이야기를 했을 때도, 2014년 샘이 JTBC 〈비정상회담〉에서 한차례 자신이 당한 인종차별 사례를 이야기했을 때도.

그렇다. 샘이 자신이 당한 인종차별 사례를 이야기한 것도 이번이 처음은 아니다. 물론 〈비정상회담〉 초기만 해도 그는 "한국 사람들이 몰라서 실수를 하는 거지, 진짜 인종차별주의자라고 생각하지는 않는다"고 말하곤 했다. 그러나 프로그램이 어느 정도 자리를 잡은 2014년 연말, '차별'을 주제로 토론을 하던 샘은 조심스레 자신의 경험을 들려줬다. 단역배우 아르바이트조차 백인들은 앞줄에 세우고 흑인들은 뒷줄에 세우는 등 차별을 피할 수 없었다는 이야기, 한국인들의 편견과 차별을 두려워한 나머지 한국에 오는 걸 망설인다는 그의 흑인 친구들 이야기, 샘의 광고 화보가 큼지막한 걸개그림으로 인쇄돼 쇼핑몰 건물 전면에 걸린 것을 보고는 마침내 흑인에 대한 한국인들의 편견이 사라지나 싶어서 울었다는 친구의 사연까지. 〈말하는 대로〉에서 들려준 이야기 중 절반가량은 이미 그로부터 2년 전에 〈비정상회담〉에서 나온 이야기였다. 2014년 말 〈비정상회담〉을 다룬 기사들은 대부분 이 이야기를 큰 비중으로 다뤘고, 많은 이들이 "처음 알았다", "놀랐다",

"우리도 반성해야 한다"는 이야기를 나눴다. 그리고 2년이 지난 뒤에도 우린 마치 이 이야기를 처음 들은 사람들처럼 다시 같은 이야기를 반복했다.

샘은 〈비정상회담〉에 입성하는 순간부터 차별을 겪어야 했다. 2014년 7월에 열린 제작발표회에서 사회자 전현무는 첫 방송 시청률이 3퍼센트를 넘기면 샘 오취리 분장을 하겠다고 이야기했다. 다른 인종이 흑인의 짙은 피부색이나 곱슬머리, 두꺼운 입술 등 인종적 특징을 흉내 내는 것 자체가 흑인에 대한 조롱이자 인종차별이란 사실을 가볍게 간과한 것이다. 1980년대 말 KBS 〈쇼 비디오 자키〉 '시커먼스'와 1990년대 말 아프리카인들에 대한 고정관념을 게으르게 소비하던 KBS 〈개그콘서트〉 '사바나의 아침'을 보고 자란 한국인들에겐 흑인 분장이 그리 심각한 일이 아닐지도 모른다. 그러나 1800년대 미국에서 백인 배우들이 얼굴에 검댕을 칠해 흑인 분장을 하고는 무대에 올라 과장된 춤과 노래로 흑인을 웃음거리로 만들고 악의적인 스테레오타입을 재생산하던 '블랙페이스'의 악습을 기억하는 이들에게, 전현무의 '샘 오취리 분장' 공약은 더할 나위 없는 모욕이었다. 국경 없이 자유롭게 토론하는 프로그램을 표방한 〈비정상회담〉은 사실 그렇게 지독한 인종차별과 함께 시작했다.

나는 과거에도 '시커먼스'와 '사바나의 아침'을 인종차별적 코미디의 예라고 지적한 적이 있었는데, 별 무리 없이 받아들여질 주장이라 생각했던 내 예상은 보기 좋게 빗나갔다. '그건 인종주의가 아니지 않냐'는 의견이 메일함에 수북했다. "그냥 랩 음악이 흑인 음악이라서 흑인 분장을 한 것이지, 비하를 하려던 건 아니지 않냐"라거나, "웃음을 위해 차용한 소재를 하나하나 따지기 시작하면 대체 무엇으로 웃길 수 있단 말이냐" 등의 반응이 생각했던 것보다 많았다. 어떤 식으로든 한국에는 인종차별이 없다고 이야기하고 싶었던 걸까? 세상에 핑계 없는 무덤 없다고, 이주노동자와 동남아시아 출신 이주민을 차별하는 것은 "이들이 불법 체류하며 범죄를 저지르는 경우가 많기 때문"이고, 흑인을 '흑형'이라 부르며 흥이 많고 신체 기능이 탁월한 인종이란 식의 스테레오타입을 재생산하는 것은 "실제로 그런 흑인이 많기 때문에 칭찬 삼아" 하는 일이 된다. 이 논리 구조 속에서 한국인들은 '이유 없이' 부당하게 차별하는 나쁜 사람들이 아니다.

어쩌면 우리는 무의식중에 가해자로서의 자신을 기억에서 지우는 건지도 모른다. 한국인은 차별과 폭력의 주체로서 자신을 상상해본 경험이 드물지 않나. 우리는 삼국시대 고구려의 한나라 침공이나 고려왕조와 조선왕조가 추진한 북진정

책 및 여진 정벌, 대마도 정벌을 멀쩡히 배워놓고도 '평화를 너무 사랑한 나머지 한 번도 타국을 침략한 적 없는 민족'이라는 실체 없는 자부심을 주입받은 채 살았다. 일제 치하 조선에서, 미국에서, 일본에서, 독일에서 인종차별을 견뎌냈던 선조들의 눈물겨운 역사는 배우면서도 한국인들이 얼마나 집요하게 중국인들을 탄압하고 차별해 한반도에서 쫓아냈는가에 대해서는 배우지 못했다. 이렇게 선별적으로 역사를 배우고 기억해 피해자로서의 정체성만을 강화하는 동안, 우리 또한 인종주의를 내면화한 가해자는 아닐까 하는 합리적 의심은 좀처럼 자리 잡지 못한다. 끔찍한 차별의 사례가 방송에 나올 때마다 다 함께 자성하고 사과하지만, 조금만 시간이 지나면 경계심은 다시 증발한다. 다음 사례가 전파를 탈 때까지 잊고 사는 셈이다.

불의를 저지르는 것을 피하는 가장 빠른 길은, 나 자신이 불의를 저지르고 있는 건 아닌지 끊임없이 의심하고 자신을 다잡는 것이다. '나는 정의로운 사람'이라는 근거 없는 자신감이야말로 불의로 향하는 지름길이니 말이다. 샘은 그 많은 상처에도 한국에 남은 이유를 '우리'라는 우리말 단어로 설명했다. 그는 자신의 곁에서 '우리'라는 이름으로 함께하며 자신의 외로움을 달래고 상처를 보듬어준 정 많은 한국인 친구들이 있었기에 이 땅에 애정을 주고 희망을 걸었다. 이 '우리'라는 단어를 차별 없이 더 많은 사람을 품을 수 있는 공동체로 키워나가는 일은, 나 자신이 이 끔찍한 차별을 용인하는 사회의 일원이라는 점을 겸허하게 인정하고 끊임없이 긴장을 늦추지 않는 것에서부터 시작해야 하리라. 지금까지와는 다른 세상을 논의하고 만들어가야 할 2017년, 새해 벽두부터 TV가 우리에게 화두 삼아 걸어가볼 부끄러움을 던져주었다.

양희은, 이선희, 이상은
그리고
엠버

1940년대 이전만 하더라도 분홍색은 금남의 색깔이 아니었다. 프랑스 작가 그자비에 드 메스트르는 자신의 저서 《내 방 여행하는 법》(1796)에서 방 분위기를 개선하고 싶은 남자들에게 방을 분홍색으로 칠하라 권했다. 결투를 벌이다가 체포되어 42일간의 가택연금형을 받은 혈기방장한 스물일곱 청년이 남자들에게 자신 있게 추천한 색깔이 분홍색이었던 것이다. 분홍색에 젠더 구분이 붙기 시작한 것은 20세기 초반이었는데, 심지어 처음엔 남성적인 색깔로 여겨졌다. 1918년 미국의 어린이 패션지 《Earnshaw's Infants' Department》에 실린 설명을 보자. "단호하고 더 힘찬 색인 분홍색이 남자아이에게 더 적합한 반면, 여자아이들은 섬세하고 앙증맞은 색인 푸른색을 입었을 때 더 예뻐 보입니다."
분홍색이 여성적인 색깔 취급을 받기 시작한 역사가 채 100
년이 안 된다는 뜻이다.

제법 최근까지 남자가 귀를 뚫고 다니는 건 망측한 일 취
급을 당했는데, 이 풍조도 사실 그렇게 오래된 건 아니다. 삼
국시대와 고려를 거쳐 조선 중기에 이르기까지 아주 오랫동
안 귀고리는 성별의 구분 없이 폭넓게 사랑받았다. 한반도
의 남자들 사이에서 귀고리 문화가 한풀 꺾인 건 1572년 선조
가 '신체발부수지부모'를 언급하며 귀고리 금지령을 내린 이
후였다. 귀고리 금지령도 단번에 약발이 들진 않았다. 금지령
을 내린 지 25년 뒤인 1597년, 정유재란 때 조선에 파병된 명
군 경리(총사령관) 양호가 "조선 군대가 전공을 부풀리기 위해
함부로 조선 사람을 죽이고는 왜적으로 꾸미는 일이 있다"고
추궁하자 접반사(외국 사신을 접대하던 벼슬) 이덕형은 귀고리 구
멍 흔적의 유무로 왜적과 조선 사람을 구별할 수 있다고 답했
다. 당대 조선 남자들 사이에선 귀를 뚫는 게 왕명으로도 잠
재우기 어려운 압도적인 유행이었음을 짐작할 수 있는 대목
이다.

갑자기 분홍색이나 귀고리 이야기를 꺼낸 건 '남자다움'이
나 '여자다움'을 규정하는 것들의 역사가 의외로 그리 길지 않

으며, 그조차도 자연스러운 선택의 결과가 아니라 이런저런
이유로 수차례 인위적으로 바뀌어왔음을 말하기 위해서였
다. 복식이나 액세서리, 색깔과 취향 등의 기준으로 특정 성
별을 규정하려는 움직임이란 얼마나 덧없는 것인지. 그럼에
도 새로운 상품이나 유행이 등장할 때마다 세상은 그것이 남
성적인지 여성적인지를 굳이 따지고, 그 기준에 맞춰 굳이 자
신의 남성성/여성성을 적극적으로 어필하지 않는 사람들은
성적 지향을 의심당하는 일도 심심찮게 겪는다. "혹시 성향이
그런 쪽은 아니죠?"라는 질문 뒤에는 '게이/레즈비언도 아닌
데 왜 여자/남자같이 구느냐'는 물음, 왜 암묵적인 규범을 따
르지 않느냐는 추궁이 숨어 있는 것이다. 말투나 행동 양식,
옷 입는 취향 따위가 성적 지향, 성 정체성과 세트로 움직이
지 않는다는 사실에 대한 사람들의 무지는 말할 것도 없고.

평범한 장삼이사들은 그래도 눈초리를 덜 받는 편이다. 대
중 앞에서 어떠한 역할 모델이 되기를 강요받는 연예인들의
경우엔 세상의 시선을 피하는 게 더 어렵다. f(x)의 '엠버'는 동
시대 한국 걸 그룹에선 쉽게 찾아보기 어려웠던 톰보이(중성
적이고 활달한 여성) 캐릭터로 많은 팬들을 사로잡았지만, 동시
에 데뷔하자마자 그를 '남장 여자'라는 키워드로 수식하는 사
람들과도 마주해야 했다. 2009년 KBS 〈개그콘서트〉에서 '왕

비호' 캐릭터로 활동하던 윤형빈은 엠버를 두고 "걸 그룹이라더니 남자가 있다. 하리수 같은 애"라고 이야기했다. 비록 방송 후 많은 시청자들로부터 엠버와 하리수 모두에게 결례라는 비판을 받긴 했지만, 그런 농담이 PD의 사전 검사에서 걸러지지도, 편집 과정에서 탈락하지도 않았다는 건 사람들의 편견이 얼마나 강한 것인지 단적으로 보여준다.

돌이켜보면 엠버가 한국 대중음악계에 처음 등장한 톰보이 캐릭터인 것도 아니었다. 통기타와 포크, 청바지의 시대였던 1970년대 양희은은 흰 셔츠에 청바지 차림으로 기타를 쳤고, 뮤지컬에서 치마를 입은 것이 언론에 대서특필될 정도로 바지를 고수했던 이선희는 '언니부대'를 이끌고 다니는 것으로 유명했다. 〈담다디〉로 일약 스타덤에 올랐던 이상은 또한 큰 키와 짧은 머리, 청바지 차림으로 여성 팬들을 사로잡았다. 너무 오랜 시간 연약하거나 앙증맞은 이미지로 대중을 상대하는 걸 그룹들에만 익숙해져서 그런 걸까? 엠버를 대하는 한국 사회의 시선은 이선희와 이상은을 경험한 나라치곤 폭력적이기 짝이 없었다. 물론 1980년대는 세계적으로 톰보이 열풍이 불던 시기였다는 점도 고려해야 하겠지만, 시대가 지나 유행이 바뀌었다고 해서 타인의 취향이나 옷차림 따위를 지적하며 '모범적인' 여성상 혹은 남성상 안에 상대를 가두려하는 시도가 정당화되는 건 아니다.

엠버는 이런 세상의 편견에 꾸준히 반문해왔다. 2015년 2월에 발표한 솔로 앨범 《Beautiful》에 수록된 타이틀곡 〈Shake that brass〉의 뮤직비디오 또한 친구들과 떠들썩하게 놀고 농구를 즐기는 모습을 담았으며, 동명의 자작곡 〈Beautiful〉에서는 "날카로운 말들이 내 맘을 깊이 베"어 세상은 "좁은 새장 같"지만, 자신은 다른 어떤 것이 아닌 자기 자신이 될 것이며, 자신이 자신일 수 있어서 행복하다고 노래했다. 같은 해 7월, 자신의 인스타그램에 올린 글에서는 메시지가 한결 더 선명해졌다. "전 여자와 남자가 어떤 한 가지 외양에 구속되지 않는다고 생각합니다. 아름다움이란 모든 형태와 크기로부터 나옵니다. 우리는 모두 다르지요. 만약 우리가 다 같은 멜로디로 노래한다면 어떻게 하모니가 존재할 수 있을까요? 남들과 다르다는 이유만으로 타인을 함부로 판단하지 말아주세요. 우리 모두 서로의 차이를 존중하면서 성장할 수 있기를 바랍니다." 싫어하는 사람들은 계속 싫어할 테지만, 자기 면전에서 자신을 모독하는 건 전혀 다른 일이라한 가지 분명히 해둬야겠다는 말로 시작한 이 정중한 글은 이렇게 마무리된다. "언제나 자기 자신이 되세요. 자기 자신에게 진정 진실하게 사는 것이 스스로를 위해 할 수 있는 가장 큰 일입니다."

2016년 3월 24일에 공개된 솔로 음원 〈Borders〉에서도 그는 같은 이야기를 한다. 1절에서 엠버는 세상의 손가락질에 괴로워한다. "여기 모두가 날 바라보며 고개를 젓네. 내가 뭐가 문제인 걸까. (중략) 저들이 말하는 '완벽'에 가닿을 수 있다면 뭐든 할 거야. 그럼 어쩌면 내가 속할 곳도 찾을 수 있겠지." 그러나 바로 다음 소절에서부터, 그는 다른 가능성을 떠올리고 다른 노래를 부르기 시작한다. "하지만 만약 내가 충분히 강하다면, 눈을 발치에 두고 묵묵히 걸어갈 텐데. 왜냐하면 엄마가 말했거든. 경계를 넘을 때 궁지에 몰리더라도 결코 두려워하지 말라고. 똑바로 서서 너의 길을 위해 싸우라고. 일어서고 넘어지고 다시 일어서. 나를 짓누르는 압박에 맞서서." 그러고는 세상을 향해 말한다. "흉내 내지 않을 거야. 훨씬 더 많은 것들이 앞에 있으니까." 솔로로 곡을 발표할 기회가 있을 때마다 엠버는 자전적인 이야기를 꺼내며 세상의 부당한 편견에 맞서고 지지 않을 것을 다짐했다.

그 메시지는 이제 엠버 본인만이 아니라 남들과 다르다는 이유로 괴로워하는 이들 모두의 것이 되었다. Mnet 〈4가지 쇼〉에 출연했을 때 엠버는 이렇게 말했다. "제 생각에 가수는 메시지를 전달해야 하는 거예요. 음악으로. 자기가 왕따라고 생각하는 사람들, 마음이 아픈 사람들. 이겨낼 수 있어요. 그런 메시지를 전달하고 싶어요. '엠버도 이겨냈으니 당신도 이겨낼 수 있어요.' 그런 말을 해주고 싶어요." 수많은 기준으로 타인의 삶을 재단하고 손가락질하기 좋아하는 세상에, 그 편견은 부당한 것이며 아름다움은 모든 형태와 크기로부터 오기에 더 이상 남들이 바라는 모습을 흉내 내지 않을 거란 메시지를 세상에 전하는 것을 소명으로 삼은 가수가 송곳처럼 뚫고 나왔다.

나는 지금
나의 춤을
추고 있는 거잖아
효연

　언론사에 처음 입사한 기자들이 흔히 겪는 혼돈 중 하나가 쓰는 글의 톤 변화다. 자기 글을 쓰던 사람이 갑자기 회사의 평가 기준에 맞춰 회사의 글을 써야 하기 때문이다. 입사를 준비하는 과정에서 나름대로 목표로 한 언론사의 '톤 앤드 매너'에 맞춰본다고 노력했겠지만, 자신이 사안을 바라보는 관점과 그것을 글로 풀어내는 문법을 송두리째 바꾸는 경험이란 아무리 준비했다 한들 쉽지 않다. 어딘가 내 글은 아닌 것 같고 그렇다고 온전히 회사의 색깔이 묻어나는 글도 아닌 것 같은 혼란. 마치 더 이상 아동복을 입기엔 몸이 훌쩍 컸지만 어른들의 옷을 입자니 흉내에 그치는 것 같아서 거울 앞에서 한참 시간을 보내는 사춘기 아이들처럼, 초년의 기자들은 제가 쓴 글을 읽고 또 읽고 거푸 곱씹어보며 울상을 걷어내지 못한다. 제 글 이상하죠. 저 정말 글을 못 쓰는 것 같아요. 회사의 문법과 색깔을 온전히 소화해서 내 것으로 만들고 다시 내식으로 소화하는 데 시간이 필요하다고 일러줘도 이들의 낙심은 가시지 않는다. 원래가 그런 것인데도, 남들도 다 당신 같은 시행착오를 겪었음에도.

Mnet 춤 경연 프로그램 〈힛 더 스테이지〉에서 춤을 추는 효연을 보면서 잠시 그런 생각을 했다. 매 경연 화제가 되는 무대를 선보이고, 방송이 끝나고 나면 그가 춤을 춘 장면의 클립이 각종 인터넷 커뮤니티에 올라오지만 늘 우승과는 거리가 있었다. 마지막 회를 앞두고서야 우승할 수 있었으니까. 어느덧 경연 참가자 중 제일 고참이 된 입장에서 조금은 속이 상하지 않을까 싶다가도, 늘 즐거워하는 모습을 보고 있자니 문득 그가 소녀시대 데뷔 무렵 했던 말들이 떠올랐다. 데뷔는 파워풀한 동작이 가미된 〈다시 만난 세계〉로 했지만, 그 이후 활동은 〈Baby Baby〉라거나 〈Kissing You〉, 〈Gee〉처럼 발랄하고 아기자기한 안무 위주의 곡들로 하게 되었을 때 몹시 혼란스러웠다던 말. 막대사탕을 들고 발랄한 춤을 추는 〈Kissing You〉 무대를 준비하면서 "내가 사탕을 흔들기 위해 그렇게 열심히 팔굽혀펴기를 한 걸까" 생각했다던 말을 새삼

스레 곱씹어보니, 효연이 승패와 무관하게 늘 만면에 웃음이
가득한 이유를 알 것 같았다. 지금 그는 자기 춤을 추고 있는
거니까.

앞머리에 글쓰기로 예를 들었지만 아마 어느 직군, 어느 조
직이나 사정은 비슷할 것이다. 아무리 날고 기는 실력을 인정
받은 이라 하더라도, 사적 개인으로 있을 때 일을 하던 방식
과 조직의 일원으로 일을 하는 방식 사이의 괴리는 쉽게 적응
하기 어렵다. 효연은 데뷔 전 케이블 음악 채널 연말 시상식
에서 회사 선배이자 당대 가장 춤 잘 추는 춤꾼 중 하나인 보
아의 대역을 할 정도로 그 실력을 인정받았지만, 데뷔한 이
후 팀의 노선이 변하자 자연스레 막대사탕을 흔들며 자신의
춤이 아닌 팀의 춤에 자기를 맞춰가야 했다. 춤을 눈부시게
잘 춘다는 점을 무기로 팀의 일원이 됐지만, 춤을 잘 추면 노
래를 잘하길 바라고 노래를 잘하면 예쁘길 바라는 가혹한 평
가 기준 앞에서 '춤을 잘 춘다'는 사실은 좀처럼 음미되지 못
했다. 격렬한 댄스 브레이크 중 표정이 잠시 일그러진 찰나의
순간 찍힌 사진은 악질적인 외모 비하의 소재로 쓰였고, 유난
히 걸 그룹에 요구하는 바가 많은 분위기 속에서 효연의 진가
가 평가되는 건 좀처럼 쉬운 일이 아니었다. 모두가 그가 춤
을 잘 춘다는 사실을 알았지만 그걸 온전히 존중해주는 이들

은 드문 상황, 심지어 그 시간이 제법 길었다.

사회 초년병들이 겪는 고통도 그와 비슷하지 않을까? 나는 나의 일로 존중받고 싶은데, 일만 잘하는 것으론 좀처럼 만족하지 않는 이들이 가득하니까. 회식 자리에서 무뚝뚝하다느니, 회사에 올 때 옷차림을 조금 더 신경 썼으면 좋겠다느니, 인상이 좋지 않아서 별로 정이 안 간다느니 하는 자질구레한 이야기들이 업무의 본질을 가린다. 일을 하기 전에는 빛나는 인재라고 평가받던 사람들이 오히려 일을 구하고 나면 제대로 빛을 보지 못하는 아이러니. 사회가 요구하는 일의 방식에 자신을 맞춰가는 데는 시간이 필요하고, 그 시간 동안 세상은 업무 외적인 요소들로 자신을 평가한다. 2013년 KBS 〈해피투게더〉에 출연한 효연은 자신의 전성기를 물어보는 질문에 "전성기가 기억이 안 난다"며 회고를 시작하다가 데뷔 전 연습생 시절이 오히려 인기가 많았다는 기억을 끄집어내며 농담을 섞어 "실력만으론 안 되는 건가?"라고 생각했노라 말했다. 뭐가 부족했던 걸까 물어보는 진행자의 말에 자연스레 손으로 얼굴을 가리키며 웃었지만, 그가 그렇게 기꺼운 마음으로 웃기까지는 아마 제법 긴 시간이 필요했을 것이다.

세상이 자신의 색깔을 인정해주지 않을 때 우리는 어떻게 하나? 누군가는 세상과 싸워 협소한 인정의 폭을 넓히고, 누군가는 세상의 문법에 맞춰 자신을 풀어 설명하는 법을 익히고, 누군가는 그냥 포기해버린다. 효연은 어땠을까? 그는 세상과 싸우는 쪽을 택하진 않았지만, 그렇다고 체념하고 도망가지도 않았다. 그는 꾸준히 소녀시대의 곡들에서 댄스 브레이크 타임을 담당해 무대의 역동성을 끌어올렸고, 자신의 장점인 파핑이나 로킹과 같은 마니악한 춤이 없는 안무도 묵묵히 소화했다. 탈퇴를 하고 유학을 가야 하나 진지하게 고민도 했지만 그러진 않았다. 그러면 도망가는 게 되어버리니까. 그리고 마침내 소녀시대가 더 이상 발랄하고 귀여운 이미지로 조심스레 애정을 갈구하지 않아도 좋을 만큼 안정적인 위치를 담보한 이후, 효연은 팀이 강한 콘셉트의 곡들을 시도할 때마다 무대의 중심을 담당할 수 있게 되었다. 〈I Got A Boy〉처럼 정신없이 대형이 바뀌며 격하게 춤을 춰야 하는 걸스 힙합 곡에서, 효연은 팀이 감행한 낯선 시도를 대중에게 납득시키는 든든한 기반이 됐다. 팀이 요구하는 문법을 익히고 세상의 기준에 맞춰 자신을 설명하면서도, 포기하지 않고 자신의 진가를 보여주고 온전히 인정받을 수 있는 타이밍을 기다린 것이다.

오랜 노력 끝에 있는 그대로의 자신을 보여주고 인정받을 기회를 얻은 사람들에게 중요한 건 얼마나 나 자신에게 충실할 수 있느냐지, 이기고 지는 문제는 그리 중요하지 않다. 2012년에 방영된 MBC 〈댄싱 위드 더 스타 2〉 결승에서 효연은 최여진에게 승자의 자리를 내주며 준우승에 만족해야 했지만, 전혀 새로운 장르의 춤을 시도하면서도 스테이지를 압도하는 힘과 매너를 보여주며 자신의 능력을 온전히 평가받았다. 그해 말에는 소속사와 현대자동차의 컬래버레이션으로 결성된 유닛 '유니크'의 뮤직비디오에서 '끝판왕'과 같은 기세로 등장해 팀 내 남자 멤버들을 압도했고, 다음 해 열린 Mnet 〈댄싱 9〉에는 K팝 댄스 마스터로 참가해 댄서들을 심사했다. 더 이상 아무도 그에게 자격을 묻지도, 색깔을 강요하지도 않았다. 오랜 시간 기다려 온전히 자기 자신으로 인정받은 이가 누릴 수 있는 성취였다.

그러니 효연이 〈힛 더 스테이지〉에서 좌중을 사로잡는 무대를 선보이고도 우승을 놓칠 때마다 여전히 잃지 않는 웃음의 정체가, 굳이 더 이상 무언가를 입증해 보일 필요를 느끼지 못하는 사람이 온전히 무대를 즐길 때 나오는 충만함이라고 추측해도 무리는 아니리라. 연습생 7년, 그리고 데뷔한 이후에도 짧지 않은 시간의 혼란을 견뎌낸 끝에 쟁취한 웃음. 그리고 그런 효연의 웃음 덕에 난 일과 자아 사이의 간극, 내가 평가받고 싶은 진가와 세상이 날 바라보는 잣대 사이의 괴리 때문에 고민하는 이들에게 해줄 말이 하나 더 생겼다. 무엇이든 처음 시작할 때 그런 고민을 하는 건 당연한 일이라고. 세상과 부딪쳐 싸워서 바꿔낼 자신이 없다고 해서 너무 일찍 스스로 포기를 선언하진 말라고. 저기, 당신과 크게 다르지 않은 고민을 거쳐 온 끝에 마침내 세상 앞에서 호탕하게 웃을 수 있게 된 효연의 춤을 보라고.

연예인?

미취학의 저에게는

막연한 동경의 대상.

하하 잘한다!

초딩 시절 저에게는

야, 일밤 봤냐?

어, 재밌었어!

사교생활의 밑천.

최양락 신동엽 이경규 김국진 이영자 조혜련 박미선

90

사춘기의 저에게는

갈망과 경멸의 대상.

XXX 사랑한다! 사랑한다고! 제발 결혼하자. 으흐흑!!

OOO 미친 죽여버려. 이쁜 척하고 지랄이야!

수험생인 저에게는

졸면 죽는다

무존재. 무존재여야만 하는 존재.

대학생인 저에게는

업신여겨도 될 존재이자

아직까지 연예인을 좋아하고 그러냐. 유치하게!

닮아야 할 이상.

크윽... 어째서 난...!

실업자인 저에게는

...뭐 그렇죠.

방송작가인 저에게는

그리고

어느덧
푹 삭은
어른이 되고

이 공간을
글과 그림으로
채워야 하는
저에게

. . . 허 허 . . .

연예인?

글쎄요.

이젠 한두 마디로
정리하기가 어렵네요.

그저...

들개이빨의 춤 ★첫 번째

93

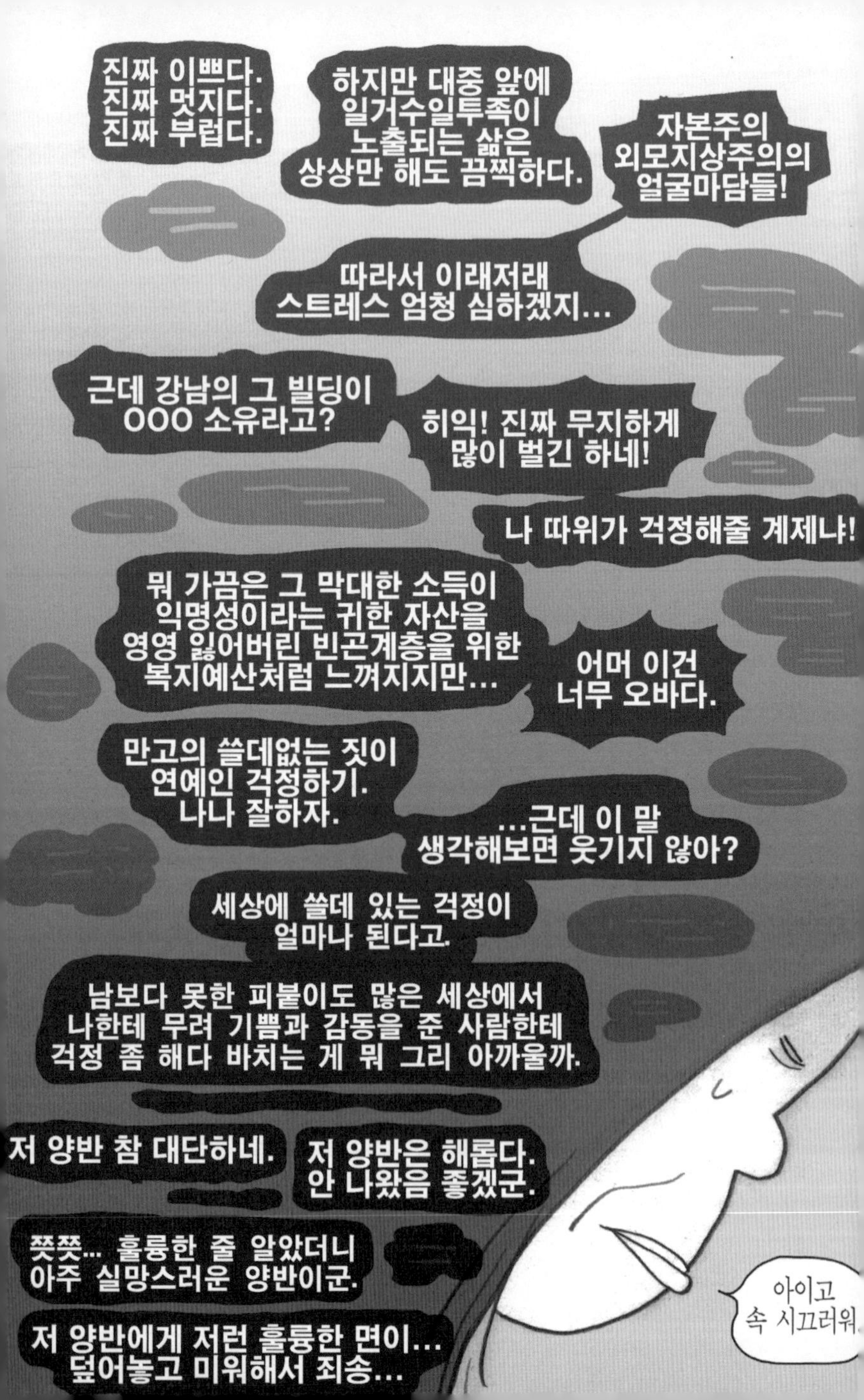

진짜 이쁘다.
진짜 멋지다.
진짜 부럽다.
하지만 대중 앞에 일거수일투족이 노출되는 삶은 상상만 해도 끔찍하다.
자본주의 외모지상주의의 얼굴마담들!
따라서 이래저래 스트레스 엄청 심하겠지…
근데 강남의 그 빌딩이 OOO 소유라고?
히익! 진짜 무지하게 많이 벌긴 하네!
나 따위가 걱정해줄 계제냐!
뭐 가끔은 그 막대한 소득이 익명성이라는 귀한 자산을 영영 잃어버린 빈곤계층을 위한 복지예산처럼 느껴지지만…
어머 이건 너무 오바다.
만고의 쓸데없는 짓이 연예인 걱정하기. 나나 잘하자.
…근데 이 말 생각해보면 웃기지 않아?
세상에 쓸데 있는 걱정이 얼마나 된다고.
남보다 못한 피붙이도 많은 세상에서 나한테 무려 기쁨과 감동을 준 사람한테 걱정 좀 해다 바치는 게 뭐 그리 아까울까.
저 양반 참 대단하네.
저 양반은 해롭다. 안 나왔음 좋겠군.
쯧쯧… 훌륭한 줄 알았더니 아주 실망스러운 양반이군.
저 양반에게 저런 훌륭한 면이… 덮어놓고 미워해서 죄송…
아이고 속 시끄러워

더 가닿고 싶어요,
혼자 말고 함께
이소라

첫 여행지인 더블린의 숙소를 소개하며, JTBC 〈비긴어게인〉은 멤버들이 연습을 하는 장면 한 대목을 살짝 미리 보여준다. 유희열은 건반 앞에 앉고, 윤도현은 기타를 안았다. 경이로워하는 눈빛으로 뮤지션들을 바라보는 노홍철의 옆자리에 이소라가 앉았다. 단출한 구성으로 불러본 〈바람이 분다〉가 끝나자, 멤버들은 모두 이소라의 노래에 한마디씩 얹는다. "아니, 기타 반주하는데 이렇게 가슴이 설레나?" "아, 이거 진짜 너무 대박이다." "노래 부르기는 되게 힘들 것 같은데 듣기에는 되게 좋다." 이소라는 당황해 웃으면서 말한다. "야, 이게 뭐야. 나는 이런 게, 내가 이래서 안 나오는 거야. 에이, 이거는 노래가 아니지. 안 돼." 웃고 떠들며 연습을 계속하는 바람에 자연스레 스쳐 지나갔지만, 나는 그 장면이 내내 기억에 남았다. 평론가 신형철이 장승리의 시집 《무표정》(2012)을 소개하며 했던 말이 떠올랐던 것이다. "비판이 다 무익한 것이 아니듯 칭찬이 늘 값있는 것은 아니다. 부정확한 비판은 분노를 낳지만 부정확한 칭찬은 조롱을 산다. 어설픈 예술가만이 정확하지 않은 칭찬에도 웃는다. 진지한 예술가들은 정확하지 않은 칭찬을 받는 순간 자신이 실패했다고 느낄 것이다."(신형철, "정확하게 사랑하기 위하여", 《한겨레21》, 제948호) 노래하는 내내 낮은 의자 위에서 뜻처럼 길게 뽑히지 않는 호흡에 답답해하던 이소라는, 자신이 만족하지 못한 결과물에 칭찬이 쏟아지자 '내가 이래서 안 나오는 것'이라 잘라 말한다. 이소라는 정확하게 칭찬받고 싶다.

정확하게 칭찬받고 싶다는 욕망은, 듣는 이의 마음에 정확하게 가닿고 싶다는 욕망과 그 맥을 같이한다. 이소라의 노래는 구체성 없이 모호한 위로인 적이 드물다. 그는 상대의 마음이 멀어졌다는 애매한 표현 대신 정확하게 "같이 걸을 때도 한 걸음 먼저 가"고 "친구들 앞에서 무관심"한 연인의 뒷모습 때문에 "못 견디게 외로"운 마음을 "저울이 기울어 나만 사랑하는 거 같"다고 콕 집어 말한다.(〈시시콜콜한 이야기〉) "너 없는 나"의 외로움을 이야기할 때조차 그는 어정쩡하게 괴롭고 외롭다고 말하는 대신, 지치고 성마른 목소리로 자신의 증상을 정확히 말한다. "지난밤 날 재워준 약 어딨는 거야. 한 움큼 날 재워준 약 어디 둔 거야. 나 몰래 숨기지 마. 말했잖아. 완벽한 너나 참아."(〈Track 7〉) 심지어는 시작도 못 해보고 망한 연애를 기록할 때조차, 어떤 미화나 추상의 세계로 들어가는 대신 냉정하리만치 정확하게 자기 이야기를 한다. "그렇게 살다 보면 남자나 연애에도 관심 없어 일에 파묻혀 살기 그런 게 나란 애니까." 사람에게 어찌 다가가야 할지 모르고 맴돌던 그는 급기야 호격 조사를 붙여서 '사랑'에게 말을 건다. "좀 멈춰라 사랑아. 한 적도 난 없이 너를 보내버리고. 날 반하게 한 네게 이런 노래라도 남기고 싶어."(〈좀 멈춰라 사랑아〉)

정확하게 가닿기 위해 이소라는 늘 자신에게 '잘해야 한다'고 다그친다. "잘해야 한다, 무슨 일이든 잘하는 게 좋아요. 잘한다는 건 자기가 그걸 안다는 거고 열심히 했다는 거고, 모든 것이잖아요. 아무리 하찮은 일이라도 잘하는 것이 중요해요." 2011년 MBC 〈나는 가수다〉를 시작할 무렵, 이소라는 MBC 홍보실과의 인터뷰에서 이렇게 말했다. 잘해야 한다. 아마 이소라에 대해 조금이라도 안다고 생각하는 이들이라면 그게 무슨 뜻인지 짐작을 할 것이다. 이소라는 자신의 노래가 청자의 마음에 정확히 가닿지 않는다고 생각하는 순간 단호하게 "이것은 노래가 아니다"라고 잘라 말하는 사람이다. 2009년 소극장 공연 때는 자신이 납득할 수 있는 목 상태가 아니라는 이유로 예정된 시간의 절반을 넘긴 시점에 돌연 공연을 중단하고 관객들에게 입장료 전액을 환불해줬고, 2011년 〈나는 가수다〉 오스트레일리아 공연에서는 준비해갔던 곡들이 공간과 어울리지 않는다는 판단에 공연 네 시간 전에 급하게 이현우의 〈슬픔 속에 그댈 지워야만 해〉를 선곡해 피아노 한 대만을 벗 삼아 무대를 선보인 사람이다. 자신의 노래가 청자들에게 위로가 되고 추억이 될 것을 알기에, 이소라는 무대 위에서 사력을 다해 노력한다. 이소라는 화려한 무대 장치나 퍼포먼스, 정제된 손동작이나 표정 같은 것에 관심을 줄 여력이 없다. 대신 그는 필요하다면 심장을 쥐어짜듯 몸을 뒤틀며 감정을 쏟아내는 데 집중하고, 미간을 찡그려가며 무서울 정도로 몰입한다.

이소라가 까칠하고 대하기 어려운 사람이라는 세간의 평은 아마 이처럼 집요하게 '잘하기 위해' 진력하는 그의 태도에서 나온 것이리라. 이소라는 자신이 생각하는 온전한 건강 상태가 아닐 때면 자신의 이름을 건 KBS Joy 〈이소라의 두 번째 프로포즈〉 녹화도 펑크를 내는 사람이었으니까. 남의 이야기를 하기 좋아하는 사람들은 이소라가 프로그램 녹화 현장에서 누구와 의견 합치를 이루지 못해 대판 싸웠다는 둥, 자기 프로그램에 립싱크를 하는 가수를 출연시킬 수 없다며 제작진과 불화했다는 둥 하는 소문들을 부지런히 옮겼다. 이런 수많은 소문들에 대해 굳이 진위 여부를 확인할 필요는 없을 것이다. 중요한 건 이미 대중에게도 이소라는 자신이 생각하는 최선을 다하기 위해서라면 타협하지 않는 사람이라는 인식이 각인되었다는 점이다. 그는 여전히 "노래를 잘하는 사람이 되는" 것이 꿈이라 말하고, 지금도 충분히 노래를 잘하시지 않느냐는 유희열의 말에 "그렇지 않아요. 노래를 잘한다고 생각하는 순간, 그때부터 이제 더 못할 거예요. 그래서 그런 생각을 할 수가 없어요"(KBS 〈유희열의 스케치북〉)라고 답한다. 심지어 그는 자신이 진행하던 라디오 프로그램에 고민을 보낸 청취자에게도 "저는 뭐 다른 DJ들처럼 '아이고, 그럼 좀 쉬시고요. 지금도 괜찮…' 뭐 이런 거 없"다고 단호히 자르며 이렇게 말했다. "자기가 하는 일이라든지 이런 거에 대해서는 행복할 날이 없어야 해요, 사실은. 그래야 조금씩, 더, 앞으로 나아간다고 생각을 합니다."(KBS 라디오 〈이소라의 메모리즈〉) 더 정확하게, 더 잘하기 위해. 그는 노랫말에서조차 "고독하게 만들어 널 다그쳐 살아가. 매일 독하게 부족하게 만들어 널 다그쳐 흘러가"(〈Track 9〉)라 당부한다.

이렇게 늘 스스로 다그치는 이소라가 음악 여행길에 올랐다는 소식은 나를 포함한 여러 사람을 놀라게 했다. 각자 저마다의 음악세계가 분명한 동료들과 함께, 소리가 정밀하게 통제되지 않는 길거리 버스킹이라는 환경 속에서, 자신을 모르는 청자들을 향해, 통하지 않는 언어로 노래를 한다는 건 이소라에게 어떤 의미였을까. 정확하게 가닿지 않는 위로에 괴롭지는 않았을까? 〈비긴어게인〉 제작발표회 현장에서 이소라는 이렇게 말했다. "지금까지 노래한 중에 손가락에 꼽게 고독한 나날들이었다." 그리고 의미심장한 말을 한마디 덧붙였다. "지금까지 혼자서만 하다가 같이한다는 것에 대해 배웠고, 노래를 좀 더 편안하게 해야겠다는 생각을 하게 됐다."

물론 이소라의 성격을 고려하면, 더 편안하게 해야겠다는 이야기가 쉽게 쉽게 노래하겠다는 뜻은 결코 아닐 것이다. 어쩌면 2017년 초 SBS 〈판타스틱 듀오 2〉에 나와서 남긴 말이 그 의미를 푸는 힌트일 게다. 이소라는 자신과 듀엣 무대에 설 마지막 1인을 선택하며 그 이유를 이렇게 설명했다. "어떨 때는 잘하고요. 어떨 땐 잘 못해요. 불안해요. 그게 저랑 비슷하더라고요. 그래서, 그런 거에서. 너무 나 같다는 생각? 그래서 끝까지 같이 노래를 부르고 싶었어요. 노래를 잘하고 이런 것들은, 그 기준하고는 먼 거 같아요." 이소라는 상대의 노래에서 기술적인 부분을 평가하고 저울질하는 대신, 조금이라도 더 잘하고 싶어 하는 진심을 읽는다. 그렇다면 '편안하게 해야겠다'는 다짐 또한, 상대의 마음과 더 생짜의 진심으로 만나기 위한 다짐일 것이다. 지금까지 걸어왔던 그의 행보만큼이나, 그가 앞으로 걸어갈 먼 길이 흥미로워지는 건 그런 이유에서다.

전설 말고 디바 말고
노래 잘하는
김추자

　내가 처음 〈님은 먼 곳에〉라는 노래의 존재를 알게 된 것은 조관우 덕분이었다. 〈늪〉으로 센세이션을 일으키며 데뷔한 다음 해, 조관우는 리메이크곡들로 채운 앨범 《마이 메모리》(1995)를 발표했다. 낭창낭창한 팔세토가 무기인 조관우는 그 앨범의 대부분을 정훈희나 나미, 혜은이 등 여성 가수 선배들의 곡으로 채웠고, 개중에도 유달리 처절한 〈님은 먼 곳에〉는 유독 기억에 남았다. 이 귀기 서린 곡을 처음 부른 원곡 가수가 누구였는지 알게 되기까지도 그리 오래 걸리진 않았다. 유튜브도 없던 시절이었는데 대체 어린 내가 어떤 경로로 원곡을 접했던가는 기억이 정확하지 않다. 원곡을 접했던 순간의 충격은 상세한 기억을 지우고도 나머지가 있었으니까. 그렇게, 10대의 나는 수십 년의 간극을 넘어 김추자와 처음으로 대면했다.

조관우가 정제된 흐느낌으로 날씬하게 청승을 노래했다면, 김추자는 끓어오르는 한을 굽이굽이 절묘하게 풀어냈다. "사랑한다고 말할 걸 그랬지"라는 첫 문장에서, 김추자는 "한다고"를 "하-은-다-고우-"에 가깝게 느리게 부르며 차마 하지 못한 말을 뒤늦게 토해내는 깊은 한을 담아낸다. 이어지는 "그랬지"는 "그랬-쥐-이-"로 꺾어서 고음으로 당겨 올리는데, 노래라기보단 장탄식에 가까운 이런 끝 처리는 사무치는 감정의 여운을 듣는 이의 귓전에 끈적하게 '묻힌'다. 조관우의 가성이 듣는 이의 마음을 아련하게 스치며 지나간다면, 김추자는 온 천지사방에 자신의 감정의 흔적을 점액질처럼 남긴다.

물론 이 모든 묘사는 사후적인 해설이다. 어린 내가 그 모든 감정을 이해했을 리 만무하고, 어렴풋이 이해했더라도 이렇게 가난한 언어로나마 정리할 깜냥도 안 되었을 테니까. 다만 한 가지 확실한 건, 김추자라는 싱어가 온몸으로 밀어 올려 부른 〈님은 먼 곳에〉는 하나의 총체적 경험이었다는 것이다. 매혹적이고 충격적이며 낯설고 당혹스럽고 끈적하고 야하며 슬프고 애끓는 토털 패키지. 마치 온몸을 실뱀들이 휘감고 지나간 듯 근질거리고 소름 끼치는 경험이었다.

유튜브의 시대가 오고 김추자의 과거 무대 동영상을 볼 수 있게 되자, 나는 한층 더 강한 충격에 휩싸였다. 이미 김완선과 서태지와 아이들과 H.O.T.를 경험한 내가 설마하니 그 시절의 춤을 보고 충격을 받으랴 했던 내 생각은 오만이었다. 〈무인도〉를 부르며 춤을 추는 김추자는, 느린 템포에 맞춰 흐느적거리다가 일순 몸을 튕기고 몸서리치며 시각적인 긴장을 빚어냈다. 격정이 고조될수록 이완과 수축은 더 치밀해졌고, 템포가 갑자기 빨라지는 후렴에 와선 안에 응축된 한을 몸 밖으로 털어내버리려는 듯 풀쩍풀쩍 뛰며 팔다리를 흔들었다. 흡사 굿판에서 제 몸을 원혼에 빌려주어 한풀이를 하는 만신의 그것이었다. 적어도 20세기 한국 대중음악사에서 그에 비견할 정도의 무대를 보여준 이는, 1987년 '팍스 뮤지카' 무대에서 〈리듬 속의 그 춤을〉을 부르며 신내림의 경지를 보여준 김완선 정도를 제외하면 전무하다시피 한 것이다.

그렇게 나는 미처 내가 태어나기도 전에 은퇴해버린 전설의 가수에게 꽂혀버렸다. 노래와 춤과 표정이 모두 하나가 되는 에로티시즘과 격정의 경지. 10대의 나와 20대의 나를 10년 주기로 사로잡은 이 압도적인 싱어는, 그 후 등장한 수많은 디바들, 김정미, 윤시내, 한영애, 이선희, 김완선 등으로 이어지는 일련의 계보의 원형질처럼 보였다. 마치 발해나 고구려의 역사를 연구하고 머릿속에서 재구성하며 민족적 원형을 찾으려 하는 이들처럼, 나는 김추자의 시대를 한 번도 경험해보지 못했음에도 기록을 통해 상상해보고 재구성하며 김추자를 하나의 원형으로 받아들였다.

자료를 찾아봐야 당시의 충격을 간접적으로나마 접할 수 있는 내 세대에서야 이게 흔한 일이 아니었겠지만, 나보다 위 세대의 청자들에게 '김추자 앓이'는 아주 당연한 일이었다. 김추자를 '우리 대중가요사의 한 정점이나 선지식'이라 평한 고 이성욱 평론가는, 은퇴했던 김추자가 단발성 리사이틀 특별 쇼를 연다는 소식을 듣고는 수술 전 절대 안정을 취해야 하는 환자의 신분을 망각하고 병원을 탈출했던 1986년의 기억을 기록한 바 있다. "선배 집에 달려가니 그 방의 풍경은 김추자의 위력을 새삼 확인시켜주는 것이었다. 그 방에는 벌써 선배, 동료들이 와서 진을 치고 있었다. 그들은 당시 민중가요, 노동가요 혹은 민요 등을 만들고 부르던, 잘나가던 노래운동의 작곡가 또는 가수들이었다. 김추자는 제각기 어떤 길을 가던 역시 우리 또래의 노래 정서에 있어 하나의 몽골반점이었다."(이성욱, 《쇼쇼쇼—김추자, 선데이서울 게다가 긴급조치》, 생각의나무, 2004, 48쪽)

공식 은퇴 이후 33년 만에 김추자가 돌아온다는 소식을 들었을 때 흥분부터 했던 것은 그 때문이었다. 조용필이나 나미의 컴백과는 또 달랐다. 아무리 오랜만의 앨범이었어도 난 조용필과 나미가 동시대에 현역으로 무대에 서는 광경을 보면서 자란 세대였다. 그에 비해 김추자는, 내게는 상상과 고고학의 영역에 가 있는 존재였다. 내가 미처 태어나기도 전에 은퇴한 가수를 다시 볼 수 있다니, 그가 예전에 신중현에게 받았으나 미처 취입하지 못했던 곡들과 신곡들을 묶어 새로 녹음한 신보로 돌아온다니. 멸종한 줄 알았던 공룡을 산 채로 발견한다면 고생물학자들이 느낄 흥분이 이런 것일까. 나는 손톱을 물어뜯으며 앨범 발매일을 기다렸고, 마침내 김추자의 친필 사인이 적힌 《It's not too late》 초판(2014)을 구매할 수 있었다.

전설의 싱어는 과연 압도적이었다. 환갑을 넘긴 김추자의 목소리엔 더 이상 〈꽃잎〉이나 〈님은 먼 곳에〉를 부르던 시절의 가녀리고도 도발적이던 소녀의 흔적은 없었지만, 그 자리엔 대신 더 깊고 굵직해진 목소리를 능란하고 과감하게 부리는 테크니션 김추자가 있었다. 앨범의 포문을 여는 〈몰라주고 말았어〉는 송홍섭의 베이스와 한상원의 기타가 만드는 헤비하고 펑키한 사운드로 시작하는데, 그 악기들이 빚어낸 긴

장감을 단숨에 뚫고 뻗어 나오는 김추자의 보컬은 첫 소절부터 듣는 이의 얼을 빼놓는 힘으로 가득 차 있다. 자유자재로 리듬을 밀고 당기고 가사의 발음을 마음대로 희롱하며 청자의 귓전에 한 소절 한 소절을 때려 꽂아 넣는 김추자는, 33년을 쉬었던 사람이라는 게 믿어지지 않을 정도로 강렬했다. 나는 첫 곡을 듣고는 잠시 CD를 멈춰 숨을 골라야만 했다.

이 앨범에 실린 곡들이 얼마나 탁월한가, 아마 이 한 가지 주제만 가지고도 밤새 떠들 수 있을 것이다. 흡사 귀곡성에 가까운 울부짖음에 한을 실어 간주 부분을 채우며 모골이 송연하게 만드는 〈태양의 빛〉이나 특유의 비음과 가성, 진성을 마음대로 넘나들며 야하고 두터운 바이브레이션을 선보이는 〈내 곁에 있듯이〉, 담백한 듯하다가도 매 소절 끝에 아릿한 뉘앙스를 남기는 〈춘천의 하늘〉, 절제된 보컬과 세련된 편곡으로 촌스럽다 느낄 틈을 한순간도 주지 않는 고 이봉조식 세미트로트 〈그리고〉… 뭐 하나 빼놓을 트랙이 있어야 말이다. 김추자의 굵직해진 목소리에선 세월의 흔적을 느낄 수 있었지만, 동시에 시류와는 상관없이 자신이 가장 잘할 수 있는 방식으로 노래해도 당대의 청중들을 사로잡을 수 있을 거란 자신감 또한 느껴졌다. 그는 과거의 히트곡을 재탕하거나 최신 트렌드에 뛰어드는 대신, 더 능란해진 자기 방식으로 건재함을 과시하며 돌아온 것이다.

그래서, 나는 아직 김추자의 노래를 접하지 못한 이들이 부럽다. 나는 내 생이 시작되기도 전에 은퇴했던 전설로 김추자를 처음 접했고, 그 충격의 동시대성을 경험하지 못해 상상으로 재구성해야 했지만, 그와의 조우가 처음인 이들은 그의 신보부터 들으며 1970년대 한국 대중가요 특유의 사이키델릭 사운드 위에 실린 김추자의 목소리와 만나는 충격을 동시대에 경험할 수 있을 테니 말이다. 김추자가 왜 기자회견장에서 "디바니 전설이니 하는 수식어보다, 그냥 '노래 잘하는 김추자'로 불리고 싶다"고 말했는지 이제 알 거 같다. 그런 화려한 수사와 오랜 잠적 속에서 전설이 되어 구전된 33년이라는 세월의 더께 없이도, 김추자는 노래 하나만으로 사람 죽이는 재주가 있는 기가 막힌 가수니까. 전설 말고 디바 말고, 노래 잘하는 김추자가 돌아왔다. 이 말 한마디면, 충분하지 않은가.

잠시 멈춰
음미해도 좋다,
그 결을
윤상

"왜 사람들은 좀처럼 윤상의 음악에 대해 이야기를 하지 않을까요?" 이런 말을 하면 돌아오는 반응은 대체로 비슷하다. "윤상 노래 잘 만들죠. 다 아는 사실이잖아요? 새삼스레." 물론 그렇다. 1988년 스물한 살의 나이로 당대 최고의 가수 김현식에게 〈여름밤의 꿈〉을 준 이래, 윤상이 음악을 잘 만든다는 명제는 좀처럼 부정된 적이 없었다. 몇 차례 제기된 표절 시비를 자신의 기발표 곡들을 직접 월드뮤직풍으로 편곡해 음악적 뿌리를 증명한 리메이크 앨범 《Renacimiento》(1996)로 벗어던진 이후로는 끊임없는 상찬의 연속이었으니까. 하지만 '뭘 어떻게 잘 만드느냐'를 꼼꼼히 따지기 시작하면 이야기는 다소 복잡해진다. 노래를 잘 만든다는 표현은 실로 여러 가지를 의미하지 않나.

세상에는 아름다운 멜로디를 쓰는 데 능한 작곡가가 있고, 박자를 조밀하게 쪼개는 데 능한 작곡가가 있고, 기억에 남는 후렴을 만드는 데 능한 작곡가가 있다. 그리고 이 모든 작곡가들은 '노래를 잘 만드는 작곡가'라는 표현으로 수렴할 수 있을 것이고 말이다. 그렇다면 윤상은 어떤 종류의 작곡가인 걸까? 어느 한 가지 특징으로만 정의 내리긴 쉽지 않다. 윤상은 각종 이펙트로 사운드에 질감을 부여하고, 각 악기들의 소리를 주파수 단위로 조절해 노래에 공간감을 쌓아 올리며, 어느 한구석 물샐틈없이 조밀하게 효과음과 리듬 패턴을 채워넣어 구조적으로 탄탄한 곡을 완성하는 데 집요하게 매달린다. 그렇게 반주가 완성된 뒤에야 비로소 그 위에 어울리는 멜로디를 얹는 특유의 작법을 생각하면, 윤상은 '노래를 잘 만드는 작곡가'라기보단 차라리 '사운드 깎는 장인'이라 부르는 게 더 적절해 보인다.

"크라프트베르크의 음악은 일단 프로그래밍 음악입니다. 시퀀서를 가지고 자기가 마음에 들 때까지 편집하고 프로그래밍을 하는 거죠. 음악 프로듀서들에게는 이런 신시사이저나 시퀀서를 가지고 작업을 하는 과정은 일반 연주자들이 좋은 연주를 하게끔 유도하는 음악과는 작업 자체가 다릅니다.

음악을 만들면서 스스로 듣고 만족할 때까지 편집할 수 있다는 거죠. (중략) 그런 면에서 전자악기는 어떻게 보면 음악가를 더욱 고독하게 만들 수도 있겠죠. 마치 조각가가 혼자 조각을 하듯이 물리적으론 사람을 고립시키면서 그 사람의 색깔이 전부 배어 나올 수 있고."(윤상 인터뷰, "크라프트베르크, 마침내 세계 정복을 이룬 듯", 현대카드 슈퍼콘서트 공식 블로그, 2013)

윤상이 전자음악의 아버지 크라프트베르크에 대해 남긴 설명은, 아마 방향을 뒤집어 고스란히 윤상에게 돌려줘도 무방할 것이다. 그가 〈기념사진〉(1998)의 신시사이저 솔로 부분의 사운드 공간감을 최대한 멀리 빼기 위해 소리 파형을 거꾸로 뒤집어 역상 효과를 노렸다거나, 치밀하기론 둘째가라면 서러워할 유희열이 그 비결을 알아내는 데 꼬박 1년이 걸렸다는 일화는 윤상이 얼마나 집착적으로 사운드에 매달리는 사람인지를 잘 보여준다. 이렇게 '만족할 때까지' 소리를 만지느라 '물리적으로 고립'되어 '고독하게' 작업을 한 여파로, 그는 수면제나 술의 힘을 빌리지 않으면 곤두선 신경을 달래고 잠을 청할 수 없는 지경에 이른다. 그러면 뭐하겠는가. 아이러니하게도 사람들은 윤상이 건강을 해쳐가면서까지 도달하고 싶었던 사운드의 완성도보다는 알코올 의존증이라는 병명을 더 많이 이야기한다. 당장 뉴스로 가공해 팔기엔 후자

쪽이 더 용이하다는 업계의 생리를 알면서도, 뭔가 앞뒤가 뒤바뀐 것 같다는 씁쓸함은 지울 수 없다.

언제부터인가 음악을 이루는 구성요소들을 세밀하게 따져가며 듣는 건 호사 취미 취급을 받기 시작했다. 이를테면 윤상과 East4A가 작곡한 '레인보우 블랙'의 〈Cha Cha〉(2014)를 논할 때, 가터벨트나 채찍 같은 무대의상 대신 과감한 베이스 전개나 신시사이저의 틈을 조밀하게 채워주는 기타 리프, 매끈하게 빠진 브라스 편곡 같은 것을 이야기하려면 음악 전문 리뷰 매체를 찾아야 한다. 리버브(반사음 효과)를 걸거나 미세한 딜레이(지연)를 걸어 소리를 더 풍성하게 만들고 그를 통해 공간감을 만들어내는 윤상 특유의 작법이라거나, 데뷔 앨범에 수록된 〈행복을 기다리며〉(1990) 전주 부분을 가득 채우는 비트에 쓰인 효과음들이 얼마나 치밀하게 설계됐는지에 대해 논하다 보면 오타쿠 취급을 받기 십상이다.

아마 음악만의 문제는 아닐 것이다. 오늘날의 우리는 우리가 소비하는 문화 콘텐츠에 대해 조금이라도 진지한 이야기를 꺼내는 걸 번거로워한다. 〈타짜—신의 손〉(2014)에 대해 "개별 컷 단위는 현란하게 잘 찍혔지만 전체 플롯을 놓고 보면 흐름이 덜컹대지 않느냐"고 의문을 제기한다거나, MBC 〈일밤〉 '진짜 사나이'에 대해 "한국 군대가 가진 모순이나 한계를 애써 은폐하고 은연중에 정당화하는 지점이 찜찜하다"고 말하면, "재미있으면 된 거 아니냐"는 요지의 반응을 접하는 일이 점점 늘어난다. '노래를 잘 만든다'는 말이 여러 가지 의미를 담고 있듯 '재미'라는 단어 또한 여러 가지 층위의 가치를 담고 있지만, 그것을 뭉뚱그리고 끝내지 말고 좀 더 천천히 음미해보자는 제안은 쉽게 무시된다.

'대중문화 소비자들이 게을러진 탓'이라는 케케묵은 훈장질을 하려는 것이 아니다. 슬픈 얘기지만 너무 많은 정보와 콘텐츠들이 동시다발적으로 쏟아지는 시대가 아닌가. 안 그래도 여가를 즐길 틈도 없이 일할 것을 요구하는 세상인데, 무언가 한 가지를 깊이 음미할 시간적 여유는 점점 줄어든다. 우리가 소비하는 문화 콘텐츠들이 어떤 과정과 노력을 통해 우리에게 도착하는지 곰곰이 곱씹어보고 그 가치를 온전히 느낄 기회가 사라지고 있는 것이다. 정보화 시대의 여명기만 하더라도 빠른 속도가 우리의 일을 줄여주고 더 많은 여가 시간을 보장해줄 것이라고들 낙관했지만 웬걸, 세상은 속도가 빨라졌으니 그만큼 더 바삐 움직이라고 우리의 등을 떠민다. 빠른 시간 안에 감상을 끝내고 다음 정보를 받아야 하니, 당장 눈과 귀에 들어오는 즉물적인 요소들만 주마간산 식으로 훑고 넘어가게 된다.

미디어의 주목을 받는 연예인들 또한 이런 대접을 받는 마당에, 평범한 우리의 노동이라고 그 가치를 제대로 인정받을 수 있을까? 우리는 종종 '내가 받아야 하는 서비스'를 보느라 '종일 계산대 뒤에 서서 일하는 동료 시민'을 보는 것을 놓치고, '저렴한 옷'을 사느라 '과중한 작업량에 혹사당하는 공장 노동자'를 생각하는 걸 까먹는다. 그걸 다 고려하며 살기엔 내 한 몸 건사하는 것도 바쁘고 고단하니까. 바쁘고 고단한 탓에 서로가 서로의 괴로움을 오래 바라보지 못하니, 딱 그만큼 우리는 또 외로워지고 소외된다. 그 외로움을 잊기 위해 소비자의 자리에 가서 타인의 노동을 외면하고, 노동자의 자리로 돌아가면 다시 외면당하는 이 악순환.

바로 그런 탓에, 지금 이 순간 윤상의 음악을 주의 깊게 듣는 것은 제법 상징적인 의미를 가진다. 이 글을 읽고 있는 당신이 윤상의 팬이 아니어도 좋다. 그가 2014년에 발표한 디지털 싱글 〈날 위로하려거든〉을 좋아할지 싫어할지는 온전히 당신이 판단할 몫이다. 다만 이 곡이 우리에게 도착하기까지 어떤 과정이 있었을지, 윤상이 사운드로 빽빽한 층을 쌓아 올려 심해와 같은 먹먹한 공간감을 강조한 의도는 무엇이며, 그를 통해 어떤 메시지를 전하고 싶었을지 한 번쯤 생각해볼 것을 조심스레 제안한다. 언론이 윤상의 음악보단 알코올 의존중이나 페루 여행 뒷이야기 같은 가십을 더 중요한 소식인 것처럼 들이미는 시대니까, 우리는 더더욱 그가 〈날 위로하려거든〉에서 어떻게 서글픈 멜로디와 현란한 EDM을 조화롭게 배치하는 데 성공했는지, 왜 그렇게 이질적인 조합을 시도했는지를 이야기해봤으면 좋겠다.

그렇게 '고작 대중가요' 한 곡을 더 깊게 음미하기 위해 잠시 멈춰 서는 것은, 그 자체로 더는 세상이 강요하는 속도대로 살기 위해 서로를 외면하지 않겠다는 선언이 될 것이다. 그리고 아무도 타인의 노동이 가치를 생산하는 과정을 궁금해하지 않는 시대에조차 우직하게 고통스러운 작업 방식을 고집해온 '사운드 깎는 장인' 윤상이라면, 선언의 출발점으로 삼기에 제법 근사하지 않은가.

나야,
강철의 소녀
예은

'핫펠트(HA:TFELT)'라는 예명으로 발표한 예은의 첫 미니 앨범 《Me?》(2014)는 여러모로 흥미로운 앨범이었다. 소속사 JYP의 색깔이 거의 드러나지 않을 정도로 우직하게 덥스텝과 트립합, 슈게이징 등의 음울한 톤으로 일관한 장르 구성이나, 사전에도 없는 신조어를 예명으로 세우며 자신의 본명 앞에 필터를 한 겹 씌운 것, 일곱 곡의 수록곡 모두 공동 작사·작곡으로 이름을 올리며 자기 자신의 목소리를 내는 것에 집요하게 매달린 행보 등은 소속팀 원더걸스가 쌓은 이름값에 기대는 것이 아니라 그냥 예은으로 평가받고 싶다는 강한 의지의 결과로 보인다. 앨범 전체를 함께 작업한 공동 작곡가 이우민의 존재를 감안하더라도, 아이돌 음악 시장에서 이만큼

자의식이 가득한 앨범은 드물다.

물론 이 앨범만으로 싱어송라이터로서 예은의 현재에 대해 섣부른 찬사를 늘어놓기는 어렵다. 많은 평자들은 The XX나 뱅크스, 라나 델 레이나 시아 등 국외 아티스트들이 이 작업의 레퍼런스가 되었을 것으로 추측하고 있고, 그런 탓에 이 앨범을 자신만의 독창적인 색깔을 가진 아티스트의 작업물로 평가하는 것은 어렵다. 그러나 이 긴 명단에서 진짜 중요한 건 예은이 그것을 어떤 식으로 활용하느냐다. The XX나 뱅크스가 영국 현지에서 얻는 주목과 명성에도 한국에서 대중적으로 소개되지 않았던 이유는 그들의 음악이 일관되게 고수하는 음습한 정서 때문이다. 시아는 미국에서 메가톤급 히트를 한 아티스트지만, 시아의 안무에서 영향을 받았을 것으로 보이는 예은의 안무는 미국 현지 K팝 팬들에게도 낯설고 충격적인 것으로 받아들여졌다. 동시대 국외 아티스트 중 가장 실험적이고 불친절하며 음울함에서 한 극단에 가 있는 아티스트들의 트렌드를, 예은은 대중적인 색채를 가미하거나 한국 정서에 맞추는 일 없이 그 힘 그대로 밀어붙인다. 음악평론가 차우진이 지적한 것처럼, "이 다운템포의 실험적인 팝 경향은 한국에서 인기가 없"는데 《Me?》는 "이 난관을 정면 돌파하려는 것처럼 보인다."(차우진, "[차우진의 뮤직 스크랩]

실험적 음악으로 돌아온 예은, 그녀의 생존법", 〈한국일보〉, 2014년 8월 15일 자)

레퍼런스 과잉의 앨범을 두고 아티스트의 독창성을 논할 순 없을 것이다. 그러나 동시대의 수많은 아이돌 음악 작곡가들 또한 국외의 트렌드를 실시간으로 수용하고 재해석하는 작업을 펼치고 있는데, 유독 예은에게만 레퍼런스 과잉을 물어 앨범 전체의 완성도를 폄하한다면 그것 또한 이중 잣대 아닌가. 이 미니 앨범이 차트 정상을 오래 지키고 있다거나 독보적인 지지를 받지는 못했지만, 싱어송라이터로서 '데뷔' 앨범이라고 본다면 예은은 제법 흥미로운 결과물을 선보이는 데 성공했다. 적어도 당대 팝 음악의 가장 전위적인 지점을 놓치지 않고 짚어냈고, 자신이 하고 싶은 음악의 톤에 대해 강한 확신을 가지고 있으며, 딱히 타협할 생각이 없을 정도로 그 확신이 강하다는 점을 짐작할 만한 결과물인 것이다.

그의 취향과 레퍼런스를 활용하는 방식만큼이나, 앨범 전체에서 느껴지는 강한 자의식 또한 흥미로운 지점이다. 앨범 안에서 예은의 자의식은 종종 '원더걸스의 연장선으로서가 아니라, 온전히 나의 노래를 부르고 싶다'는 식으로 튀어나온다. 〈Truth〉나 〈Ain't Nobody〉와 같은 곡들은 장르적으로나 정서적으로 JYP나 원더걸스의 앨범에서 찾아보기 어려운 곡들이고, 이 곡들을 살려 자기 소신대로 앨범을 완성하기 위해 박진영과 신경전을 벌였다는 일화는 이미 여러 차례 인터뷰에서 언급한 바 있다. 그러나 동시에 예은의 자의식은 원더걸스의 리드보컬 예은으로서의 자리를 부정하지 않았다. 앨범을 여는 첫 트랙인 〈Iron Girl〉에는 원더걸스의 막내인 혜림이 참여했는데, 혜림과 술제이가 함께 작업한 랩 부분을 찬찬히 읽고 있노라면 원더걸스가 몇 년간 겪어야 했던 시간들을 짐작해볼 수 있다. "한 발 뒤로 물러섰다고 졌다고 생각하지. 두 눈에 보이지 않아 끝이라 말들 하지. 위기는 곧 기회, 상처는 갑옷이 돼… (중략) 돈과 명예보다 더 소중한 내 음악. 끝났다고? 누가 그래. 이건 끝내주는 음악."

잠시 원더걸스가 경험해야 했던 세월을 짧게 돌이켜보자. 당대의 트렌드를 반영한 데뷔곡 〈Irony〉는 생각만큼 히트하지 않았다. 그들은 자신의 세대에선 익숙하지 않은 레트로풍의 곡들을 부르자 비로소 대중이 열광하는 기묘한 괴리감을 경험했다. 그 시절 〈Tell Me〉와 〈So Hot〉, 〈Nobody〉로 이어지는 레트로 3부작은 어찌나 히트를 했는지, '국민 걸 그룹'이란 낯간지러운 수식어를 남발하는 데 그 누구도 거부감을 느끼지 않았다. 원더걸스는 그 인기를 다 누려보기도 전에 미국 진출이라는 새로운 미션을 받는다. 언론의 엄청난 주목과 소속사의 야심 찬 포부에도 미국 진출은 성공적인 결과를 내지 못했고, 그사이 한국에선 다른 걸 그룹들이 차근차근 자리를 잡았다. 오랜만에 한국에 돌아와 발매한 《2 Different Tears》(2010)의 음원 성적은 나쁘지 않았지만, 예전과 같은 인기를 유지하진 못했다. 미디어는 원더걸스에게 미국 진출 과정에서 경험했던 고생담들을 물었고, 그때마다 멤버들은 치밀어 오르는 눈물을 참지 못하고 울었다. 슬슬 '울려고 미국에 진출했느냐'는 식의 냉소가 대중 사이에 퍼지기 시작했다. 그 몇 년 사이 멤버 중 누군가는 활동을 중단했고, 리더는 결혼을 했으며, 대중적인 인기를 가장 많이 보유했던 팀의 막내는 연기에 뜻을 품고 소속사를 옮겼다.

생각해보면 그 어떤 일도 멤버들의 잘못은 아니다. 미국에 진출한 것도, 진출 과정이 순탄치 않았던 것도, 그 순탄치 않은 과정이 과장된 형태로 언론에 홍보된 것도, 그러는 동안 정상으로부터 너무 빠른 속도로 내려온 것도, 멤버 중 누군가가 사랑하는 사람을 만나 가정을 이루거나 새로운 목표를 위해 소속사를 옮긴 것도. 하지만 엔터테인먼트 산업이 종종 그렇듯, 연예인들은 유명하다는 이유만으로 종종 필요 이상의 조롱과 섣부른 평가를 당하곤 한다. 한때 원더걸스에 환호했던 사람들 중 적잖은 이들이 너무 쉽게 '원더걸스도 이제 한

물갔다'는 말을 입에 올렸다. 잘못의 결과가 아닌 것으로 조롱을 당하고, 그나마 예를 차린다는 이들조차 그들에게 원치 않는 동정을 보내는 상황. 공교롭게도 일찌감치 팀을 떠났던 현아와 선미가 각각 그룹과 솔로 활동으로 재기하는 데 성공하는 동안, 예은은 야심 차게 도전한 드라마가 소리 소문 없이 잊히는 통에 '근황이 궁금한 연예인'이 되는 경험을 하기도 했다.

　짧지 않은 침묵 끝에 솔로로 돌아온 예은은 〈Iron Girl〉을 통해 자신이 경험한 그 무엇도 실패가 아니었음을 선언했다. 비록 "불길로 뛰어들었"고 그로 인해 "온몸이 붉게 타올랐"다고 한 시절을 회고하지만, 동시에 자신은 그로 인해 더 강해졌을 뿐이라 말하는 예은은 사람들에게 선입견을 거두라고 말한다. "사람들은 말하지, 넌 껍데기일 뿐이라고. 하지만 내가 무엇 하나 걸친 것 없이 바닥에 서 있는 거 보이지?"라고 묻는 예은의 파트는, 분명 자신의 상황에 지나치게 빨리 실패를 단언하고 조롱을 던진 이들에게 보내는 대답으로 읽어야 할 것이다. 그래서 《Me?》 앨범을 하나의 키워드로 설명한다면 '증명'이라 말할 수 있을 것이다. '당신들이 뭐라 생각할지 몰라도 난 패배하거나 끝난 존재가 아니고, 이렇게 내 목소리를 내면서 당당히 서 있다'는 존재 증명 말이다.

살면서 가장 빛나는 순간은 지나갔고, 그렇게 빛나는 시간이 다시 올 수 있을지 장담할 순 없다. 〈Iron Girl〉의 가사처럼 "아마도 난 황금은 아닐 거고, 빛나는 은조차 안 될지" 모른다. 남들은 빛나던 예전과 지금의 부진을 비교해가며 쉽게 평가하고 재단할 것이고, 그래서 스스로도 끝났다는 생각에 사로잡힌 채 좋았던 예전만을 그리워하며 살게 될지도 모른다. 하지만 사는 것은 언제나 내가 과거에 무엇을 이루었고 얼마나 성공했었느냐의 문제가 아니라, 그래서 앞으로 무엇을 하며 살 것인가의 문제다. 스물여섯의 나이에 자기 존재 증명에 나선 예은은 그 사실을 담담히 받아들이고 노래했다. 황금도 아니고 은도 아니지만 "그러나 난 강철의 소녀"라고 선언하며 말이다.

그들에게
질주를 요구하는 세상
레이디스 코드

장면 하나. 2006년 12월이었다. SBS 〈웃음을 찾는 사람들〉에서 함께 활동하던 세 명의 개그우먼 김형은, 심진화, 장경희는 '미녀 삼총사'라는 팀을 결성해 가수로 활동하고 있었다. 연말엔 스케줄이 많았고, 적잖은 행사들이 그렇듯 그날의 불우이웃돕기 행사도 이런저런 사정으로 한 시간쯤 늦춰졌다. 심진화의 말에 따르면 무대에서 내려온 것은 오후 7시 16분께였고, 다음 행사 장소는 강원도 용평의 스키장이었으며, 무대에 오르려면 8시 30분까지는 도착해야 하는 상황이었다. 교통체증이 심한 토요일 저녁에 서울 시내를 통과해 용평까지 180여 킬로미터를 한 시간 안에 주파하는 것은 불가능해 보였다. 하지만 회사는 스케줄을 소화할 것을 요구했고, 급하게 달리던 자동차는 결국 빙판길에서 미끄러지며 가드레일을 들이받았다. 이 사고로 목을 크게 다친 김형은은 15일에 걸친 수술과 사투 끝에 끝내 세상을 떠났다. 2007년 1월 10일 새벽 1시였다.

마침 코미디언들에 대한 글을 쓰면서 칼럼니스트로서의 커리어를 막 시작할 무렵이던 나는, 친구들과 함께 운영하던 작은 웹진의 대문에 김형은의 사진을 걸고 추모의 글을 썼다. 정확한 문구는 기억이 나지 않지만 아마 '이런 비극적인 일이 다시는 없기를 바라며 당신이 우리에게 준 슬픔보단 우리에게 주었던 웃음으로 당신을 기억하겠습니다' 정도의 내용이었지 싶다.

장면 둘. 2013년이었다. 음악 업계에서 일하는 친구와 이야기하던 중, 문득 명색이 대중문화 쪽 글을 쓰는 사람치곤 업계의 현실을 너무 모른다는 데 생각이 미친 나는 친구를 붙잡고 물었다. "그쪽 고용 상황이 그렇게 안 좋아?" 친구는 담배를 깊게 빨았다 내쉬고 입을 열었다. "'아, 이 회사는 굉장히 어려운가 보다' 하는 걸 어떻게 알 수 있는지 알아? 잡코리아나 인크루트 같은 인터넷 구인구직 사이트에 구인광고를 올리는 회사라면 지금 정말 어렵다는 이야기야." 아니, 신규 고용을 하겠다는 회사가 어렵다니 그게 무슨 이야기일까.

"생각해봐. 업계가 그렇게 넓지 않아. 누가 어느 회사에서 일하고 있는지 빤하거든. 굳이 구인광고를 안 내도 사람이 필요하면 다 알음알음 연락해서 인력을 구해. 그런데 그러지 않고 일반인들이 다 볼 수 있는 취업 포털에 구인광고를 올린다는 게 무슨 의미일까? 월급을 제대로 못 준다는 게 업계에 소문이 났단 뜻이지. 돈 제대로 못 받은 사람들은 회사를 떠나고, 급하게 사람은 구해야 하는데 업계 내부에선 그 돈 받고 일할 사람 찾기 어렵고. 그러니까 취업 포털까지 오는 거지."

친구는 어떤 회사가 구인광고를 냈는지 살짝 귀띔해줬다. 이름만 대면 대부분 다 알 만한 유명 레이블들이었다. 놀란 표정을 숨기지 못하는 내게, 친구는 웃으며 말했다. "그래서 요새 사운드 엔지니어들이 스마트폰 애플리케이션 개발 회사로들 많이 가잖아. 그쪽은 그나마 돈이 되니까."

음악 시장의 상황이 안 좋은 건 알고 있었지만, 어쩌다가 이렇게까지 안 좋아진 걸까. 잔혹한 설명은 계속됐다. "일단 CD 안 팔리지, 음원 요율이 살인적으로 낮은 MP3도 요즘엔 다운로드하는 사람보다 월정액 스트리밍으로 듣는 사람이 더 많지. 점점 음악으론 돈을 벌기 어려운 구조가 되어버린 거야. 대형 레이블들이 왜 드라마 제작이나 영화 제작, 뮤지컬 제작에 참여하는 거 같아? 수익을 최대한 다변화해야 살아남을 수 있어서 그래. 하지만 그 정도 능력이 되는 회사가 어디 흔해? 소속 가수가 어느 정도 인기가 있다면 굿즈(관련 상품) 장사를 한다거나 TV에 나온다거나 할 수 있겠지만, 그 것도 인기가 생기고 난 다음의 이야기지."

할 말이 많았는지, 친구는 잠시 숨을 돌린 뒤 말을 이었다. "그렇다고 지금 이 업계에 갑자기 더 많은 사람들이 들어와 과잉경쟁을 하고 있느냐 하면, 그건 아니야. 제작자들 머릿수 는 예나 지금이나 비슷해. 시장 자체가 줄어든 거지. 한류 열 풍 타고 해외로 나가면 되지 않느냐고? 해외 프로모션은 돈 안 들어? 게다가 모든 해외 프로모션이 남는 장사도 아니야. 결국 음악계의 내수 시장이 망가져서 이 모양이 된 거야. 너 모바일 음원 팔면 수익이 언제 들어오는지 아냐? 네가 3월에 음원을 발표해서 좀 팔았다고 쳐. 정산은 두 달 뒤인 5월에 되 고, 진짜 통장에 꽂히는 건 석 달 뒤인 6월이야. 음원이 아무 리 잘 팔려도, 분기에 한 번 정산하는 이 시스템에선 3월부터 6월까지 꼼짝없이 손가락 빨아야 하는 거야."

나는 두려움을 누르고 친구에게 물었다. "그럼 그동안은 다른 수익으로 먹고살아야 하잖아. 회사 직원들이 많으면 그 사람들 월급 줄 돈도 있어야 하고. 음악을 해서 그렇게 돈이 안 되는 거면, 고정 출연하는 방송도 없고 앨범이나 굿즈를 사줄 충성도 높은 팬덤도 없는 가수들은 그러면 뭐로 먹고사는 거야?" 친구는 쓴웃음을 씩 지어 보이며 답했다. "행사지, 행사. 선금으로 목돈 꽂아주는 행사." 친구가 뿜어 올린 담배 연기가 아득했다.

장면 셋. 먼발치에서나마 그를 직접 본 적이 있다. 2011년 4월 일산 MBC에서였다. 그날은 오디션 프로그램 〈위대한 탄생〉의 첫 생방송 날이었고, 그는 생방송에 진출한 참가자 중 가장 많은 주목을 받았다. 출연하자마자 스타성을 인정받을 만큼 아름다운 외모의 소유자였던 동시에, 생방송에 진출하기엔 가창력이 부족하다는 지적을 가장 많이 받는 참가자이기도 했기 때문이다. 바로 권리세였다. 뭐든 악바리처럼 열심히 노력한다던 그였지만, 취재를 나온 기자들은 입을 모아 그의 탈락을 점쳤다. 예상은 빗나가지 않았다. 첫날 탈락했던 그는, 멘토인 이은미의 품에서 잠시 울었지만 이내 웃어 보였다. 퇴사를 한 달 앞두고 프리랜서로서의 불확실한 미래 앞에 떨던 나는 순간 그에게 감정을 이입했다. 그래, 지금의 실패가 당신의 전부는 아닐 거라고, 그렇게 웃으며 악바리처럼 해나가다 보면 좋은 날이 올 거라고 마음속으로 빌었다.

좋은 날이었을까. 글쎄, 모르겠다. 오디션 프로그램이 끝난 뒤 그는 함께 출연했던 남자 참가자와 가상 부부가 되어

MBC 〈우리 결혼했어요〉에 출연했고, 몇 건의 패션 화보도 찍었으며, 몇 년 뒤엔 마침내 5인조 여성 아이돌 '레이디스 코드'의 멤버가 되었다. 몇 곡의 싱글을 발표했고, 확 뜨진 않았지만 알아보는 사람이 조금씩 늘어나고 있었다. 이렇게 악바리처럼 노력하다 보면 좋은 날이 올 거라고 믿었을까. 2014년 9월 3일 새벽 행사를 마치고 서울로 올라오는 차 안에서도, 그렇게 생각했을까.

회사는 그날의 스케줄이 전혀 무리한 스케줄이 아니었노라고, 여느 아이돌들이나 다 소화하는 스케줄이라고 해명했다. 어쩌면 그 말이 맞을지도 모른다. 그날 잡혀 있던 스케줄은 대구에서 있었던 KBS 〈열린음악회〉 녹화가 전부였고, 8시에 무대에 올라 공연을 마친 뒤 서울로 돌아오면 되는 일정이었으니까. 물론 의견은 갈린다. 익명을 요구한 한 국내 연예기획사 대표는 CBS 라디오 〈김현정의 뉴스쇼〉에서 "다음날 분명히 스케줄도 있을 거고, 피로도 누적이 된다. 그러다 보니까 빨리 들어와서 조금이라도 더 쉴 수 있는 시간을 갖기 위해" 빨리 달렸을 것이라 말했다. 빨리 오려다가 난 사고였을까. 비가 억수같이 쏟아져서 대부분의 차량이 상향등과 비상등을 켜고도 시야 확보를 못 해서 시속 60킬로미터로 서행하고 있던 그 새벽, 시속 137킬로미터로 달려 서울로 향하던 그들의 차는 빗길에 미끄러졌다. 사고의 충격이 어찌나 컸던지, 뒷바퀴를 지탱하던 볼트 네 개가 그 자리에서 죄다 부러졌다. 고은비는 그 자리에서, 권리세는 나흘 뒤인 2014년 9월 7일 수원 아주대학병원에서 숨을 거뒀다.

스마트폰 보유자 4,000만 시대, 유사 이래 가장 많은 한국인들이 일상적으로 귀에 이어폰을 꽂고 음악을 듣는다. 그럼에도 음악 하는 사람이 음악으로 돈을 버는 것은 그 어느 때보다 힘든 이 괴상한 시대에, 이제 갓 스물셋과 스물넷이 된 여성 아이돌 가수가 행사를 다녀오다가 사고를 당해 세상을 떠났다. 2007년 '이런 비극적인 일이 다시는 없기를 바라'던 나는, 그 어느 때보다 무기력한 심정으로 젊은 가수들을 떠나보냈다.

"어차피 너도
나와 다를 바 없잖아?"
블랙넛과 비뚤어진 마케팅

길 한복판에서 건장한 사람이 다른 이를 때리고 있다면 사람들은 어떻게 대응할까? 대부분 웅성거릴 테고, 어떤 이는 상황에 직접 개입해 말리려 들 것이며, 누군가는 전화기를 꺼내 경찰에 신고를 할 것이다. 누가 봐도 온당치 못한 폭력이라는 것을 눈으로 확인할 수 있는 범죄니까. 하지만 만약 범죄 여부를 단언하기 어려운 담론의 장에서 벌어지는 비난과 공격이라면 어떨까? 인터넷에서 지금도 벌어지는 여성, 장애인, 호남, 노인과 아이, 성소수자, 이주노동자와 무슬림에 대한 근거 없는 매도와 공격 말이다. 물론 대부분의 선량한 사람들은 온당치 않은 비난에 대해 비판을 던질 것이다. 그러나 어디까지를 혐오 발언으로 규정하고 범죄로 볼 것인가에 대한 사회적 논의가 부족한 사회에선, 가해자들이 그 틈을 노려 몇 가지 논리 구조를 동원해 자신을 변호하곤 한다.

첫째는 "약해 보이는 저들은 사실 뒤에 보이지 않는 거대한 조직이나 이익 단체를 끼고 있어서 '정상적인' 우리를 억압한다"는 음모론이다. 최근 무슬림이나 이주노동자, 성소수자에 대한 비난에서 자주 나오는 논리 구조다. 한국의 기독교 세력을 탄압하기 위한 반기독교 세력의 조직적인 음모가 진행되는 탓에 무슬림과 성소수자들에게 특혜가 주어진다거나, 한국인의 정체성을 흐리게 만들기 위한 친일 세력의 음모로 다문화 정책이 이뤄지고 있다거나 하는 식의 음모론은 인터넷에서 쉽게 찾아볼 수 있다. 물론 조금만 이성적으로 생각해보면 앞뒤가 맞지 않는 내용이기에, 이런 음모론은 비교적 금방 논의의 시장에서 탈락하고 만다.

둘째, "혐오할 만한 일을 저질렀으니 혐오하는 것"이라며 피해자의 피해자성을 탄핵하는 것이다. 이를테면 여성을 "명품을 밝히고 한 끼 식사보다 비싼 커피를 좋아하며 병역의 의무도 지지 않는 주제에 남자들 등쳐먹는 프리라이더"로 몰아세워 여성 혐오를 정당화하거나 "알고 보니 저들이 바라는 건 진실이 아니라 거액의 보상금과 대입 특례였다"는 거짓 프로파간다로 세월호 유가족들에 대한 공격을 정당화하려는 시도 등이 있겠다. 피해자성 탄핵은 음모론에 비해선 그 힘이 더 센데, 실존하는 일부를 표본으로 제시해 그것이 모집단(여성, 이주노동자) 전체의 속성인 것처럼 왜곡하거나, 사실관계의 맥락을 왜곡해 마치 전체 프로파간다가 다 진실인 것처럼 위장하는(세월호 유가족) 전략을 쓰기 때문이다.

셋째, "어차피 세상은 강자가 약자를 착취하는 구조이고 우리 모두의 본성엔 이런 이기적인 유전자가 있다"는 우생학적 합리화와 "난 적어도 내가 그렇단 사실을 인정이라도 하지만 넌 뭐냐"고 외치며 상대를 위선자로 정의하는 전략의 결합이다. 앞의 두 논리가 디테일한 사실 구조를 왜곡한 탓에 팩트 체크를 꼼꼼히 하는 것만으로도 비교적 쉽게 논파되는 것에 반해, 우생학-위선자 전략은 자신의 행동이 약자에 대한 탄압과 착취라는 것을 인정하면서도 그것을 인간의 본성이라는 더 큰 요인 탓으로 돌리며 메신저를 공격하는 논리라 파훼가 더 까다롭다. 이 논리를 구사하는 당사자 자신도 탄압을 당했던 약자라면 그 위력은 배가된다. "나 또한 이 사회의 약자로 보호받지 못하고 살아남기 위해 이 꼴 저 꼴 다 보며 살아왔지만 아무도 날 보호해주지 않았다. 그래서 살아남기 위해 나보다 약자를 때리는 건데, 너희도 내심 그러고 싶으면서 겉으로만 위선을 떠는 것 아닌가? 그게 아니라면 내가 얼어맞을 땐 다들 어디 있었는데?"라고 말할 수 있으니 말이다.

사설이 길었다. 2016년 1월에 발표된 노래 〈Indigo Child〉에 참여한 래퍼 블랙넛은 자신의 가사에서 피해자성 탄핵과 우생학-위선자 전략을 적극적으로 밀고 있다. 블랙넛은 "솔직히 난 키디비 사진 보고 딸 쳐봤지"라며 특정 여성 아티스트를 성희롱하는 가사를 써놓고도, 이를 "너넨 이런 말 못 하지. 늘 숨기려고만 하지, 그저 너희 자신을. 다 드러나, 네가 얼마나 겁쟁이인지"라는 가사를 통해 정당화하려 한다. '찌질하지만 진솔한 나'와 '나와 속내는 똑같지만 그걸 숨기는 겁쟁이 위선자'라는 이분법으로 물타기를 시도한 것이다. 래퍼들에게 돈이나 여자 말고 사회적인 이슈를 주제로 랩을 해보라 충고했던 래퍼 MC 메타를 겨냥한 공격 또한 마찬가지다. "네가 진짜 걱정하는 건 추락하는 네 위치지, 아니잖아 세월호의 진실이"라는 가사 안에는 '어차피 인간은 모두 제 위치만 걱정하는 이기적인 존재'라는 우생학과 '넌 그런 속내를 말 못 하지만 난 다 말할 수 있다'며 상대를 위선자로 몰아가는 논점왜곡이 함께 도사리고 있다.

앞서 지적했던 대로 우생학-위선자 전략은 그 발화 당사자 본인이 사회적 약자로 박해를 당했던 전력이 있을수록 더 위력을 발휘한다. 블랙넛과 그의 옹호자들은 그가 구조적인 가난과 외모에 기인한 주위의 멸시, 학교폭력 등 다양한 층위에서 박해를 당했고, 내세울 것 하나 없는 자신의 처지와 채워지지 않는 결핍을 위악적인 태도로 '찌질이'를 자처함으로써 극복했다고 말한다. 〈Indigo Child〉의 가사에서도 블랙넛은 "나는 알아. 우린 다 찌질이가 맞아"라는 가사를 통해 자신은 찌질한 사람이고 자신을 비난하는 이들도 사실 자신과 다를 바 없이 찌질한 사람들이라고, 자신은 그저 그 사실을 이야기할 용기가 있는 것뿐이라고 선언한다.

이것이 블랙넛만의 전략은 아니다. 같은 해 〈찔려〉를 발표한 걸 그룹 스텔라의 소속사 관계자는 뮤직비디오에 벌레와 살충제가 나오는 이유에 대해 이렇게 설명했다. "'찔려'라는 부분을 심리적으로 찔리는 것으로 해석해 (중략) 스텔라의 '섹시 코드'를 훔쳐보고 욕하는 소위 선비충(대중)들의 이중적 잣대를 말하고자 하는 메시지도 담겨 있습니다."(박수정, "스텔라 선정 〈찔려〉 뮤직비디오 명장면", 〈텐아시아〉, 2016년 1월 21일 자) 도덕적·윤리적 층위에서 불편함을 호소하는 이들을 비하하는 단어인 '선비충'이 소속사 관계자의 입을 통해서 나온 것이다. 공식적인 자리에서 나온 이야기라는 게 믿기지 않을 정도의 무심함. 말하자면 '어차피 너도 걸 그룹들의 섹시 코드 경쟁을 보며 즐길 거면서, 겉으로만 도덕적 엄숙주의를 말하는 위선자'라는 뜻이다.

선정적인 콘셉트를 좋아하면서도 겉으론 싫어하는 척한다는 식의 이야기는 조PD와 싸이가 함께했던 노래 〈I Love Sex〉("속으로 좋아도 겉으론 삿대질")나, 박진영이 작사·작곡해 miss A에게 준 〈Bad Girl Good Girl〉("춤추는 내 모습을 볼 때는 넋을 놓고 보고서는 끝나니 손가락질하는 그 위선이 난 너무나 웃겨")에서도 나온 바 있다. 그러나 이런 식의 접근은 대상화된 성을 소비하는 이들과 그에 대해 이의를 제기하는 이들이 동일하다는 근거 없는 비약에 기대고 있다. '결국 너도 나와 똑같은 사람'이란 가정을 공격의 무기로 삼는 것이다. 섹시 콘셉트가 아니고서는 소속 아티스트를 띄울 만한 좋은 곡이나 프로모션을 제공할 능력이 안 되는 매니지먼트사의 무능을, 과도한 섹시 콘셉트에 불편함을 호소하는 대중을 위선자라고 손가락질하는 것으로 면피하는 광경은 낯 뜨겁다.

사람이라면 정도의 차이는 있어도 저마다 마음 한구석에 이기적이고 그릇된 욕망을 품을 수 있다. 그러나 모두가 아는 것처럼, 그 욕망을 사회화 교육과 이성으로 잘 통제해 타인을 해하지 않는 선 안에 가두는 것이 인간 사회를 지탱하는 최소한의 계약이다. 만약 본인이 주변의 그릇된 시선과 구조적 모순 탓에 피해를 입었다면, 이를 극복하는 길은 내게 피해를 입힌 구조 자체의 폭력성을 고발하는 것이지, 자신보다 약한 이들을 향해 제 폭력적 욕망의 고삐를 풀어 피해를 확대재생산하는 것이 아니다. 이 당연한 사회계약을 무시하며 "너도 나와 똑같은 존재"라는 식으로 비난을 피해 가는 래퍼가 있고 "어차피 우리가 소속 아티스트를 헐벗게 해서 무대에 세우면 너도 좋아할 거면서"라고 말하는 소속사가 있다. 그들에게 열광하는 이들이 많다는 사실은 한국 사회가 윤리적 폐허에 도달했다는 증거처럼 보인다. 물론 이렇게 말하면 어떤 이들은 "선비충 나셨네"라고 말하겠지만 말이다.

온전히
그 자신으로
탁월한
종현

보이 그룹 샤이니의 멤버 종현의 첫 솔로 정규 앨범 《좋아》
(2016)는 여러모로 흥미로운 앨범이다. 이제 더는 아이돌 가수
가 작사작곡에 참여하고 셀프 프로듀싱을 하는 것이 보기 드
문 광경이 아니게 된 시대, 종현이 아홉 개의 수록곡 중 여덟
곡을 자작곡으로 채우고 나머지 한 곡도 직접 작사했다는 점
은 새삼스러운 축에도 못 낀다. 그게 자신이 진행하는 MBC
라디오 〈푸른 밤, 종현입니다〉의 코너 중 하나로 청취자의 사
연을 가사로 받아 작곡을 하는 '푸른 밤 작사 그 남자 작곡'을
선보인 바 있는 종현이라면 더더욱 그렇다. 그런 의미에서 진
짜 흥미로운 것은 종현이 얼마나 많은 곡을 작곡했느냐가 아
니라, 《좋아》라는 앨범이 어떤 구성으로 완성됐느냐다.

"한 명의 캐릭터가 그리는 사랑에 대한 이야기"라고 종현이 직접 밝힌 것처럼 《좋아》에 실린 아홉 곡은 모두 일관된 콘셉트와 스토리를 지니고 있다. 사랑에 빠진 남자는 상대에게 자신의 마음을 무겁지 않게 고백하고(〈좋아〉), 자신을 미치게 하는 상대의 매력에 대해 이야기하며(〈White T-Shirt〉), 다른 사람들과 달리 자신만큼은 착실히 상대를 따라 궤도를 도는 사람임을 어필한다(〈우주가 있어〉). 꿈꾸기만 했던 상대와 함께하게 된 기쁨을 이야기하고(〈Aurora〉), 무르익어가는 관계 속에서 괜히 상대에게 투정도 부려보다가(〈Dress Up〉), 신호등 빨간불에 걸린 찰나의 순간 입을 맞추며 기쁨의 절정을 노래한다(〈Red〉). 다양한 톤의 노래들이 모여 묵직한 파스텔 톤을 이뤘던 미니 앨범 《Base》(2015)나 〈푸른 밤, 종현입니다〉에서 사연을 받아 작곡한 노래들을 모아 낸 미니멀한 톤의 소품집 《이야기 Op. 1》(2015)과는 달리, 사랑에 빠진 남자의 설렘과 행복을 오롯이 그려낸 《좋아》는 소리의 질감에서부터 앨범 아트에 이르기까지 모두 경쾌하고 달콤한 총천연색으로 반짝인다.

1990년대 말부터 히트곡들만 모은 컴필레이션 앨범이 유행을 탔고, 2000년대 들어 음악의 소비가 더는 CD나 카세트 테이프처럼 손에 잡히는 물성을 지닌 매개체가 아니라 곡 단

위로 끊어서 유통이 가능한 음원 파일 중심으로 이루어졌다. 음원 파일에서 실시간 스트리밍으로 음악 소비의 판도가 바뀐 지금, 이제 단일한 콘셉트를 기반으로 스토리텔링을 하듯 앨범 전체를 구성하는 아티스트는 점점 더 만나보기 어려워졌다. 전체 앨범을 구매해서 진득하게 감상해줄 청자들이 자꾸 줄어들기 때문이다. 그런 시대에, 종현은 하나의 지향을 가지고 자신이 친구들과 함께 꾸린 작곡팀 '위프리키'와 협업하며 앨범 전체를 관통하는 단일한 세계관을 완성했다.

청자에게 한 곡 한 곡 단위가 아니라 그 총체로서 앨범을 듣게 만들 수 있다는 자신감이 없으면 하기 어려운 시도다. 유일하게 작곡에 참여하지 않은 〈White T-Shirt〉에 대해 회사가 생각하는 음악적 방향성을 가늠해보고 싶단 생각에 회사에 일임했다는 그의 말에서도 자신감이 얼마나 탄탄한지를 훔쳐볼 수 있다. 말하자면 그 한 곡으로 앨범의 세계관이 흔들리지 않을 것이라는 확신. 이런 자신감의 비결은 무엇일까? 캐스팅이 되던 순간에도 보컬이 아닌 베이시스트로 활약하고 있었던 종현의 탄탄한 음악적 밑바탕도 있겠지만, 내겐 그보단 멈추지 않고 배우며 더 나은 존재가 되려고 노력하는 특유의 성실성이 더 눈에 띈다. 이 앨범이 준비 기간 6개월 만에 만들어진 게 아니라 5년 전에 만들어뒀던 곡, 3년 전에 만들어뒀던 곡들을 더해 완성이 된 것처럼, 그의 자신감은 자신의 재능에 대한 과신이 아니라 꾸준히 쌓아 올린 학습의 누적에 기인하는 것으로 보인다.

이런 그의 태도는 단순히 음악을 대하는 자세에만 한정되는 것이 아니라 사회와 세계를 대하는 자세에서도 엿볼 수 있다. 2015년 7월, 종현은 자신이 진행하는 라디오 프로그램에서 여성 아티스트 나인과 함께 대화를 나누던 중 '여성은 많은 예술가에게 가장 큰 영감을 주고 사랑을 받는 축복받은 존재'라는 요지의 발언을 했다. 어떤 이에겐 무심히 넘어갈 수도 있는 발언이었겠지만, 듣기에 따라선 여성 혐오의 일종인 여성 숭배의 맥락으로 읽을 수도 있는 발언이었다. 인터넷 일각에서 '종현이 여성 혐오적인 발언을 했다'는 지적이 일었고, 이에 대해 종현은 트위터를 통해 "축복을 받은 존재이고 나에게 영감을 주는 존재라는 말이 나보다 아래에 있다는 의미가 아닙니다. 영감의 대상은 상하를 막론하고 존재합니다"라고 해명했다. 함께 방송을 했던 나인 또한 트위터를 통해 "맥락을 제대로 이해하지 않고 무조건 부정적으로 곡해하지 않았으면 좋겠다"는 입장을 밝혔다. 어쩌면 이쯤에서 멈췄다 해도 괜찮았을지 모른다. 그러나 종현은 여기에서 멈추지 않았다.

종현은 인스타그램을 통해서 "혹시나 저의 이야기가 누군가에게 불쾌감을 주었다면 어느 부분이었는지 정확히 알고 싶"다는 입장을 밝혔고, 트위터에서 그에게 '이런 부분들이 문제의 소지가 있었다'라고 말을 건 이들에게 먼저 쪽지를 보내 보다 구체적인 대화를 청했다. 긴 대화의 끝에 종현은 이렇게 말했다. "전 그저 궁금했습니다. 어떤 부분이 상처가 됐는지, 어떻게 하면 다시 그런 상처를 주지 않을지. 전 스스로 잘못된 사람이라 생각지 않고 누군가 상처 입었다면 사과하는 게 맞는다고 생각합니다." 다른 유저와의 대화 끝엔 이렇게도 말했다. "배울 게 넘치는군요, 세상엔." 자신의 발언이 악의를 품지 않았다는 것을 적극 해명하는 데 그치지 않고, 그 발언이 최초 의도와는 무관하게 혹시라도 문제가 될 소지가 있었는지를 적극적으로 경청했던 것이다. 자신이 틀렸을 수도 있다는 가능성을 늘 폭넓게 열어두고 있는 사람이 아니라면, 그래서 사람은 꾸준히 배움을 통해서만 성장할 수 있는 존재라 믿는 사람이 아니라면 하기 어려운 일이다.

한 가지 흥미로운 것은, 종현 또한 끊임없이 숭배/멸시의 이분법적 대상화가 되는 아이돌이란 사실이다. 2013년 '안녕들 하십니까' 열풍 속에서 한 트랜스젠더 여성이 이중의 편견에 시달리는 자신의 사연을 대자보로 외쳤을 때, 종현은 혹여

자신의 특수한 위치 탓에 상대가 원치 않은 주목을 받게 될까 걱정해 쪽지를 통해 조용히 지지와 연대의 의사를 밝혔다. 그러나 당사자가 종현의 동의를 얻어 쪽지 내용을 온라인에 공개한 이후 인터넷엔 '고작 아이돌 가수가 뭘 안다고 나서냐'는 뿌리 깊은 멸시와 '아이돌 가수가 이렇게 깊은 식견을 가지고 있다니'라는 아이돌 전반에 대한 비하에 기반한 감탄이 경쟁하듯 이어졌다. 그저 한 명의 시민으로서 사려 깊은 행동을 해도, 그 모든 행동이 '아이돌'이라는 프리즘을 거치는 순간 곡해되거나 뒤틀린 숭배의 대상이 된다. 최근 종현의 솔로 행보를 두고 많은 언론이 '탈아이돌급'이라는 표현을 쓰는 것 또한 비슷한 맥락일 것이다. '아이돌은 보통 이 정도 수준의 음악적 성취에 이를 수 없다'는 전제조건이 있어야만 사용이 가능한 표현이기 때문이다. 종현은 이렇게 자기 자신도 어떤 이분법적 대상화를 피할 수 없는 위치에 서 있으면서도, 자신의 입장을 힘주어 이야기하기 위해 타인의 고통을 무시하지 않는다. 연예인이기 이전에 한 명의 자연인으로서도 쉽게 갖추기 어려운 덕목이다.

지난 2013년 종현의 '안녕들 하십니까' 연대 발언을 접하는 대중의 반응에 대해 쓰며 나는 그의 "매력에 대해서 이야기할 기회는 앞으로도 충분할"("연예인이라고 허락받고 말해야 돼?",

〈한겨레〉, 2013년 12월 21일 자) 것이라 말한 적 있다. 시간이 지난 지금, 공개적으로 말할 수 있게 된 것을 기쁘게 생각한다. 종현은 매력적인 아이돌이자 음악적 야심이 탄탄한 아티스트이고, 자신이 틀렸을 가능성을 열어놓고 성실하게 배움을 멈추지 않는 시민이다. '탈아이돌'이나 '아이돌치곤 놀라운' 따위의 수식이 필요치 않은, 그저 온전히 그 자신으로 탁월한.

노래를 부르려면 웃겨야 하는 정말 웃기는 세상

노라조

  당혹스러웠다. 보통 첫 번째 솔로 앨범을 이런 식으로 내는 사람은 별로 없는데…. 조빈의 첫 솔로 앨범 장르는 '뉴에이지'다. 상세 분류를 보면 더 기가 찬다. '명상'이란다. 샤워 캡을 머리에 다소곳이 뒤집어쓴 채 청초한 표정으로 정면을 바라본 조빈의 얼굴이 재킷 이미지를 한가득 채우고 있는 이 정체불명의 앨범 제목은 《명상 판타지》(2015)다. 곡 리스트는 더 기괴하다. 1번 트랙 〈듣기만 해도 부자 되는 음악〉부터 시작해 〈듣기만 해도 살이 빠지는 음악〉을 거쳐 7번 트랙 〈듣기만 해도 성공하는 음악〉으로 끝나는 이 일관된 구성이라니. 같은 해인 2015년 2월에 발표한 노라조의 〈니 팔자야〉 뮤직비디오 앞에 삽입한 〈노래 들으면서 부자 되기〉가 음으로 양으로 〈니 팔자야〉의 히트를 견인한 건 알고 있었지만, 3월 KBS 〈유희열의 스케치북〉에서 자신의 솔로 1집은 명상 음악으로 내겠다고 말한 건 알고 있었지만, 농담인 줄 알았지 누가 진담인 줄 알았나.

그런 와중에 또 앨범에 정성을 안 들인 건 아니어서, 타이틀곡이자 마지막 트랙인 〈듣기만 해도 성공하는 음악〉의 반주는 후반부에 힘 있게 터져 나오는 기타 솔로가 일품이다. 이 '쓸데없는 고퀄리티'를 보고 킥킥거리며 친구와 대화를 나누던 중 친구가 웃으며 던진 말이 덜컥 내 발목을 잡았다. "이 사람들 노래는 진짜 잘하는데, 제대로 된 노래 한 번만 내줬으면 좋겠네." 갸우뚱한 기분이 된 내가 대꾸했다. "제대로 된 노래, 낸 적 있는데?" 나는 대화를 멈추고 그 자리에서 노라조의 정규 5집 《전국제패》(2011)에 수록된 11분짜리 대곡 〈Gaia〉를 찾아 들려줬다. 웃음기를 싹 지우고 가사도 음악도 모두 멜로딕 메탈로 채운 이 트랙을 듣자 친구는 말문을 잃고 내게 물었다. "뭐야, 왜 이렇게 잘해?" 글쎄, 뭐라고 대답을 해줘야 할지 몰라 그냥 가만히 있었다. 발표된 지 4년이 된 곡을 왜 이제야 발견한 거냐고 묻자니, 그런 상황에 처한 게 꼭 내 친구 하나만은 아니지 싶었기 때문이다. '쓸데없는 고퀄리티'라는 칭송을 듣던 이들이, 정작 쓸데 있는 곳에 힘을 주어 곡을 발표하면 아는 사람이 드문 이 아이러니라니.

　어쩌면 이게 노라조가 서 있었던 지형인 건지도 모른다. 각각 댄스 그룹 'TGS'와 록 밴드 'July'로 활동하던 조빈과 이혁이 소속사로부터 들었던 제안은 이런 거였다. "요즘 가요계에 '녹색지대' 같은 진한 남성 듀오가 없다. 그런 걸 해보자." 록을 기반으로 한 가요로 사랑받았던 녹색지대를 생각하며 팀을 결성했지만, 정작 소속사가 준 곡은 트로트와 록이 섞인 디스코 트랙이었다. 훗날 MBC 〈황금어장〉 '라디오스타'에 출연한 이혁은 그 당시를 "낚인 것 같았다"고 회고했다. 친구들은 "네가 드디어 돈맛에 투항했구나" 비아냥거렸지만, 그렇다고 그 정도 개그 콘셉트로는 크게 성공하지도 못했다. 소속사가 했다는 말에 이미 그 이유가 숨겨져 있었다. "큰맘 먹고 내게 한번 안기지 그래"(〈날 찍어〉, 1집 《첫 출연》, 2005) 같은 가사로 작정하고 사람들을 웃기려고 해도 주목받기 어려운 시절에, 아이돌도 아니면서 녹색지대처럼 진지하게 노래하는 진한 남성 듀오가 가능할 리가 없었다.

　결국 이들이 대중에게 제대로 얼굴을 알리기 시작한 건 조빈이 삼각김밥 모양의 헤어스타일을 하고 등장했던 2집부터였다. "립싱크할 거면 때려치"우라는 네티즌의 댓글에 "저희끼리도 입을 못 맞춰 립싱크를 못 하고 있습니다"라고 대응하는 특유의 악플 대처 능력도 이목을 끌었다. 뭐야, 웃기는 사람들이잖아. 조빈의 두툼한 저음이나 이혁의 3옥타브를 넘나드는 고음 같은 게 제값에 평가받은 건 3집 《Three Go》 (2008)의 타이틀곡 〈슈퍼맨〉까지 밀어붙인 엽기 콘셉트가 먹히고 난 다음의 일이었다. 과거에는 3옥타브를 넘나드는 고음을 가지고 있으면, 단단한 중저음으로 곡을 이끌어가는 가창력이 있으면 그 재능으로 주목받을 수 있었다. 그러나 음반 시장이 무너진 이후엔 그런 재능으로도 주목을 받기 어려워졌다. 재능을 보여주려면 삼각김밥 머리를 하고서라도 주목 먼저 받아야 하는 세상이 도래한 것이다.

처음엔 엽기 코믹 콘셉트에 시선을 줬던 사람들은 이윽고 엄청난 공과 재능을 사소한 것에 쏟아낸다는 사실 자체에 웃기 시작했다. 생긴 것도 멀쩡하고 노래는 넘치게 잘하는 청년들이, 엽기적인 옷을 입고 하잘것없는 가사의 노래를 부르며 춤을 춘다는 부조리함이 사람들의 웃음보를 터뜨렸다. 저 정도 재능이 있는데 대체 왜 저런 노래를 부르는 거야. 하지만 조빈과 이혁이 각각 멀쩡한 모양새로 노래를 부르던 시절엔 아무도 그들을 주목하지 않았다는 사실을 곱씹는 사람은 많지 않았다. 곱씹더라도 그저 쓰게 웃으며 "먹고산다는 게 참…"이라 중얼거릴 뿐. 〈슈퍼맨〉이 뜨자 자신들의 곡을 스스로 표절해 〈고등어〉(2009)를 발표하고는 뻔뻔스레 노량진 수산시장에서 상인들을 배경으로 라이브 무대를 펼치는 노라조를 진지하게 생각한 사람은 별로 없었다.

물론 그들의 앨범을 음원이든 CD든 전체를 구해 들어본 팬들이라면 알고 있었다. 먹고산다고 엽기 콘셉트를 유지하고 있지만, 이 사람들이 진지한 노래를 할 역량도 충분하거니와 이미 그런 노래도 하고 있다는 사실을. 〈슈퍼맨〉이 히트를 했던 《Three Go》의 수록곡 〈연극〉은 웃음기 하나 없는 정통 록발라드였고, 2009년 싱글 《야심작》에 실린 록발라드 〈형〉은 조빈과 이혁의 가창력이 유감없이 터져 나오는 곡이었다. 그러나 다들 타이틀곡 위주로 스트리밍을 듣고, 음원을 내려받더라도 전곡을 내려받아 진득하게 들어보는 사람은 찾아보기 어려운 시절에 이런 곡들의 존재를 아는 이들은 많지 않았다. 욕심을 부려 앨범에 진지한 곡을 삽입한다 해도, 앨범 전체를 들어주는 사람이 없으면 의미도 없는 것 아닌가.

그래서였을 거다. 〈니 팔자야〉의 뮤직비디오가 방송 심의를 통과하지 못했음에도 딱히 수정 후 재심을 요청하지 않았던 것은. 웹진 〈아이즈〉와의 인터뷰에서 조빈은 그 이유를 이렇게 설명했다. "앞부분이 최면술 같은 콘셉트이지 않나. 유통사인 Mnet 쪽에서 최면은 과학적으로 그 근거가 확인되지 않았으니, 뮤직비디오 화면 하단에 '이 말에는 근거가 없습니다' 같은 문구를 계속 넣어달라고 하더라. 어쨌든 우린 장난 반, 진담 반으로 '이 노래를 유료 구매하고 싶어진다'는 식으로 설득을 하고 있는데, 그런 문구가 같이 들어가버리면 모순이라는 생각이 들었다. 그래서 그럴 수는 없겠다고 말했다."(황효진, "노라조 '오십 살에 망하면 오십 한 살부터 다시 시작하면 되지'", 〈아이즈〉, 2015년 3월 13일 자) 아무도 음원을 제 돈 주고 구매하지 않는 세상에서, 음원을 돈 주고 사달라는 부탁은 농담조일지언정 "근거가 없"다고 말할 수는 없는 진심이었다. 그래서 조빈의 《명상 판타지》의 수록곡 일곱 곡 중 네 곡에는 '유료 구매'에 대한 이야기가 담겨 있다. 음악에 대한 노라조의 진지한 열정을 알리려면 사람들이 음원을 유료 구매해서 다 들어봐야 하는데, 유료 구매를 유도하려면 또다시 '쓸데없는 고퀄리티'의 개그 콘셉트의 곡을 앞세워야 하는 시대. 조빈은 자신만의 방법으로 리스너들을 설득했다.

시종일관 개그로 일관하던 조빈은, 마지막 트랙 〈듣기만 해도 성공하는 음악〉에서 사뭇 진지한 모습을 보여줬다. "나는 나를 사랑한다. 나는 내가 진정 원하는 사람이 될 수 있다. 세상의 모든 사람들이 나를 사랑한다." 진정 원하는 음악으로 시작할 수는 없었지만, 그래서 처음엔 악플을 다는 이들도 많앉지만, 자신들만의 방식으로 걸어온 끝에 노라조는 많은 이들의 사랑을 받았다. "나를 사랑한다. 이 음악을 듣고 있는 지금의 나도 사랑한다." 노라조는 진지한 음악을 하고 싶은 자신들뿐 아니라 대중이 인지하는 자신들의 모습도 긍정했다. 본격 록 음악을 하기 위해 결성한 7인조 록 밴드 유닛 '노라조 에볼루션 넘버 7'이나, 금칠한 갓을 쓰고 기복신앙의 가사를 읊조리는 노라조나 결국엔 모두 제 모습이니까. 이상과 현실을 모두 긍정한 조빈은 마지막으로 차분하게 중얼거린다. "나는 최고를 향해 걸어가는 도전자이다. 나는 나를 영원히 응원한다. 나는 최고가 된다." 데뷔 때부터 이제 각자의 길을 걷게 된 지금까지, 조빈과 이혁은 그렇게 쉬지 않고 최고를 향해 걷고 있다.

아픈 청춘 위로했던
그들의 응원가
크라잉넛

노래가 지니는 정서적 힘은 강력해서, 어떤 노래들은 듣는 것만으로도 그 노래가 발표된 시대의 정경을 환기시키기도 한다. 이를테면 영화 〈건축학개론〉에서 수지가 이제훈에게 들려준 전람회의 노래 〈기억의 습작〉이 1990년대 초반의 공기를 담고 있는 것처럼 말이다. 한 시대의 기억을 고스란히 호출해내는 이런 노래들을 우리는 흔히 '시대의 송가'라고 부른다. 최근 수년 만에 고등학교 동창을 만났다가, 나는 새삼 이제 막 30대에 도착한 내 또래 친구들의 송가는 무엇이었는지 깨닫게 되었다.

"가끔 너랑 같이 노래방 다니던 때 생각이 들더라고. 다른 사람들 앞에서는 민망해서 부르고 싶은 곡을 못 부르게 되더라." "그렇지. 〈말 달리자〉 같은 노래는 다들 일어나 뛰면서 불러야 하는데, 잘 모르는 사람들하고 노래방 가서 그렇게 놀 수는 없으니 말이야." 그랬다. 얼마나 많은 노래방 소파가 우리의 발밑에서 망가졌던가. 적어도 혈기방장한 우리에게 크라잉넛만큼 갈 곳 없는 울분을 해소시켜준 이들도 없었다.

세상 모든 10대들의 사춘기는 암울한 것이니 내 세대의 사춘기만 유독 더 암울했다고는 말할 수 없으리라. 나의 10대는 하필이면 IMF 사태가 전국을 덮친 시절이었고, 나와 내 친구들은 '열심히 하면 우린 다시 일어날 수 있다'는 위태로운 낙관과 '우린 이제 다 끝났다'는 세기말적 우울이 힘겨루기를 하는 꼴을 지켜보며 자랐다. 나라가 망한다는 것의 개념을 완벽하게 이해할 순 없어도, 옆집 사는 친구네 집이 망해 넘어가는 게 어떤 건지는 확실히 이해하게 된 것이다. 딱히 즐거울 일 하나 없던 그때, 우울한 우리 앞에 크라잉넛이 도착했다.

물론 그때 우리는 클럽을 드나들 수 있는 나이는 아니었다. 상관없었다. 서울 홍대 클럽 '드럭'에서의 공연실황을 그대로 담은 뮤직비디오는 우리 모두를 크라잉넛의 광팬으로 만들기에 충분했다. "살다 보면 그런 거지. 우후 말은 되지. 모두들의 잘못인가. 난 모두 다 알고 있지"라는, 짐짓 삶의 비의를 다

안다는 듯한 가사의 꼬리를 물고 터져 나오는 "닥쳐!"라는 외침은 틀을 깨부수는 통쾌함이 있었다. 집단으로 조울증에 걸린 듯 어느 날은 희망을 말하고 다음 날엔 좌절을 이야기하는 세상이 다 지긋지긋했던 우리에게 "이 쓰레기 같은 지구상에서 우리가 할 수 있는 것은 오직 달리는 것뿐이다. 무얼 더 바라랴"던 〈말 달리자〉의 가사는 그 자체로 해방구였다. 1995년 말에 탄생한 〈말 달리자〉는 그렇게 온 나라가 우울했던 1998년께에 전국을 뒤덮으며 크라잉넛의 존재를 알리고 시대의 송가가 되었다.

다음 해 발매된 2집 《서커스 매직 유랑단》에서, 우리가 크라잉넛에 열광했던 이유는 좀 더 명확해졌다. 그들은 단순히 세상에 대한 분노와 저항만을 외치는 게 아니라, 슬픔에 힘을 실어 웃음으로 바꾸는 신묘한 재주를 구사하는 이들이었다. 요즘 말로 '웃픈'(웃기고도 슬픈) 청춘이었달까. "머리가 크다고 비웃"는 이들에게 "내 머리는 원래가 두 개"이니 "비웃지 마라"(〈신기한 노래〉)라고 말하는 그들의 화법에는 서러움을 웃음으로 돌파하는 매력이 있었다. 크라잉넛은 여전히 "도시의 불빛이 나를 중독"(〈더러운 도시〉)시키는 세상을 향해 이를 드러내고 으르렁대면서도 "어차피 우리에게 내일은 없"으니까 "마음대로 춤을 추며 떠들어 보"(〈서커스 매직 유랑단〉)자고 옆구리를 쿡쿡 찔렀다. 가진 것도 없고 내일도 없으니 오히려 마음대로 할 수 있지 않으냐는 정서는 해학적이면서도 사뭇 도발적이었다.

도발의 끝은 잃을 것도 없는 청춘의 막막함을 극한까지 밀어붙인 〈다 죽자〉라는 트랙이었다. 크라잉넛은 〈다 죽자〉에서 "갈 곳 없는 외로운 천사"인 "우린 지금 눈을 감고 추락하고 있"으니 "모두 추락해서 지구를 박살 내"자고 외친다. 〈다 죽자〉는 파국의 제목과는 달리, 어둑어둑한 젊음이나마 세상과 정면으로 부딪쳐 세상을 부숴보자는 내용의 가사였던 셈이다. "우린 지금 모두 여기 다 죽자"는 가사와 "날아보자, 찢어진 나의 날개로"라는 가사가 등을 맞대고 있는 역설. 웃고 뛰고 발을 구르고 있어도 눈물이 나는 노래들은 〈말 달리자〉의 성공이 요행이 아니란 사실을 증명해 보였다.

1999년에 끝장이 난다던 세상은 망하지 않고 21세기를 맞이했고, 울분과 해학으로 20세기의 마지막을 뜨겁게 장식했던 크라잉넛 또한 3집부터는 다소 부드러워졌다. 그 전까지 세상에 대한 분노나 저항을 노래했다면, 어느 순간부터 그 세상을 자기 나름대로 살아가는 삶의 태도에 대해 노래하기 시작한 것이다. 아직 세상은 "멍키스패너가 머리를 때"리는 곳이지만, 자신은 좌절하지 않고 "꽃이여 피거라. 꽃이여 터져

라. 그대여 춤춰요"(〈양귀비〉)라고 말하겠노라는 크라잉넛은 앞의 두 앨범보다는 더 차분해져 있었다. 비록 세상을 바꾸거나 박살 내겠다곤 하지 않아도, 제 삶의 태도를 꺾지 않고 춤추고 노래하겠다는 크라잉넛은 분노하지 않고도 제 생각을 펼치는 법을 익혔다. 이런 태도는 "내가 크면 뭐가 될 건가? 알 수 없지, 한 치 앞길도. 어쨌거나 내 인생은 로큰롤 인생. 지금 이 순간이 가장 중요해. 내가 커도 변치 않을래. 작은 꿈들 잊지 않을래"(〈착한 아이〉)라고 노래한 2009년 6집 《불편한 파티》까지 이어졌다.

삶의 태도를 꺾는 일 없이 성숙해진 그들의 여정은 2013년 6월에 발매된 7집 《FLAMING NUTS》로 이어진다. 이 앨범에서 보여주는 데뷔 18년 차 밴드 크라잉넛의 성숙은 때론 파격으로 다가온다. 〈말 달리자〉에서 "돈 많으면 성공하나?"라고 당돌하게 물었던 이상혁은 〈Give Me The Money〉에서 청자를 향해 외친다. "난 돈이 필요해! right now! 세상은 넓고 할 일은 많은데 어찌 내가 할 일은 이다지도 없는지!" 취직도 안 되고 돈도 없어서 "등골 브레이커"로 전락해 "신념은 무너지고 가슴은 미어오"는 약자들의 울분을 블랙유머를 섞어 토해내는 이 트랙은 최소한의 행복조차 돈이 없으면 쟁취할 수 없다고 말하는 세상을 비웃는 동시에, 그 세상의 룰에 맞춰 사느라 허리가 휘어지는 이들의 고난을 근심한다.

파격은 한경록이 쓴 곡 〈5분 세탁〉에서도 이어진다. 한때 "모두 추락해서 지구를 박살 내자"는 가사를 썼던 사람이 "똑같은 실수를 반복하고 무너져도 괜찮"으니 "죽는단 말 대신 웃는단 얘길 해"보라고 권유하는 것은 얼핏 엄청난 변화처럼 보인다. 그러나 〈다 죽자〉가 정말 죽자는 뜻이 아니라 세상과 부딪쳐 세상을 바꿔보자는 노래였다는 걸 생각해보면, 그리 이해 못 할 변화는 아니다. 아니, 어쩌면 당연한 변화인지 모른다. 2011년, 비극적인 투신자살이 줄줄이 일어났던 카이스트로 공연을 간 크라잉넛은 "여러분 죽지 말라"는 멘트를 던진 뒤 〈다 죽자〉를 불렀다. 은유가 아니라 정말로 단체로 추락해 세상을 떠버리는 이들을 보면서, 크라잉넛은 어쩌면 보다 직설적으로 시대를 위로하는 곡이 하나쯤은 필요하다고 생각했던 게 아닐까.

이들의 위로는 여기서 끝나지 않는다. 잔뜩 주눅 들어 있는 이들에게 크라잉넛은 "방바닥에 굴러다니는 작고 딱딱한 레고 조각"처럼 자기 자신이 "별 볼 일 없"는 것 같아도, 언젠가 친구들을 만나 "서로 잘 끼워 맞춘다면 원하는 건 모든 것이 될 수 있"(〈레고〉)다고 위로를 건넨다. "레고레고레고"를 반복하는 후렴이 계속 듣다 보면 "고래고래고래"처럼 들리는 것은 다분히 의도적인데, 작고 별 볼 일 없는 이들이라도 연대해 힘을 합치면 '고래'처럼 거대한 꿈을 이룰 수 있다는 응원이 숨겨져 있는 것이다.

2010년에 펴낸 책《어떻게 살 것인가》에서 크라잉넛은 "왜 꼭 철이 들어야 하는지 모르겠다"고 말했다. '철드는 것'을 '얌전해지고 덜 재미있어지는 것'이라고 해석한다면, 이들은 여전히 철이 없다. 〈레고〉에서 이들은 고래 같은 거대한 꿈으로 "난 기차가 될래, 공룡이 될래, 슈퍼 영웅이 될래"를 열거한다. 세상이 바라는 규범적인 밝은 미래와는 거리가 먼, 허무맹랑하고 천진한 욕망을 힘차게 외치는 것만 봐도 크라잉넛은 분명 아직 '철없는' 사내들이다. 하지만 시대를 향해 이리도 듬직한 위로를 건넬 수 있는 게 철든 어른의 덕목이라면, 크라잉넛은 멋지게 철드는 데 성공한 듯 보인다. 지루하거나 고리타분해지는 일 없이.

새로운 세상을
꿈꾸게 하다
소녀시대와
〈다만세〉의 10년

　노래에도 입장이라는 게 있다면 2016년은 〈다시 만난 세계〉(이하 '다만세')에게 다소 독특한 한 해였을 것이다. 그해 봄, 한국여성민우회는 자신들이 준비한 페미니즘 입문 강연 프로그램의 제목으로 '다만세'를 차용했다. 수많은 여성들이 '다만세'를 흥얼거리며 한국여성민우회의 강연을 듣는 동안, 같은 해 여름엔 학교 본부의 독단적인 미래라이프대학 졸속 신설에 반대하며 본부관 점거 투쟁에 나선 이화여자대학교 학생들이 경찰들과 대치한 상황에서 '다만세'를 함께 불렀다. 모두 자신들에게 주어진 세계의 조건을 상수로 받아들이는 것을 거절하고 싸움에 나선 이들이 내린 선택이었다.

　의미심장하게도 이 두 가지 일에는 모두 특별한 의도가 없었다. 강연 프로그램의 제목을 처음 제안한 문보미 한국여성 민우회 활동가는 '다만세'를 차용한 이유를 묻는 질문에 무의식적인 선택이었다고 답했다. 이대생들 또한 노래에 대단한 의미를 부여한 것은 아니었다. 익명을 요구한 학생의 말에 따르면, 진압이 있기 전날 학생들은 무료함을 달래기 위해 함께 즐길 수 있는 노래들을 들으며 시간을 보냈다. 아마 누군가의 스마트폰에 저장된 플레이리스트였을 것이다. 그리고 마침내 200여 명의 학생들이 1,600여 명의 경찰과 대치하던 순간, 고조되는 공포 속에서 누군가 함께 노래를 부르자고 제안했다. 큰 목소리로 함께 노래를 부르면 두려움도 덜할 테니까. 그중 한 곡이 '다만세'였고, 경찰에게 가로막혀 미처 무리로 복귀를 못 한 학생 한 명이 휴대전화를 꺼내 그 광경을 영상으로 남긴 것이 일의 전말이었다. 왕년의 운동권들이 호들갑스레 짐작했던 것과 달리 '다만세'를 선택한 이들은 특별한 의도를 가지고 그 곡을 부르거나 제목을 빌리지 않았다. 그러거나 말거나 수많은 매체들은 새로운 세대가 선택한 새로운 투쟁가요라는 식으로 '다만세'를 조망했지만 말이다.

〈한겨레〉 토요판 역시 이대생들의 투쟁 영상이 화제가 될 무렵 이 현상에 대한 글을 준비하던 매체 중 하나였는데, 토요판은 독특하게도 외부 필자인 내게 칼럼을 청탁했다. 청탁을 받고 취재를 하던 나는 어느 지점쯤에서 기사를 포기했다. 그날 그곳에서 '다만세'가 불린 것은 우연이라고 해도 좋을 상황이었다는 사실을 알고 나니, 이 노래를 새로운 시대의 투쟁가요라는 식으로 이야기하는 기획의도가 애매하게 느껴졌던 것이다. 투쟁을 진행하고 있던 이대생들은 외부 언론이나 외부 단체의 개입이 혹시라도 자신들이 통제할 수 없는 방향으로 투쟁을 몰아가고, 나아가 그 성격을 왜곡시키지는 않을까 우려하고 있었다. 나는 그 판단에 동의하지는 않았지만, 직접 투쟁의 전면에 나선 이들의 결정을 존중하고 싶었다. 그들에겐 나나 〈한겨레〉나 어쨌든 외부인이었을 테니까, 외부인이 그 곡에 과도한 의미를 부여하는 게 자칫 책임지지도 못할 주제에 싸움을 부추기는 꼴이 되는 건 아닐까 두려웠다. 안에 있는 사람들은 이 악물고 싸우기 바쁜데, 현장에 있어보지도 않았던 외부인이 팔자 좋게 동영상만 보고 "그래! 당신들은 무의식중에 새 시대의 투쟁가요로 '다만세'를 채택한 거야!"라고 이야기하는 건 얼마나 무책임한가.

토요판 에디터는 내 판단을 존중하면서도 이런 당부를 남기는 것을 잊지 않았다. "기사로 쓰지는 않더라도 이 투쟁을, 이 투쟁 속에서 학생들이 '다만세'를 선택한 이야기를 언젠가는 꼭 기록으로 남겨주세요. 내 생각에 이건 매우 중요한 순간인 것 같아요." 결국 그의 말과 판단이 맞았다. 몇 개월 뒤 대한민국을 발칵 뒤집어엎은 박근혜-최순실 게이트가 터지자, 젊은 좌파들과 페미니스트들과 퀴어들은 저마다 깃발을 만들어 들고 거리로 나섰고, 새로운 세상을 꿈꾸며 '다만세'에 맞춰 떼창을 하고 춤을 추었다. 광화문부터 서면까지, 집회가 있고 젊은이들이 있는 곳이라면 어디라도 이 지옥도 같은 세계를 함께 바꿔보자고 외치며 "포기할 수 없"기에 "언제까지라도 함께하는 거"라고 다짐하는 이들이 있었다. 시작은 어땠는지 몰라도 결국 '다만세'는 새 시대의 투쟁가요가 됐다.

'다만세'는 어쩌다 이런 지위를 얻게 된 걸까? 아마 노래 자체가 가진 잠재력 때문이었을 것이다. 작사가 김정배는 여자 멤버들끼리 서로에게 함께 시련을 헤쳐나가자고 말하는 것을 염두에 두고 가사를 썼다고 말한 바 있다. 애초부터 이성애적 연애 감정에 국한된 적이 없는 곡인 셈이다. 그래서 노래는 화자인 '내'가 느끼는 달콤함이나 사랑의 설렘을 이야기하는 대신, "특별한 기적을 기다리지" 않고 "눈앞에 선 우리의 거친 길"은 도저히 그 끝이 어디쯤인지 "알 수 없"어서 때로는 미래가 벽처럼 느껴지는 현실을 이야기하고, "포기할 수 없"다고 선언하며 "변치 않을 사랑으로 지켜"주는 "널 생각만 해도 난 강해"지니까 울지 않고 이 길을 함께 걷자는 이야기를 들려준다. 작곡가 켄지 또한 개별 멤버들의 특성이 잘 드러나도록 파트마다 곡의 성격이 화려하게 변하는 전형적인 아이돌 팝의 문법이 아니라, 모두가 한목소리로 부를 수 있는 정통 팝의 예스러운 문법을 따랐다. 뮤직비디오조차 상대에게 사랑을 속삭이는 대신 저마다 자신이 꿈꾸는 미래를 향해 도전하는 멤버들의 모습을 담아낸 '다만세'는, 출발부터 단 하나의 '너'와 단 하나의 '나' 사이로만 수렴하는 대신 더 많은 '너들'과 '나들'이 손에 손을 잡으며 연결될 공간을 열어둔 노래로 시작했다.

그렇게 열린 공간에, 세상을 새롭게 해석하고자 하는 이들이 결합했다. 그래서 노래의 제목이 'Into the New World'(영문 제목), 새로운 세상에 관한 노래인 동시에 '다시 만난 세계'인 것이다. 너를 알기 전 나는 이 세계 속에 종속된 존재, 만나고 말고 할 것도 없이 언제나 이 크고 차갑고 침묵투성이인 세계 안에 갇혀 있는 존재였다. 그러나 너로 인해 나는 이 세계의 총체에 내 나름의 의미를 붙일 수 있는 존재로 거듭났고, 그렇기에 더 이상 종속변수가 아니라 독립변수로 대등한 자리에서 세계를 '만날' 수 있게 되었다. 이미 알고 있던 세계를 너로 인해 다시 만나게 된 것이다. 그것은 예전과 다르지 않은 광경일 것이나 동시에 전연 새로운 광경, 'New World'

일 것이다. 그리고 나는 너와 함께 그 안으로 성큼 걸어 들어간다. 'Into the New World.'

소녀시대에게 '다만세'가 경험한 10년의 변화는 어떤 의미였을까? "진심으로 노래를 전달하기 위해" 사력을 다해 데뷔곡을 녹음했던 멤버들은, 자신들의 노래가 새로운 세상을 꿈꾸는 이들에게 영감을 주는 것을 보며 내심 뿌듯해했다. 써니는 투쟁을 경험했던 이화여자대학교 학생들이 트라우마로 인해 고통받고 있다는 소식에 "이제 대학생이라면 다들 동생들이라 더 마음이 아프다"며 사태를 예의 주시했고, 유리는 월간지 《W》와의 인터뷰에서 "(이화여대) 영상을 몇 번이나 봤고, 가슴이 벅차서 울기도 했다. 가수로서 큰 자부심을 느낀 순간이었다. 내가 이 일을 통해서 전하고 싶은 메시지였고 음악이나 퍼포먼스로 전달했던 영감이 실현된 거니까 남다를 수밖에 없었다"(황선우, "A DECADE TO REMEMBER", 《W》 2017년 8월 호)고 소회를 밝혔다. 본인들은 몰랐겠지만, '다만세'를 부르며 싸움에 나선 그 모든 이들 곁에는 소녀시대 멤버들의 시선이 함께하고 있었다.

세상에 나오기 전 '다만세'에는 독특한 꼬리표가 달려 있었다. '회사에 소속된 여자 가수라면 다들 한 번씩 불러봤던 곡.' 애초에 노래를 부르기로 했던 그룹이 예기치 않은 해체를 겪은 탓에, 노래가 주인을 잃고 허공에 붕 뜬 채 5년간 임자를 찾아 소속사 안을 떠돌았던 탓이다. 그리고 노래가 발표된 지 10년이 된 2017년 8월 5일, 이제 '다만세'에 새로운 꼬리표를 달아줘도 좋을 것이다. '새로운 세상을 꿈꾸던 이들이라면 다들 한 번씩 불러봤던 곡'이라고.

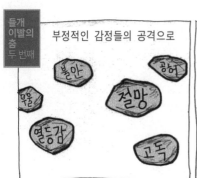

부정적인 감정들의 공격으로

우울
불안
공허
절망
열등감
고독

퍽 퍽

퍽

마음이
침몰할 때마다

이소라의 음악을 복용합니다.

어느 날 복용 중
문득 든 생각.

'만고에 쓸데없는
연예인 걱정'의
전형이려나...

이토록
강력한 약을
오래도록
지어온

약제사의
마음은
무엇으로
위로받을까.

다른 이의 음악?

타인과의 교류?

모험?

전투??

남들 앞에서 노래하는 것을
좋아하시나요?

저는 끔찍하게 싫어합니다.

얼마나 싫어하냐면
혹시라도 주부가요열창에
나가게 될까 봐

으윽!

절대 주부가 되지 않기로
다짐했을 정돕니다.

팍

그냥 열창을
안 하면 되잖아.

내 맘이여~

그런 만큼

보컬리스트에 대한
경외감이 엄청난데요.

그중
으뜸은
김추자.

늦기 전에에에

〈늦기 전에〉를 처음 들었을 때의
전율을 아직도 잊지 못합니다.

흔히들 가창력의 지표로 삼는

힘차게 터뜨리는 부분도
끝내주지만,

늦기 **전**↑에~

제가 송두리째 마음을 뺏긴 대목은
바로 여기.

내마음 모두 그대 생각

넘~~~칠 때~

'넘'에 담긴
간절한 음색과 섬세한 바이브레이션.

님을 향한 미칠 듯한 그리움과 애달픔이
가슴속 뚝배기에서
뜨겁게 끓어넘치는 감각을

이 한 음절에
통으로 녹여내다니!

크흐~~~

그런 능력자는
노래 부를 때 어떤 느낌일까?

100분의 1이라도 느껴보고자
오늘도 전 혼자 이러고 놉니다.

넘~

너엄~

넘~

아 이게
아닌데 넘~

임종 직전 인생의 추억 BEST 5가
무엇이냐는 질문을 받는다면,

야씨 죽느라
바빠죽겠는데
순위 뽑기같이
성가신 질문을!

누군가에게 홀딱 반했던 순간이
적어도 하나쯤은 꼭 들어가겠지요.

적지 않은 분들이 저와 같으리라 봅니다.

이런 노다지를 놓칠 리 없는
자본주의는 일찌감치

인간의 열렬한 관심은
환금성이 좋지.

공들여 다듬은 매력인간들을
음악에 잘 버무려 매대에 내놓습니다.

이른바 아이돌 산업.

저는 복제된 매혹의 순간들에
대책 없이 흘렸다가

9990원

산업이 사회에 미치는 악영향을 근심했다가

옆 반에 아이돌 출신
전학 온 거 봤냐?

○○개예쁨,
난 죽어야겠음.

나도 자살됨.

그 냉혹한 바닥에서
쉴 새 없이 피고 지는
아이돌의 인생에
비애감을 느꼈다가

오락가락하지만,

그 와중에 더 나아지기 위해서
치열하게 노력하고 발전하고 성과를 내고

블링블링 ♪ is 종현!

강산이 변할 동안 꾸준히 빛을 발해온
사람들이 존재한다는 사실에는

소녀(Holiday Night)시대

아낌없이
경의를 표해도
괜찮지 않을까
합니다.

고정관념을 흔드는 '고운 남자' 김기수

뜬금없이 고백 하나 하고 시작하자. 내가 처음으로 화장을 해본 건 중학교 2학년 때였다. 누나들과 함께 엄마 화장품을 훔쳐 바르며 하는 연지곤지 놀이 수준의 화장을 이야기하는 게 아니다. 사춘기가 남들보다 조금은 일찍 온 나는 거울을 볼 때마다 이렇다 할 특징 없이 너부데데한 내 얼굴에 대한 짜증을 금치 못했다. 작은 눈도 난리지만 숱 적은 눈썹은 난리도 아니었다. 결국 난 그 무렵 한창 시장에 등장하던 10대들을 겨냥한 파운데이션을 바르고, 갈색 눈썹연필로 듬성듬성한 눈썹의 틈을 메우기 시작했다. 사소한 터치 몇 번이 사람의 인상을 어떻게 바꾸는지 그건 오직 체험해본 사람만이 알고, 그 마법을 맛본 이들은 결코 거기에서 멈추지 않는다.

눈썹을 그리는 것만으로도 자존감이 충만해진 나는 핏기가 없는 입술에 틴트를 바르고, 살이 넘쳐흐르는 턱 주변에 음영을 넣어 윤곽을 깎는 터치까지 시도해보았다.

물론 그 화장은 보는 사람 말고 나만 좋으라고 했던 화장이었다. 그 시절이 아직 남자가 화장하는 게 이상한 일이라 여겨지던 시절이었다는 점을 빼더라도, 화장법을 코치해줄 만한 사람이 없었다는 점은 치명적인 단점이었다. 지금처럼 인터넷이 대중화된 시절도 아니었으니, 유튜브 튜토리얼 비디오 같은 게 있었을 리 만무하지 않겠는가. 혼자 어설픈 솜씨로 한 화장은 누가 봐도 티가 심하게 나는 것이었고, 아무리 동네 유일의 사복 중학교를 다니는 학생이라 해도 눈에 띄는 건 어쩔 수 없는 일이었다. 나는 자존감이 차오르는 동안 나를 보는 사람들은 당혹감이 차오르는 이 동상이몽은, 친하게 지내던 동네 레코드점 사장님의 충고를 듣는 순간 끝이 났다. "네가 최근에 집안에 크고 작은 일들이 많아 심란한 건 알겠는데, 그렇다고 이렇게 막 나가면 안 돼." 내 생애 화장과의 인연은 그게 마지막이었다.

지금 알고 있는 걸 그때도 알고 있었더라면. 희극인 김기수가 SBS의 인터넷 동영상 플랫폼 '방언니'(방송국에 사는 언니들)에서 진행하는 뷰티 노하우 프로그램 〈예살그살〉(예쁘게 살래?

그냥 살래?)을 보고 있노라면, 내가 어린 시절 그리던 눈썹은 눈썹도 아니구나 하는 짙은 회한이 밀려온다. 눈썹 산을 따라 세 군데에 눈썹연필로 포인트를 찍고 연결을 한 다음, 눈썹이 자란 방향을 따라 그 안을 메워주고, 눈썹 솔로 문질러서 모양을 자연스럽게 잡아준 뒤, 컨실러를 브러시에 찍어 주변을 깔끔하게 정리해주는 디테일이란. 그 동영상을 다 보고 난 뒤 과거 내가 어떻게 눈썹을 그렸는지 떠올려보면, 김기수의 앙칼진 잔소리가 귓전에서 자동으로 재생된다. "눈썹이 그게 뭐니? 똥손(솜씨가 영 좋지 못한 손)들은 이래서 안 돼. 송승헌이니?" 어쩐지. 레코드점 사장님이 내게 '막 나간다'는 표현을 괜히 썼던 게 아니었던 게다.

30년간 화장품 '덕후'로 살았다는 김기수가 매주 〈예살그살〉을 통해 아낌없이 퍼주는 뷰티 노하우는 나처럼 화장을 끊은 지 20년이 다 되어가는 사람이 봐도 이해가 쉬울 만큼 직관적이다. 뷰러로 속눈썹을 집어 올릴 땐 결코 한 번에 올려 직각으로 만드는 게 아니라 3단계로 나누어 집어 올려줘야 한다는 '3·3·7 뷰러법'이나, 립라인을 그리기 힘들 때는 아랫입술을 따라 진하게 바른 다음 '엄-마'를 외치며 입술을 모아 윗입술에 자연스레 라인을 찍어준다는 팁은 언제 봐도 쉽고 신기하다. 입술 안쪽에 묻은 립스틱이 앞니에 묻는 참사를 미연에 방지하려면 손가락을 한번 쪽 빨아주며 입술 안쪽에 묻은 립스틱을 손가락에 다 묻혀 닦아내면 좋다는 팁쯤 가면 무릎을 치게 된다. 화장을 잘하는 방법을 알려주는 사람은 많아도, 이런 실수를 하면 화장이 망하니까 조심하라는 것까지 짚어 알려줄 수 있는 사람은 많지 않다. 그건 오랜 기간 화장품과 씨름하며 실수를 해보고 자신의 힘으로 극복해본 사람만이 알려줄 수 있는 팁이니까.

김기수가 메이크업 동영상을 올리기 시작한 건 아이러니하게도 '남자가 무슨 화장을'이라는 세간의 시선 때문이었다. DJ로 활동하고 있는 그가 자신의 유튜브 채널에 무대 영상을 올렸을 때, 무대 자체에 대한 평만큼이나 그의 무대용 메이크업에 대한 악플이 주렁주렁 달렸던 것이다. 그러지 않아도 2010년 동성 강제추행 누명을 쓰고 송사를 겪은 이후, 그에 대한 세간의 인상은 늘 어딘가 '남자가 여자같이 군다'는 수준을 넘어서지 못하고 있던 때다. 공들인 메이크업, 춤을 출 때면 도드라지는 고운 선과 절제된 손동작, 빠르고 앙칼진 특유의 말투를 이유로 그의 성 정체성이나 성적 지향을 함부로 넘겨짚고 예단하는 이들이 여전히 많은 상황. 별일 없이 살고 있는 자신의 이름 뒤에 연관 검색어로 '성전환수술'('성확정수술'의 옛 표현)이나 '트랜스젠더'가 따라붙는 건 적잖은 스트레스셨을 것이다.

화장이고 뭐고 다 그만둬버릴까? 가지고 있던 화장품들을 버려가며 깊이 상심하고 있던 그에게 지인이 해준 조언은 중요한 터닝 포인트가 됐다. "차라리 나 화장 잘한다고 자랑을 해봐. 네가 뭘 잘하는지 보여주라고." 그렇게 역으로 화장 실력을 뽐내기로 한 지 불과 몇 개월 만에, 김기수는 올리는 동영상마다 적게는 수만 뷰에서 많게는 30만 뷰 이상을 기록하는 뷰티 유튜버가 되었다. 그를 영입한 SBS '방언니'의 〈예살 그살〉은 10회 만에 누적 뷰 수 100만 뷰를 돌파했고, 급기야 세계적인 화장품 브랜드 MAC은 그를 아시아권 SNS 홍보용 동영상 모델로 선정해 함께 프로모션 비디오를 제작하기도 했다. 이유 없이 비난하는 손가락을 피해 도망가는 대신, 그 손가락들을 향해 당당히 "그래, 나 화장하는 남자다. 그것도 아주 잘하는 남자다"라고 선언하는 방향을 택한 결과다.

김기수가 남자도 화장을 즐길 수 있고 선이 고운 춤을 출 수 있다는 걸 과시할수록 '여자는 이래야 한다, 남자는 이래야 한다'는 우리 사회의 젠더 고정관념 또한 자연스레 그 힘을 잃는다. 물론 김기수가 자신이 게이라는 소문에 대해 명확하게 선을 긋는 사실을 아쉬워하는 이들도 없진 않을 것이다. 성 정체성에 대한 소문에 선을 그어 부정하는 건, 마치 게

이인 것이 부끄러운 오명이고 빨리 부정해야 하는 일처럼 보이게 만드는 부가효과가 있으니까. 그러나 그가 그런 발언을 했던 상황과 발언의 결을 다시 살펴볼 필요도 있다. 김기수는 당시 동성 강제추행의 혐의를 받고 있던 상황이었는데, 누명을 벗기 바쁜 상황 속에서도 그는 자신의 성적 지향에 대해 "보통의 보수적인 성적 가치관을 지니고 있다"고 설명했다. 이성애자의 성 정체성을 '정상'이나 '건강'이란 단어로 수식함으로써 마치 성소수자들이 '비정상'이거나 '건강하지 못한' 존재인 것처럼 몰아가는 실수를 저지르는 대신, 수적 보편을 점하고 있는 보수적인 성 정체성이라고 수식한 것이다.

그렇게 아쉬움을 정리하고 다시 보면, 자신이 스트레이트임을 명시한 성인 남자가 자신의 진한 색조 화장 애호를 과시하는 건 오히려 고정관념을 더 세게 흔든다. 곱고 예쁘고 섬세한 것에 대한 사랑은 '여성스러운 것'이라고 단정 짓고, 시스젠더(타고 태어난 생물학적 성과 성 정체성이 일치하는 사람) 남성이 곱고 예쁘고 섬세하게 굴면 "쟨 아마 게이라서 그럴 것"이란 식으로 성소수자에 대한 편견을 강화해온 한국 사회의 젠더 고정관념은 김기수 앞에서 여지없이 무너진다. 여자도 아니고 게이도 아니라는데 저렇게 진한 화장을 하고 심지어는 그게 멋진 존재. 기존의 젠더 구분법 안에서 사람의 성향을 폭력적으로 정의 내릴 핑곗거리가 사라지는 것이다. 누가 뭐라고 하든 김기수는 "화장은 나 기분 좋으라고 하는 거지, 보는 사람 좋으라고 하는 게 아니다. 무조건 이기적으로 화장하라"고 외치는 걸 멈추지 않을 거고, 그럴수록 우리는 남들의 기대치와 시선에 맞춰 사는 대신 나 자신을 포용하고 사랑하는 법을 익히게 될 것이다. 김기수의 유행어를 빌려 마무리하자면, "이츠 김기수 타임"이다.

"고개를 숙이라"
말하는 세상에서
고개를 들다
김부선

　시작은 1983년이었다. 대입 재수를 하겠다며 상경했다가 패션모델로 활동하게 된 스물한 살의 제주도 아가씨는 "모델 역할이니 연기를 못해도 된다"는 감독의 말에 속아 〈여자가 밤을 두려워하랴〉에 출연하며 은막의 스타가 된다. 여기까지도 이미 스펙터클한데, 같은 해 향정신성 의약품관리법 위반으로 구속되면서 평범했던 처녀는 졸지에 대중의 관심사 한가운데로 성큼 들어왔다. 그런데 참 이상하지, 고개를 푹 숙이거나 옷깃을 잔뜩 세워 얼굴을 감추는 여느 연예인들과 달리, 그는 경찰서 앞에서 자신의 얼굴을 클로즈업하는 카메라를 정면으로 지그시 바라보았다. 고개를 숙이라 말하는 세상에서, 이상하리만치 고개를 든 김부선의 행보는 그렇게 시작됐다.

《대마를 위한 변명》의 저자 유현은 2004년 김부선을 옹호하는 글에서 그를 '불굴의 대마적 여배우'라고 표현한 바 있다. 참 얄궂게도, 벌금형으로 풀려난 이 '대마적 배우'의 다음 작품은 '말을 사랑하는(愛馬) 여인'이라는 뜻의 제목으론 심의를 통과할 수 없자 한 자만 살짝 비틀어 '대마를 사랑하는(愛麻) 여인'으로 심의를 통과한 〈애마부인〉 3편(1985)이었다. 김부선은 안소영과 오수비의 뒤를 이으며 뭇 남성들의 꿈의 여인인 '애마'가 되었고, 몇 편의 성인 멜로물에 더 출연하며 스타덤에 올랐다. 허나 그도 오래가진 않았다. 1986년 여름, 청와대 파티에 초대받은 김부선은 "내가 기생이냐"며 초대를 거절했고, 얼마 뒤 필로폰 투약 혐의로 구속되었다. 본인은 "재벌가의 파티에는 몇 차례 갔는데 청와대를 안 갔다는 이유로 권력자들에게 밉보인 탓에 보복성 밀고를 당한 것이라 생각한다"지만, 세상은 이른바 '벗는 여배우'의 상습적인 마약 복용을 향해 조소를 날렸다. 심지어 신문조차 '육체를 앞세운 여배우', '무절제한 사생활' 운운하며 비아냥에 일조했다.

"소위 벗기는 영화 붐에 편승, 84년 데뷔한 김부선 양은 그동안의 출연작 〈여자가 밤을 두려워하랴〉, 〈여자는 남자를 쏘았다〉, 〈애마부인 3〉, 〈토요일은 밤이 없다〉를 보더라도 정통 연기자라기보다 육체를 앞세운 여배우. (중략) 결국 '김 양'은 무절제한 사생활과 함께 뜬구름을 쫓는 쾌락에 몸을 내던진 결과'라고 연예계에서는 분석하고 있다."(김양삼, "연예계 또 독버섯 쇼크 마약 왜 상습 복용하나", 〈경향신문〉, 1986년 10월 23일 자)

본인은 "섹시한 건 연기일 뿐인데 그걸 강요하는 분위기가 싫"어서 "어처구니없이 외로"웠을지 몰라도, 세상은 작품의 이미지로만 그를 판단했다. 어쩌면 당연한 결과였을지도 모른다. "말 타는 것 외에는 뭐 하나 연기다운 연기를 하지 못했다"고 회고할 정도로 성인영화만 찍던 그였고, 밤에는 〈애마부인〉 심야 상영을 즐기다가도 낮에는 도덕과 윤리를 이야기하며 밤에 봤던 여자 배우들을 멸시하던 시대였으니까. '마약하고 집단 혼음이라도 한 것 아니냐'는 비웃음을 들으며, 김부선은 1986년에 처음으로 교도소에 수감된다. 그리고 그곳에서 그는 인생의 방향을 바꿀 이들을 만난다. '건대 사태'로 구속된 운동권 학생들과 같은 방을 쓰게 된 것이다.

학생들 앞에서 김부선은 부끄러웠다고 한다. 자신은 재벌가의 파티에서 필로폰을 투약하는 동안, 누군가는 옳다고 믿는 바를 위해 피 터지게 싸우고 있었다는 사실이 그에겐 생경했던 것이다. 첫 경찰 출두 때도 고개를 숙이지 않았고, 청와대의 부름에 기분이 나쁘다며 '등청'을 거부했다는 일화만 봐도 김부선은 원래도 쉽게 수그리는 이는 아니었다. 여기에 사회를 비판적인 태도로 바라보는 시야가 더해지면서, 자신이 옳다고 믿는 사안에 있어선 좀처럼 목소리를 낮추지 않는 오늘날의 김부선이 완성됐다. 과장 같은가? 널리 알려지지 않았을 뿐, 단칸방에 살던 시절 수배 중이던 학생을 3개월간 숨겨주었다거나, 여성주의 운동권 영화에 무료로 출연했던 일화는 훗날 보여지는 '액티비스트' 김부선의 면모를 예고하는 것이었다.

연기 서적을 읽고 독학해가며 오랜 단역 생활을 견딘 끝에, 김부선은 유하 감독의 〈말죽거리 잔혹사〉(2004)로 다시 대중의 시야로 들어왔다. 그의 팬을 자처한 유하 감독이, 주인공 현수(권상우)의 첫 경험을 앗아가다시피 하는 떡볶이집 여주인 역할에 김부선을 캐스팅한 것이다. 감독은 김부선이 몸풀기 차원으로 임한 첫 테이크에 OK 사인을 냈고, 배우 본인은 만족스럽지 않았다는 그 장면만으로도 관객들은 전율했다. 인터뷰가 쇄도했고, 점차 과거의 성인영화 이미지에 얽매이지 않는 역할들도 조금씩 들어오기 시작했다. 위선덩어리 상류층 귀부인을 연기한 MBC 〈불새〉(2004), 전도연의 우체국 동료 직원을 연기한 〈인어 공주〉(2004), 정우성의 철없는 엄마 역할로 출연한 〈내 머리 속의 지우개〉(2004)까지, 배우로의 재기는 순탄해 보였다. 같은 해 다시 대마초 투약 혐의로 검찰의 조사를 받기 전까지는 말이다.

오랜 무명 끝에 간신히 은막으로 복귀하려다 이런 상황에 처한 배우라면 보통 어떤 선택을 내릴까? 어떻게든 기회를 다시 잡아보기 위해 납작 엎드리지 않을까? 놀랍게도 김부선은 선처를 요구하는 대신 마약류 관리에 관한 법률에 대한 위헌법률제청 신청을 제기하는 쪽을 택한다. 이미 세계보건기구와 수많은 학자들이 '대마보다 담배나 술이 더 위험하다'고 증언해왔지만, 아무도 김부선처럼 소리 높여 대마초 비범죄화를 주장하진 않던 시절이었다. '죄를 지었으니 네 죄를 알라'는 세상에 대고 '이건 죄가 아니다'라고 맞받아치는 초유의 배우. 그의 투쟁이 얼마나 인상 깊었는지, 한국마약범죄학회 학술이사 문성호 박사는 자신의 저서 《삼과 사람》(2006) 서문에서 대마관리법이 제정된 1976년 이후 근 30년 만에 처음으로 공론화의 포문을 연 것이 김부선이라며 감사의 뜻을 밝히기도 했다.

수많은 대중문화 인사들의 지지 속에 시작한 대마초 비범죄화 투쟁은 결국 위헌법률심판 기각과 헌법소원 기각으로 끝나고 만다. 이쯤 되면 지칠 법도 한데, 그는 오히려 더 적극적으로 자신의 신념에 따라 투쟁의 한가운데로 뛰어들었다.

김부선은 영화인의 한 사람으로서 스크린쿼터 축소 반대와 한미 자유무역협정 체결 반대 투쟁에 동참했고, 혼자 딸을 키우면서도 호적엔 양모로 올라가 있어야 했던 자신의 경험을 되새기며 '최진실법' 제정 촉구 투쟁에 나섰다. 제주 4·3 사건 때 첫 남편과 자식들을 모두 잃었다는 어머니의 아픔을 생각하며 4·3 위원회 폐지 반대에 앞장섰으며, 고 장자연 씨 사건으로 연예계 성 상납이 이슈가 되었을 때는 자신이 겪었던 일화들을 이야기하며 목소리를 높였다.

아무래도 논란의 한가운데에 서 있는 배우를 선뜻 쓰기는 어려웠던 걸까. 그의 장편 상업영화 필모그래피는 2007년 〈황진이〉부터 2014년 〈몬스터〉, 〈오늘의 연애〉까지 7년이 휑하니 비어 있다. 늘 입버릇처럼 자신은 투사가 아니라 연기하는 사람으로 살고 싶다고 이야기하는 김부선은, 그럼에도 자신이 보기에 정의롭지 못하다 싶은 사안, 자신이 할 수 있는 일이 있다 싶은 사안은 피하지 않고 정면으로 부딪쳤다. 왜 그렇게 싸움을 멈추지 않느냐며 자신을 비난하는 세상에는 "약자의 편에 서서 일면식도 없는 사람들의 일을 내 일처럼 도왔을 뿐인데, 그런 내가 생업인 연기까지 포기해야 할 정도로 사회의 암적인 존재냐"(MBC 〈놀러와〉, 2011)고 반문하면서.

적지 않은 사람들은 신념과 생활 중 하나를 택해야 하는 상황에 처하면 잠시 고민하다 적당한 선에서 타협하곤 한다. 그리고 그게 세상 사는 법이라며, 남들에게도 그렇게 살 것을 요구하곤 한다. 목소리 높이지 말라고, 나라고 몰라서 이러고 있는 게 아니라고, 가만히 있으라고 말이다. 하지만 평론가 허지웅의 지적처럼, 한국의 현대사가 증명하는 것처럼, 세상의 부조리를 바로잡은 건 많은 경우 "꼴사납게 자기 면 깎아가며" 시민의 권리를 지켜준 "드센 사람들"(허지웅 트위터. 2014년 9월 16일)이다. 그러니 아파트 난방비 비리 문제를 밝히려다 동네 주민과 시비가 붙어 뉴스에 오르내린 김부선에게 대중이 보내는 지지는, 어쩌면 온통 '가만히 있을 것'을 강요하는 세상에 질린 사람들이 보내는 조금 늦은 감사 인사인지도 모른다. 그토록 원하는 배우의 삶을 위해서라면 한 번쯤 눈을 감을 수도 있었을 텐데, 그러지 않고 꾸준히 치열하게 싸워온 사람에게 보내는 인사 말이다.

무지개를
허용하지 않는 나라
한국 문화 속 호모포비아

다양한 섹슈얼리티와 젠더의 평화로운 공존을 찬미하는 퀴어문화축제의 하이라이트인 퀴어퍼레이드가 열린 2016년 6월 11일, 서울광장은 무지개색으로 물들었다. 비록 소나기가 내리다 말다를 반복하는 변덕스러운 날씨였지만 시비를 걸어오는 성소수자 혐오 세력과의 충돌 또한 예년에 비하면 적은 편이었고, 주최 쪽 추산 4만 5,000명이 참여해 역대 최장 거리를 행진한 그해의 퍼레이드는 분명 성공적이었다. 그러나 그 즐거움은 그리 오래가지 않았다. 같은 달 12일 새벽, 미국 플로리다 올랜도에 위치한 게이 나이트클럽 '펄스(Pulse)'에서 총성이 울려 퍼지기 시작했다. 범인 포함 사망 50명, 부상자 53명이라는 결과를 낳은 끔찍한 총기 난사 사건이 일어난 것이다. 성소수자에 대한 증오와, 신의 이름으로 그 증오와 폭력을 정당화하려는 극단주의, 미국의 느슨하기 짝이 없는 총기 규제가 복잡하게 얽힌 사건 앞에서 많은 이들이 절망했다.

한국의 시민들 또한 전 세계적인 애도의 흐름에 함께했고, 수많은 연예인들 또한 SNS를 통해 추모에 동참했다. 그런데 유독 지드래곤과 조권은 발언을 했다가 악성 댓글들에 시달려야 했다. 다른 연예인들과 달리 이들의 추모 게시물에만 악성 댓글이 달린 이유는 무엇이었을까. 지드래곤은 무지개색 하트가 흔들리는 동영상을, 조권은 무지개색 깃발 사진을 올리며 추모에 동참했다. 단순히 추모의 뜻만 밝힌 게 아니라, 성소수자 커뮤니티의 상징색인 무지개색을 사용해서 희생자들을 어떤 맥락에서 추모하는지 명확하게 했던 것이다. 결국 두 사람 모두 게시물을 지우고 무지개색이 없는 이미지를 새로 올려야 했다. 원더걸스의 유빈 또한 무지개색 하트 그림을 올렸다가 비슷한 이유로 그림을 지워야 했다. 비극을 추모하는 것까지는 용인하겠지만, 이것이 성소수자 혐오의 맥락 위에 있는 범죄라 말하는 건 허락할 수 없다는 일부 팬들의 태도를 어떻게 이해하면 좋을까?

이미 게시물이 지워진 탓에 확인하긴 어렵지만, YTN의 보도에 따르면 무수히 많이 달렸던 악성 댓글 중 많은 수가 동남아시아 출신 이슬람교도들의 것으로 추정된다고 한다. 여기에 난사범이 수니파 극단주의 테러집단 이슬람국가(IS)에 충성서약을 했다는 보도가 더해지며 일각에선 이슬람교도들에 대한 원색적인 비난이 이어지고 있다. "아무리 동남아시아 이슬람 국가의 K팝 시장이 크다 해도 혐오 발언을 일삼으며 추모까지 막는 건 너무한 것 아니냐"는 원론적인 이야기를 넘어 "이것이 이슬람 종특('종족 특성'의 줄임말. 특정 집단이 공유하는 부정적인 요소를 의미하는 멸칭)"이라는 식의 말들도 인터넷 공간을 떠돈다. 그러나 이게 과연 이슬람의 문제일까? 그럴 리가. 한국에서 성소수자들을 차별하고 낙인찍는 일에 가장 열심인 사람들은 기독교 근본주의자들인 것을. 퀴어문화축제가 열리는 서울광장 주변을 둘러싼 채 혐오 집회를 연 이들은 그들 아니던가. 그러면 종교 자체가 문제인 걸까? 글쎄. 진짜 문제는 혐오자가 믿는 종교가 아니라, 그가 신의 이름을 참칭해 정당화하려는 소수자에 대한 혐오 그 자체라는 것을 사실 우리 모두 알고 있지 않나.

굳이 종교를 내세우지 않아도 성소수자에 대한 혐오와 편견은 다양한 얼굴을 뒤집어쓰고 등장한다. "에이즈를 퍼트리고 다니는 집단"이라는 식의 '의학적' 견해, "성욕은 번식이라는 생물학적 목적을 수행하기 위한 욕구인데 동성애는 번식이 불가능하니 이상성애"라는 식의 '생물학적' 견해, "남자인 나를 겁탈할지 모른다"는 공포 기반 혐오, 그리고 "그냥 싫다"는 핑계 없는 혐오까지. 올랜도 총기 난사 사건이 터진 직후 사건을 전하는 기사 밑에는 "어제 우리나라에서 일어났어야 하는 일이 오늘 미국에서 일어났군"이라는 리플이 달렸다. 이 밑도 끝도 없는 혐오. 일부 극우 세력이나 철모르는 아이들만 그러는 게 아니냐고? 이해 6월, 1면에 한국 최초의 동성혼 소송을 제기한 김조광수-김승환 부부 사진 위에 무지갯빛 필터를 씌워 대문 이미지로 내걸었던 신문이 있었다. 평소 진보적인 논조를 앞세웠던 것으로 유명한 해당 신문사에는 독자들의 항의가 쏟아져 들어왔다. 다른 신문도 아니고 바로 〈한겨레〉 토요판 이야기다. 설마 그 많은 독자들이 죄다 한겨레 독자를 가장한 '철모르는' '극우 세력'이나 '근본주의 광신자'였으려고?

꼭 성소수자 이슈가 아니더라도, 한국에선 왜곡된 지형 속에 억압당하고 있는 약자들과 연대하는 듯한 시늉만 해도 비난과 조롱의 대상이 되기 쉽다. 그게 연예인이면 더더욱. 트랜스젠더 가족극 뮤지컬 〈프리실라〉에 출연한 조권은 프레스콜에서 마돈나의 〈머터리얼 걸〉 무대를 선보였다가 악성 댓글에 시달린 끝에 "내가 게이인지 아닌지가 뭐가 중요하냐"고 일갈하기에 이르렀고, f(x)의 엠버는 짧은 머리와 바지 차림을 즐긴다는 이유만으로 '남장 여자'라는 이야기를 듣다가 지쳐 "모두는 있는 그대로 아름답다"는 내용의 노래 〈Beautiful〉과 "사람들이 날 깎아내리려 해도 쓰러지지 않고 경계를 넘겠다"는 내용의 노래 〈Borders〉를 발표했다. 그래도 한국에선 우르르 몰려가서 쓴 글을 내리라고 괴롭히는 일은 없지 않냐고? 2016년 5월 26일 경희대학교 총여학생회 주최로 열릴 예정이었던 토크 콘서트 '마이리틀여혐'은 하루 전날 급하게 취소됐다. 토크 콘서트에 방송인 서유리가 출연한다는 소식이 알려지자마자 인터넷상에서 서유리에 대한 상식 밖의 인신공격을 가하는 이들이 우르르 몰려갔기 때문이다. 이것이 특정 종교나 특정 정치 지향의 문제가 아니라 혐오 그 자체의 문제라는 증거다.

혐오는 이리도 무럭무럭 자라는데 혐오에 반대하는 이들의 입에는 재갈을 물리는 상황의 반복. 여기엔 제 임무를 방기한 미디어도 그 책임을 면할 수 없다. KBS는 뉴스에서 퀴어퍼레이드를 보도하며 혐오 세력들과의 인터뷰를 비중 있게 전했고(김민철, "서울 도심 대규모 성소수자 축제… 곳곳 '실랑이'", KBS 〈뉴스9〉, 2016년 6월 11일 자), 이어진 꼭지에서도 한국 사회

내 성소수자 문제에 대해 기계적인 중립을 지키는 데 급급했다(김민경, "[심층 리포트] 논란 속 동성애 문화 급속 확산", KBS 〈뉴스9〉, 2016년 6월 11일 자). SBS는 한 술 더 떴다. "또 충돌 부른 성소수자 퍼레이드"(원종진, SBS 〈8뉴스〉, 2016년 6월 11일 자)라는 리포트는 그 제목을 통해 일방적으로 싸움을 걸어오는 혐오 세력과의 충돌에 대한 책임이 퍼레이드를 주최한 퀴어문화축제 쪽에 있는 듯한 인상을 심어줬고, 내용 또한 혐오 세력과의 충돌을 부각시키는 방향으로 일관했다. MBC는 아예 퀴어퍼레이드를 언급하지 않았다. 심지어 올랜도 총기 난사 사건이라는 비극 앞에서도 언론은 혐오를 조장했다. 〈연합뉴스〉는 사건이 벌어진 클럽이 "현지인들이 주로 찾는 것으로 알려진 유명 게이 나이트클럽이어서 교민 피해가 있을 가능성은 상대적으로 적"(심인성, "美 올랜도 총기 난사 희생자 명단공개… 한인피해 보고 아직 없어", 〈연합뉴스〉, 2016년 6월 13일 자)다고 전했다. 현지에 있는 우리 교민들 중엔 성소수자가 없을 거라고 생각한 걸까? 씁쓸하게도 4만 5,000여 명의 인파가 서울광장에 모여 "당신들이 외면한다고 해도 성소수자는 엄연히 존재한다"는 사실을 드러내기 위해 시끌벅적한 파티를 벌인 바로 다음 날 언론을 통해 나온 발언이었다.

지드래곤과 조권, 유빈이 기껏 올린 게시물을 지우기까지,

이런 복잡한 배경이 만수산 드렁칡처럼 엉켜 제 그림자를 드리우고 있다. 갖가지 핑계로 합리화를 시도하는 소수자에 대한 혐오와, 나와 입장이 다른 이를 '쪽수'로 주저앉힐 수 있다는 일종의 패거리주의, 기계적 중립이나 편견의 조장을 통해 저항의 부재를 방조하는 미디어가 결합해 추모의 뜻을 전하는 것조차 불가능한 현세지옥을 만든 셈이다.

혐오에 반대하는 이들이 계속 목소리를 높여야 하는 이유가, 우리에게 더 많은 펄스와 더 많은 퍼레이드와 더 많은 무지개색 하트가 필요한 이유가 여기에 있다. 우리가 침묵으로 이 강요된 진공상태를 받아들인다면, 이다음에는 그저 인터넷에 올린 게시물을 지우길 강요받는 수준에서 끝나지 않을 것이기 때문이다. 막연한 공포를 기반으로 다져진 토양 위에 보수 개신교계가 이끄는 혐오의 프로파간다가 씨앗을 뿌리고 미디어가 거드는 시대, 성소수자 커뮤니티와 혐오에 맞서 싸우는 모든 이들에게 연대의 인사를 건네야 할 때다. '우리'가 온전히 '우리'로 존재하기 위해서.

기대만큼
아파 보이지 않아
실망하셨나요
정형돈

남자는 아팠다. 마음은 점점 각박해지고 자신이 이뤄놓은 모든 게 하루아침에 티끌이 되어 날아갈 것만 같았다. 맡은 일은 날이 갈수록 더 어려워지는데, 그 일을 잘해내는 건 어느 순간부터 칭찬받을 일이 아니라 당연한 일이 되어버렸다. 사람들에게 나는 약을 먹는다고도 고백해봤고, 상담 치료를 받고 있다고도 말해봤다. 그래도 여전히 사람들은 그에게 끊임없이 기대를 걸고 턱도 없이 부담스러운 별명을 붙여주며 너라면 잘해낼 거라는 말로 등을 밀었다. 어떤 날은 숨을 쉬기가 어려웠고, 어떤 날은 옆에 서 있는 사람이 자신을 찌를 것만 같다는 상상을 떨칠 수 없었다. 결국 무너져 내린 남자는 맡고 있던 중책들을 내려놓고 기약 없는 휴식기를 가졌다.

휴식은 단순히 일을 안 한다는 '노동에서부터의 해방'이 아니라, 말도 안 되게 올라간 사람들의 기대치를 채워야 한다는 '심리적 부담으로부터의 해방'이었다. 오랜만에 쉬는 시간을 갖게 된 남자는 그간 바빠서 놀아주지 못했던 아이와도 놀아주고, 취미 삼아 쓰던 글도 쓰고, 여행도 떠났다. 마음을 보살필 탄탄한 토대를 쌓으려면 일상부터가 건강해야 하니 당연한 일이었다. 그런데 갑자기, 자신더러 빨리 나으라고 말하던 사람들이 손가락질을 하기 시작했다. 아프다더니 왜 아파 보이지 않느냐고.

물론 이 글을 읽는 이들 중 대부분은 '남자'의 자리에 누구의 이름이 들어갈 것인지 알고 있겠지만, 그 자리에 정형돈의 이름을 넣기 전에 우선 한번 '나'를 넣어보자. 그리고 다시 상상해보자. 그가 예능 프로그램 녹화에 처음 복귀했던 날, 취재를 허가하지 않은 제작진의 만류에도 밀물처럼 몰려 들어온 취재진을 본 심경은 어땠을까. 그간 부담을 느껴왔던 MBC 〈무한도전〉으로의 복귀를 끝내 포기하고 대신 새로운 분야인 작가에 도전해보겠다고 했을 때 "〈무한도전〉은 아파서 못 하는데 작가는 할 수 있는 거냐"며 대뜸 '꾀병'이네 '배신'이네 하는 말들을 입에 올리는 이들과 그런 말들을 '네티즌 여론'이라며 퍼 올려서는 고스란히 기사에 담아내는 언론을 보는 기분은 어땠을까. 언론은 "'쉬긴 한 걸까' 정형돈의 작정한 복귀"(이우인, 〈TV 리포트〉, 2016년 9월 20일 자)와 같은 헤드라인으로 복귀 전부터 "왜 안 아파 보이냐"며 정형돈에게 자신들이 생각한 환자의 이미지를 강요한 사람들의 편견에 편승해 기사를 홍보했고 "환영받지 못한 정형돈의 복귀… 문제는 타이밍"(이준범, 〈쿠키뉴스〉, 2016년 9월 21일 자) 같은 기사에선 웹드라마 작가와 '형돈이와 대준이' 듀오로 돌아온다는 소식을 전한 게 너무 빨랐다며 훈수를 두기도 했다. 결국 "활동하는 걸 보니 〈무한도전〉을 그만둬야 할 만큼 아파 보이진 않는데, 왜 그만두느냐"는 볼멘소리를 이래저래 돌려서 한 것에 지나지 않는다.

아파 보이지 않는다. 어쩌면 이 이야기가 모든 문제의 핵심인지도 모른다. 언제부터인가 우리는 자꾸 타인의 고통을 셈할 때 자신이 상상했던 이미지가 아니면 의심을 하고 화를 낸다. 2014년 세월호 참사 이후 진실규명 투쟁에 나선 유가족들을 보며 일부에서는 "진정한 유가족"과 "선동 세력"을 구분해야 한다는 망언을 일삼았다. 마치 세상 어딘가에 "진정한 유가족"이라는 이데아가 있고 그에 부합하지 않는 이들은 죄다 위로받을 자격이 없다는 것처럼. 경찰이 쏜 물대포에 맞아 혼수상태에 빠진 지 317일 만인 2016년 9월 25일에 세상을 떠난 백남기 씨를 추모하는 시민들 중 일부는, 그의 딸이 여전히 트위터상에서 활발하게 발언하는 것을 보며 어떻게 아버지가 세상을 떠났는데 딸이 태연하게 맨정신으로 트위터를 할 수 있느냐고 물었다. 심지어 어떤 이는 사칭 계정이 아니냐고 따져 묻기도 했다. 자신이 지지하는 정치인을 지지하지 않는다는 이유로 "추모와 지지를 철회하겠다"는 말을 던지는 이들도 있었다. 자신들이 생각한 유가족의 이미지에 부합하지 않는다는 이유로, 아버지를 잃은 딸의 슬픔은 '충분치 않아 보인다'는 말로 모욕당한다.

SNS상에선 이런 일들이 하루에도 몇 차례씩 목격된다. 가족이 실종됐다며 찾는 걸 도와달라고 자신의 휴대전화 번호를 인터넷에 공개한 한 여성은, 모르는 상대로부터 "진정으로 가족을 걱정하는 것 같아 보이지 않는다"며 훈계를 당했다. 메신저 프로필 사진과 자기소개 문구가 평상시처럼 발랄한 상태라는 이유에서였다. 가족이 실종되어 이리 뛰고 저리 뛰고 사방에 도움을 요청하느라 정신이 없는 사람에게, 그 모든 노력 이전에 잠시 짬을 내어 '내 프로필 사진이랑 자기소개 문구가 뭐였더라'를 먼저 확인하고는 바꿨어야 한다고 훈계하는 이는 대체 무슨 생각을 하면서 사는 것일까? SNS에서 자신이 성폭행당한 경험을 증언하고 고발해온 여성은 "강간 피해 여성이 그 경험을 이렇게 공개적으로 이야기하고 다닐 리 없다. 그게 무슨 자랑이라고"라는 모멸적인 언사를 듣는다. 아픈 사람, 가족을 잃은 사람, 고통스러운 경험을 증언하는 사람들이 자꾸만 "내가 생각했던 것보다 멀쩡해 보이는데, 거짓말하는 것 아니냐"며 진정성을 의심당한다. 이럴 거면 한국어 회화에서 "힘드시겠지만 평소처럼 굳건하게 버티셔야 한다"는 문장은 없애는 편이 낫지 않나. 굳건하게 버티면 거짓말쟁이라고 모욕당하는 세상인데.

우리가 어쩌다가 이렇게까지 됐을까. 나는 여기에서 타인의 고통조차 소비할 대상으로 삼는 소비주의와 세상에 대한 냉소를 본다. 한국 사회를 지배하는 멘탈리티 중 하나로 '냉소주의'를 지적하는 정치평론가 김민하의 말을 인용하자면, "현대의 인터넷-대중이 가장 두려워하는 것 중의 하나는 '속는 것'이다. (중략) 예를 들면 〈먹거리 X파일〉은 어떤가? 〈먹거리 X파일〉의 세계관 속에서 (착한 식당을 제외한) 모든 식당은 '속인다'. 모든 식당이 속인다는 건 곧 모든 상품과 생산자가 소비자인 나를 속인다는 것과 같다. 구체적으로는 100원짜리를 1,000원에 파는 거다. 속는 놈은 졸지에 100원짜리를 못 알아본 무능한 자가 된다. 서열 만들기와 타락한 능력주의(박권일)를 내면화한 이 세계에선 속는 건 무능한 거고 승부에

서 지는 것이며 당해도 할 말이 없는 거다"("욱일기에 대한 생각",
팀블로그 '파벨라' 기고). 이 논리 구조를 정형돈의 사례에 대입해
보자. 진정성을 가지고 대중을 대하는 몇몇을 제외한 연예인
들은 죄다 대중을 기만한다. 정형돈은 '안 아프면서 아프다고'
자신을 속인 사람이 되는 것이고, 그가 〈무한도전〉을 하차하
는 걸 너그럽게 이해하는 것은 기만당하는 것이고 속는 것과
같다. 그러니 여기에 공감을 하는 것은 내 소중한 감정의 자
원을 지출하는 꼴이 되고, 그것은 무능한 일이다.

여기에 타인의 고통과 슬픔을 하나의 스펙터클로 소비하
려는 심리가 결합한다. '나'는 상대의 거대한 슬픔에 압도되어
함께 울 준비가 되어 있는데, 그렇게 함께 울고 공감하는 것
으로 나의 선량함과 공감 능력을 증명하리라 기대하고 있는
데, 정작 고통의 당사자인 상대가 그렇게 고통스럽지도 슬퍼
보이지도 않는다. 마치 엄청난 기대를 하고 극장에 들어갔다
가 기대했던 것만큼 스펙터클한 액션 장면이 나오지 않아 실
망한 블록버스터 영화 관객처럼, 타인의 슬픔이 제 기대치와
다른 양상으로 진행되면 바로 실망하고는 앞서 인용한 것처
럼 '속지 않기 위한' 비난에 동참한다.

이 지경까지 떨어지지 않도록 우리가 기억해야 할 것들이
몇 가지 있을 것이다. 우리는 남의 삶을 저울질해 감정의 순

도를 감별하는 판관이 아니다. 타인의 삶은 내 만족을 위해 존재하는 영화가 아니며 우리 또한 관객이 아니다. 심지어 엔터테인먼트 산업에 종사 중인 정형돈의 삶 또한 그렇다. 너무 많은 언론이 연예인의 사생활까지 제값 주고 구해온 상품인 것처럼 팔아대는 통에 많이들 잊고 있는 것이지만, 그는 쇼 비즈니스에 종사하는 사람인 것이지 그의 삶 자체가 쇼인 것은 아니니 말이다.

어떻게 증언할 수 있을까,
그 비극을
9·11 테러와 세월호 참사

"9·11 테러 후 미국 국민들이 모두 힘을 모아 그 힘든 과정을 극복해냈듯 한국 국민들도 이 위기를 반드시 극복하고 새로운 대한민국을 만들어낼 것이라고 믿고 있다." 2014년 4월 25일, 방한한 버락 오바마 미국 대통령을 만난 박근혜 대통령은 9·11을 언급했다. 적잖은 이들이 아직 바다에 갇혀 있는데 벌써 '극복' 운운하는 박 대통령의 무신경함에 경악했다. 더구나 관할 소방서장이 구조 총책임을 맡아 비교적 체계적으로 수습이 이뤄진 9·11 테러와 컨트롤타워의 부재로 당국이 초기 대응을 '안' 하다시피 한 세월호 침몰 사고를 함께 비교하는 게 적절한가?

설마하니 박 대통령이 이런 의미로 9·11 테러를 언급하진 않았겠지만, 사실 두 사건 사이에는 한 가지 강력한 공통점이 있긴 하다. 두 사건 모두 뉴스를 통해 생중계되며 보는 이들에게 '할 수 있는 것 하나 없이 마냥 지켜만 봐야 하는' 극도의 무력감과 공포, 좌절감을 안겨주었다는 공통점 말이다. 2001년 9월 11일 아침 미국인들은 초현실적인 장면을 실시간으로 지켜봤다. 아메리칸항공 AA11편과 충돌해 검은 연기를 내뿜는 세계무역센터 북쪽 빌딩과, 맑은 가을 하늘을 가르며 남쪽 빌딩을 향해 돌진하는 유나이티드항공 175편의 모습이 미국의 뉴스 채널들을 통해 생중계됐다. 첫 충돌부터 빌딩이 붕괴하기까지 한 시간 40분, 미국인들은 아무것도 하지 못한 채 사람들이 죽어가는 걸 눈 뜨고 지켜볼 수밖에 없는 공포와 무력감을 마주해야 했다. 그것은 일찍이 경험해보지 못한 사상 초유의 시청각적 충격이었다.

그날의 충격은 할리우드 블록버스터 영화들에도 깊게 반영되었다. 얼마나 깊었는고 하니, 한동안 할리우드 영화 제작자들이 영화에 대규모 도심파괴 장면을 삽입하는 걸 망설일 정도였다. 어떤 장면도 9·11의 시청각적 스펙터클을 능가하는 건 불가능해 보였고, 괜히 그날의 충격을 연상시키는 장면을 넣었다가 보는 이들의 트라우마를 자극해봐야 좋을 게 없기도 했다. 〈스파이더맨〉(2002)은 9·11 이전에 찍은 세계무역센터 장면을 통째로 덜어냈다. 〈썸 오브 올 피어스〉(2002)는 핵폭발 테러 순간의 상세 묘사를 포기했음에도 낙진이 휘날리는 후폭풍 장면 때문에 여전히 보기 불편하다는 불만을 들어야 했다. 물론 할리우드 영화 제작자들의 그런 조심성이 오래가진 않았고, 어느 순간부터 대규모 도심파괴 장면도 다시 영화에 등장했다. 테러 이후 만들어진 블록버스터 영화들엔 9·11의 그림자와 9·11 이후 폐쇄적으로 변한 미국인들의 세계관이 반영되기 시작했다.

9·11 이후 변해가는 미국인들의 정신세계가 잘 반영된 작품으론 크리스토퍼 놀런 감독의 '다크 나이트' 3부작이 있다. 타락한 고담을 심판하겠다는 종교적 신념에 찬 악당 라스 알 굴이 전차에 폭탄을 싣고 고담시 중심의 웨인 타워를 향해 돌진하는 〈배트맨 비긴즈〉(2005)는, 분명 9·11이 남긴 충격과 외부에 대한 공포를 반영했다. 〈다크 나이트〉(2008)에는 질서의 수호자를 자처하는 강한 무력(배트맨)에 대한 안티테제로 혼돈의 화신 조커와, 정의를 지키려다 상처를 입고는 자기통제를 잃은 채 광기로 치닫는 투페이스가 등장했다. 3부작의 최종장 〈다크 나이트 라이즈〉(2012)는 어떤가? 대단한 신념을 지닌 듯 보였던 악당 베인은 알고 보니 탈리아 알 굴의 사적 복수를 위해 움직이는 꼭두각시였고, 탈리아 알 굴 역시 사적

복수에 집착하는 범죄자였다. 무엇보다, 3부작을 거치며 배트맨은 악당으로부터 고담을 지키기 위해선 고담 시민 전원의 휴대전화 음파를 감청하는 기계를 돌리는 것도 마다하지 않는 괴물이 되어간다.

할리우드가 나름의 방식으로 9·11을 이해하고 반영한 작품 중 가장 노골적인 은유를 감행한 작품은 아마 J. J. 에이브럼스 감독의 영화 〈스타트렉 다크니스〉(2013)일 것이다. 영화 후반부, 동족들을 구하고 동족을 착취했던 이들에게 복수하겠다는 신념을 지닌 악당 칸이 거대 우주 전함을 몰아 스타플릿의 본부가 있는 샌프란시스코에 추락시키는 장면이 스크린을 메운다. 앵글이나 편집은 9·11 테러 당시 시민들이 촬영한 영상이나 뉴스 클립의 구도를 빼다 박았다. 하지만 스타플릿의 대원들은 칸을 생포하되 죽이지 않는다. 〈스타트렉 다크니스〉는 절대 칸의 동기를 정당화하지 않는다. 동시에 그 괴물과 같은 칸을 깨워 통제불능의 위험으로 키워낸 이들이 다름 아닌 스타플릿 내부의 강경파였음을 잊지 않는다. 영화 말미 "악마와 싸우기 위해 우린 종종 스스로 악마가 되곤 하지만, 그것은 옳은 게 아니며 우리는 우리 자신이 어떤 사람들이었는지 지켜가야 한다"는 연설은 외부의 위협이 아니라 내부의 광기를 향한다.

수많은 미국인들은 '외부에서의 공격'으로 세계무역센터 빌딩이 주저앉는 모습을 무력하게 실시간으로 지켜봐야 했고, 그래서 혹시 있을지 모르는 '외부에서의 공격'을 극도로 두려워하며 폐쇄적으로 변했다. 참사를 실시간으로 지켜보면서도 그것을 막기 위해 아무것도 할 수 없었던 자괴감은 외부에 대한 증오와 공격성으로 덮였다. 시간이 지나며 미국인들은 긴 이라크 전쟁과 아프가니스탄 전쟁에서 얻게 된 상흔들 앞에서 군사국가로서의 미국을 돌아보기 시작했고, 그 이해와 극복은 다시 영화에 반영되었다. 그렇다면 배가 천천히 가라앉는 걸 무력하게 실시간으로 지켜본 우리는 어떨까?

9·11 테러는 어쨌든 외부에서의 공격이었다. 비행기를 빌딩에 갖다 박는 상상 초월의 테러에 속수무책으로 당하는 걸 지켜봐야 하는 고통이었다. 세월호 참사는 다르다. 그것은 우리가 매일 마주하면서도 '더러워서 피한다'며 외면했던 우리 내부의 배금주의와 행정편의주의와 같은 모순들이 겹겹이 겹쳐서 터진 사고였다. 세월호 참사는 과거의 참사들과도 다르다. 삼풍백화점은 순식간에 무너져 내렸고, 한국인들은 뉴스를 통해 무너져 내린 이후의 폐허만 목격했다. 성수대교도 마찬가지였고, 화성 씨랜드나 경주 마우나오션리조트 참사도 마찬가지였다. 세월호 참사에선, 우리는 세월호가 선수 밑

바닥 부분이나마 수면 위로 드러내놓고 있던 때부터 '아직 에어포켓이 있다'는 희망을 가지고 지켜보기 시작했고, 그것이 아주 천천히, 완전히 수면 아래로 가라앉는 것을 이틀에 걸쳐 생중계로 지켜봤다. 사상 처음으로, 한국 사회가 죽어가는 이들을 방관하는 광경을 TV를 통해, 인터넷을 통해, SNS를 통해 실시간으로 보게 된 것이다.

일찍이 이런 대형 참사 앞에서 한국인들이 마주할 수 있는 최악의 공포는 봉준호 감독의 영화 〈괴물〉(2006)에서 묘사된 바 있다. 왜곡된 보도를 일삼는 언론, 통제와 뒷수습에만 몰두하는 무능한 정부, 위기를 기회 삼아 잇속을 챙기려는 장사치들, 아이가 살아 있을지도 모른다는 가족의 울부짖음 앞에 무신경하게 대처하는 일선 공무원들. 〈괴물〉에서 이러한 시스템의 붕괴는 사태를 악화시키는 장애물에 그쳤다. 이제 우리는 '시스템이 위험으로부터 우리를 지켜줄 수 없다'는 수준을 넘어서 '우리가 만든 시스템이 우리를 죽인다'는 공포와 마주하게 되었다. 미국인들은 두려워하고 탓을 할 외부인이라도 있었지만, 그마저도 없는 한국인들은 이제 내부인을 두려워하게 될 것이다. 길을 걷는 우리 중 누군가도 어쩌면 이런 비극을 만들어낸 괴물들과 크게 다르지 않은, 잠재적인 살인자일지 모른다는 공포가 시작됐다. 돈을 벌기 위해서는 사소한 규율 위반 정도는 불가피한 일로 여기고, 힘 있는 윗선의 지시 앞에서 "까라면 까야지 어쩌냐"며 고개를 숙인 우리 모두가 잠재적 공범이라는 자괴감과 함께. 후대의 대중예술가들은 이 트라우마를 어떻게 기록할 수 있을까. 우리 스스로 우리 내부의 아무도 믿지 못하게 된 이 초라한 시대를.

가장 악랄하면서
가장 평범한
김의성

영화 〈부산행〉(2016)에서 김의성이 연기한 천리마고속 상무 용석을 좋아하기란 쉬운 일이 아니다. 용석은 시종일관 행동거지나 외양, 직업 등 다양한 것을 핑계 삼아 남을 무시하고, 타인 위에 군림해 지시 내리길 좋아하며, 어리석은 대중한가운데에서 오로지 본인만이 냉철한 판단을 내린다는 믿음으로 생존을 향해 질주한다. 진희(안소희)로부터 도덕적이지만 위험부담이 큰 선택을 요구받았을 때, 그는 마치 생존자 공동체를 위해 자신이 십자가를 짊어진다는 듯한 표정으로 자리에서 일어나 그 선택이 가져올 잠재적 위험을 과장되게 설파하고 그런 선택을 요구하는 진희를 부도덕한 사람으로 몰고 가는 선동 기술을 선보인다. 거대한 재난 앞에서 생존자

끼리 힘을 합치길 바라는 관객의 마음을 매 순간 산산조각 내는 용석은, 여태까지 김의성이 보여준 수많은 악역 중 가장 악랄하고, 동시에 가장 평범하다.

영화를 본 많은 이들은 용석을 욕하면서도 실제 그런 사태가 벌어지면 우리 중 대다수가 용석처럼 행동하리라는 것에 딱히 이견을 제시하지 않는다. 〈부산행〉을 연출한 연상호 감독은 많은 자리에서 용석을 "가장 현실적인 인물"로 꼽았다. 자신의 생존을 위해 자신이 활용할 수 있는 자원이라면 무엇이든 가져다 쓰고 외부로부터의 위험을 철저하게 차단하는 계산적인 인물 용석은, 냉정하게 이야기하면 〈부산행〉 속에서 유일하게 이성적인 인물이다. 〈부산행〉의 스토리 전개는 다분히 도식적이지만 한 가지는 분명하게 짚고 넘어간다. 이타심을 발휘한 캐릭터들은 대부분 좋지 않은 결말을 맞이하고, 오로지 이기심을 동력으로 움직이는 이들은 상대적으로 더 오래 살아남는다. 이기심과 특권으로 단합된 공동체는 외부로부터의 위협으로는 도저히 무너져 내리지 않는다. 내부에서 누군가 그 구조를 파괴하기 전까지, 이기심은 생존을 보장하는 가장 합리적인 선택지다. 몹시 악랄한 인간이 동시에 가장 평범하고 이성적이라는 게 의미하는 바는 자명하다. 우리는 대다수의 사람들이 도덕적으로 마비된 세상을 살고 있다는 것 말이다.

사실 2011년에 귀국해 〈북촌방향〉으로 컴백한 이후 김의성이 선보인 인물들이 대체로 그랬다. 상부의 지시에 따라 종태(박원상)를 고문하며 거짓 증언을 요구하면서도 정작 자신과 본질적으로 크게 다르지 않은 일을 하고 있는 고문기술자 두한(이경영)의 행동은 내심 두려워하는 〈남영동 1985〉(2012)의 강 과장이라거나, 원작 만화 속 인물이 경험한 딜레마가 싹 제거되어 평범한 민완경찰이 되어버린 〈26년〉(2012)의 최 계장, 검찰 조직의 요구에 맞춰 착실하게 성장했고 착실하게 조직이 요구하는 바를 수행한 〈소수의견〉(2015)의 평범한 악질 검사 홍재덕, 부하 직원에게 윽박지르고 화내면서 중요한 대목에선 책임을 회피하는 〈오피스〉(2015)의 김상규 등 그가 연기한 악역들을 한 줄로 쭉 세워보면 특별한 악의가 있어서 그런 게 아니라 먹고살려다 보니 그렇게 됐다고 자신을 합리화할 수 있는 인물투성이다. 그래서 김의성의 악역은 이해하기 쉽다. 그는 인류를 몰살시키려 드는 제임스 본드 시리즈의 악당들이나 이유 없이 살인을 저지르는 쾌락 살인범 같은 악당이 아니라 제 한 몸 살아보겠다는 '먹고사니즘'에 모든 걸 동기화한 악당, 오늘날을 살아가는 대부분의 표준시민이 잠깐만 경계를 풀고 발을 헛디디는 순간 아주 쉽게 같은 수준으로 전락할 수 있는 평범한 악이다.

　김의성 또한 이 점을 누구보다 잘 알고 있다. 2015년 시사
주간지 《시사IN》이 마련한 이경영과의 조인트 인터뷰에서,
선역보다 악역을 더 자주 맡게 되는 이유가 뭔 것 같으냐는
기자의 질문에 김의성은 이렇게 답했다. "영화에서 주연이 아
닌 경우 40~50대 대한민국 남자 캐릭터에 착한 것이 뭐가 있
겠는가? 그런 나쁜 캐릭터들이 40~50대 대한민국 남성의 대
부분인 것이다."(고재열, "까불지 않는 어른이 된다는 것", 《시사IN》, 제
421호) 물론 이 말은 도덕적 단죄가 아니라 조심스러운 자기
성찰로 사려 깊게 곱씹었을 때야 비로소 그 의미 값이 살아난
다. 영화 〈소수의견〉이 개봉한 2015년 6월, 김의성은 〈스포츠
Q〉와의 인터뷰에서 자신이 연기한 악질 검사 홍재덕에 대해
이렇게 설명했다. "홍재덕처럼 내가 고시 공부 끝에 검사가
됐다면 나도 이런 사람이 돼 있을 수 있다. 내가 이런 선택을
안 한다는 보장이 있을까? 사람은 환경과 위치가 규정한다.
자신의 스탠스에서 망설임 없이 나쁜 행동을 하는 이들, 많
다. 자신의 행위를 큰 그림에서 보면 국가를 지탱하는 힘이나
봉사로 여기는 확신범이 바글대지 않나. 나 역시 그런 함정에
빠지지 말란 법도 없고."(용원중, "연극쟁이, 배우, 사업가… 파란만장
김의성의 '소수의견'", 〈스포츠Q〉, 2015년 6월 26일 자)

악역을 소시오패스나 사이코패스 등으로 그리며 '도저히 이해할 수 없는 악마' 취급하는 것은 당장의 정신 건강엔 이로울지 몰라도, 장기적으론 '저 악마와는 본질적으로 다른 선량한 나'라는 환상을 구축하는 재료가 되어 자기 성찰을 가로막는다. 김의성은 그 점을 잘 알고 있다. 그는 자신이 연기하는 악역의 속성을 굳이 '40~50대 대한민국 남성'이란 말로 제 세대의 것으로 한정 짓지만, 그건 세대론적인 이야기라기보단 자신도 그 악역으로부터 멀지 않다는 경계의 표현에 가깝다. 동시에 김의성은 그러한 악덕이 제 세대 자체의 특징이라 말하는 대신, 그 세대가 처한 환경과 위치의 결과라고 말한다. 자기 객관화를 통해 자성하고 경계하되, 손쉬운 자기혐오와 '어차피 글렀다'는 식의 자포자기의 늪으로 빠지지 않는다. 김의성은 그런 악역을 연기하며 보는 이들을 불쾌함과 익숙함 사이 어딘가로 데려가 새로운 층위에 내려놓는다. 시원하게 "저 나쁜 놈"이라고 손가락질하자니, 어쩐지 나 또한 저러고 있는 게 아닐까 하는 찜찜함에 그 손가락을 도로 제 가슴팍을 향하게 만드는 불편한 자성의 층위.

그런 의미에서 〈부산행〉 무대 인사에서 터져 나왔다는 김의성에 대한 야유는 어쩐지 불안한 징조로 읽힌다. 용석은 우리로부터 먼 악역이 아니고, 연출자와 배우는 물론 관객들도 내심 그렇다는 사실을 안다. 그러나 동시에 극의 해피엔딩에 방해가 되는 존재라는 이유로 사람들은 쉽게 용석을 악마화하고 타자화하는 것으로 저 자신의 선량함을 확인하고 안도한다. 연출자와 배우가 의도한 '불편한 자성'은 감상에서 거세되고, 단죄를 통한 '손쉬운 쾌감'이 남는다. 김의성에게 보내는 관객의 야유는 당연히 영화의 결말을 공유하는 내부자들끼리 공감대를 형성하기 위해 가볍게 주고받는 장난에 가까울 것이다. 하지만 그 장난이 용석이란 인물을 공동체로부터 적극적으로 배제하는 행위를 통해 나의 무고함을 담보하는 형식으로 진행된다는 건 긍정적인 신호가 아니다. 이런 의사소통 구조가 반복되는 세상에선 자성이 기거해야 할 자리를, 나의 선량함을 인증해 타인의 인정을 받으려는 인정투쟁이 대체하기 때문이다.

물론 '나 또한 저럴 수 있다'는 이유로 악에 온정적으로 대응해야 한다거나 쉬운 용서를 베풀어야 한다는 이야기는 절대 아니다. 우리는 내부의 악과 싸우면서도 동시에 외부의 악에 맞설 수 있다. 다만 악인을 타자화하는 것으로 손쉽게 제 정당성을 확보하려는 것이야말로 악인이 되는 지름길이란 점을 잊지 말자는 이야기다. 용석 또한 좀비들이 우글거리는 칸 너머에 친구들이 있다며 문을 열어야 한다는 진희를 악으로 규정하는 행위를 통해 제 정당성을 확보하지 않았던가?
김의성은 〈부산행〉 개봉 직전 트위터에 농담조로 이렇게 적
었다. "여러분 좀 있으면 우리 우정에 진정한 관문이 펼쳐진
다. 〈부산행〉 보고도 나를 미워하지 않는다면 진짜 친구." 처
음 영화를 본 뒤 나는 여러 자리에서 "살다 보면 흔히 만나는
그 연령대 아저씨의 전형이던데, 그거 다 열심히 미워하려면
에너지 소모 극심해서 제명에 못 산다"는 투로 말하곤 했다.
그 말을 이 자리에서 정정하겠다. 김의성이 용석을 통해 보여
준 악역은 그 연령대 아저씨의 전형이 아니라 그냥 내가 잠시
만 자성을 멈추면 굴러떨어질 수 있는 모습이다.

드라마에 드리워진
죽음의 그림자
참사, 그 이후

　제2차 바티칸 공의회를 거치며 가톨릭이 격변하던 1964
년, 엄격한 규율을 강조하는 가톨릭 학교 교장 알로이시스 수
녀는 젊은 신부 플린이 마음에 들지 않는다. 경외의 대상이
어야 할 신부가 학생들과 너무 무람없이 지내는 것도 마음에
안 들고, 길게 기르고 다니는 손톱도 불결하다. 게다가 교회
도 시대에 맞게 변해야 한다니. 무릇 교회란 변함없이 굳건히
서서 흔들리는 신자들을 바로잡는 반석이어야 하지 않는가.
못마땅해하던 차 한 젊은 수녀로부터 흥미로운 이야기를 듣
는다. 플린 신부가 학교 최초의 흑인 학생인 도널드를 지나치
게 친절하게 대한다는 것이다. 알로이시스 수녀는 플린 신부
가 도널드를 성추행했을 것이라는 의심을 품고, 반감을 먹이

삼은 의심은 이내 확신이 된다. 거짓으로 증거를 꾸며내 플린 신부로 하여금 스스로 학교를 떠나게 만든 알로이시스 수녀는, 모든 것이 끝난 뒤 갑자기 울먹이며 고백한다. 의심이 든다고. 내가 정말 제대로 된 판단을 한 건지.

2004년 맨해튼 시어터 클럽에서 초연된 〈다우트〉(Doubt, 의심)란 제목의 이 연극은 2005년 브로드웨이로 진출해 퓰리처상, 뉴욕드라마비평가협회상, 토니상을 휩쓸었다. 신부의 행실을 의심하고 그 의심을 확신하지만 끝내는 자신의 확신조차 신뢰할 수 없는 끝없는 회의의 구렁텅이. 작가 존 패트릭 샌리는 이 작품을 9·11 테러와 그 뒤를 이은 이라크 전쟁을 보며 구상했다고 한다. 뉴욕은 언제나 개방적이고 진보적인 '세계의 수도'로 남을 것이라던 안온한 확신의 세계는 2001년 9월 11일 이후 사라지고, 그 누구도 믿을 수 없어서 피아 구분을 하며 적을 찾아내는 시대가 개막했다. 이라크에 대량살상무기가 없을 거라는 증거가 무수히 쏟아져 나왔지만, 누구에게라도 보복해야 했던 부시 행정부와 미국인들은 확신을 가지고 이라크전을 시작했다. 작품 속에 등장하는 선과 악의 프레임, 의심에서 시작된 피아 구분과 근거 없는 확신은 9·11 테러가 남긴 트라우마의 흔적이었던 셈이다.

9·11 테러가 2001년 9월 10일까지의 미국과 2001년 9월 11

일 이후의 미국을 나눴다면, 세월호 참사는 2014년 4월 15일까지의 대한민국과 2014년 4월 16일 이후의 대한민국을 나눴다. 우리는 수면 위로 삐죽 튀어나와 있던 선미가 이틀에 걸쳐 완전히 가라앉는 동안 서로에게 책임을 떠넘기고 도망치는 이들을 실시간으로 목격했고, 그 이전의 세계로 돌아가는 것은 불가능한 일이 되었다. 그날의 비겁은 우리 모두의 무의식 속에 아주 깊게 각인됐다. 나는 세월호 참사 이후 〈한겨레〉에 기고한 글을 통해 이렇게 말했다. "미국인들은 두려워하고 탓을 할 외부인이라도 있었지만, 그마저도 없는 한국인들은 이제 내부인을 두려워하게 될 것이다. (중략) 후대의 대중예술가들은 이 트라우마를 어떻게 기록할 수 있을까. 우리 스스로 우리 내부의 아무도 믿지 못하게 된 이 초라한 시대를." 나는 '후대의 대중예술가들'이라고 말했지만, 트라우마의 흔적은 내 예상보다 빨리 대중문화에 반영되었다.

가장 노골적으로 사건을 언급한 작품은 SBS 드라마 〈비밀의 문〉(2014)이었다. 영조 치하의 조선을 배경으로 한 이 드라마에서, 노론과 소론은 왕릉에서 발견된 의문의 시체를 놓고 수사권 다툼을 벌인다. 그 광경을 지켜보던 세자(이제훈)는 분노에 차 일갈한다. "이 사람의 눈엔 그대들 모두가 역도요. 지금 이 시각 우리가 가장 중히 여겨야 할 것은 힘없는 백성 하나가 의문의 죽음을 당했다는 겁니다." 작품은 여기서 멈추지 않는다. 사건의 뒤를 쫓는 소녀 지담(김유정)을 말려보라는 충고에, 지담의 아비 서균(권해효)은 이렇게 답한다. "억울하게 죽은 피해자와 그 유족이 안타까워서 진실을 밝혀보겠다는 게 뭐가 문제야? 문제가 있다면 자식 놈 귀한 뜻 하나 지켜주지 못하는 이 못난 아비가 문제고, 진실이나 정의 따위엔 관심조차 없는 이 험한 세상이 문제인 게지."

MBC 드라마 〈오만과 편견〉(2014) 또한 '권력이 진실을 은폐하고 있다'는 걸 전제하고 있다. 15년 전 동생이 의문의 죽음을 당했음에도 검찰이 서둘러 사건을 덮는 것을 보며, 한열무(백진희)는 검사가 되어 진실을 밝히겠노라 다짐한다. 검사가 된 열무는 공소시효를 3개월 앞두고 사건의 실체에 접근하지만, 유력한 진범 용의자는 검찰국장 이종곤(노주현)이다. 그를 묶어둘 만한 증거는 없으며, 상부의 지시로 팀은 해체 위기에 놓인다. 분노에 차 국장실에 쳐들어가 사건의 진실을 따져 묻는 열무에게 이 국장은 "심정은 알겠는데 이러면 곤란하다"고 말한다. 열무는 싸늘하게 되묻는다. "무슨 심정을 이해하시는데요? 차가운 공장 바닥에서 반쯤 불타 죽은 동생을 본 심정이요? 자식 그렇게 보내고 세상 반쯤 놓고 사는 부모를 본 심정이요? 이렇게 눈앞에 버젓이 있는 범인이 빼으로 힘으로 빠져나가는 과정을 하나하나 다 겪는 심정이요?"
조사 대상이 되어야 할 이가 누군지 뻔히 알면서도 상대가 너
무 강한 권력을 가지고 있기에 조사할 수 없는 이 압도적인
무력함. 〈오만과 편견〉은 제 흠을 감출 때만큼은 놀랄 정도로
유능해지는 국가권력 앞에서도 포기하지 않고 진실을 밝히
기 위해 고군분투하는 젊은 세대의 이야기다.

　언론은 어떨까? 송지나 작가가 집필한 KBS 〈힐러〉(2014)
에서, 한때 민주주의를 목 놓아 부르며 해적방송을 하던 젊은
이는 자신의 과거를 매끄럽게 배신할 수 있을 만큼 노회해진
거대 신문사의 사주가 되었다. 대기업 노조의 파업 탓에 경제
에 위기가 왔노라 사설을 내겠다며 다른 신문사 사주들과 여
론 조율 회의를 하는 이 냉혹한 미디어 재벌 김문식은, 열혈
저널리스트인 동생 김문호(유지태)에게 여유 있게 웃어 보이
며 말한다. "난 언제나 네 편이야. 알지?" 변절자 김문식을 연
기하는 배우는 한때 장하림(MBC 〈여명의 눈동자〉, 1991)이었으며
강우석(SBS 〈모래시계〉, 1995)이었던, 송지나의 세계 안에서 정
의로움 그 자체를 연기하던 배우 박상원이다. 작품 안에서 수
양딸을 버리고는 사망으로 조작했다는 혐의마저 사고 있는
김문식을, 가장 정의로운 인물을 연기하던 박상원의 얼굴로
만나는 어떤 섬뜩함.

응당 지켜야 할 것을 지키지 못했다는 죄책감 또한 TV를 가득 메웠다. tvN 드라마 〈미생〉의 오 차장(이성민)에겐 원작엔 없는 설정이 추가되었다. 오 차장은 과거 함께 일했던 계약직 사원 이은지(서윤아)에게 '열심히 일하면 정규직이 될 수 있다'는 희망을 심어줬지만, 이은지가 비리 누명을 뒤집어쓴 채 회사를 떠나는 걸 막지 못했다. 퇴사 뒤 이은지가 배달 일을 하다가 사고로 사망한 기억에 시달리는 오 차장은 무리를 해서라도 장그래(임시완)를 정규직으로 만들려 한다. 그러나 정작 누명을 씌운 당사자인 최 전무(이경영)는 이은지의 존재조차 망각한 지 오래다. 지켜야 할 것을 지키지 못했고, 책임이 있는 이들은 쉽게 과거를 잊는다. 고통받는 건, 그 광경을 실시간으로 지켜보면서도 막지 못했다는 죄책감에 시달리는 오 차장 같은 이들이다. 오 차장이 퇴사해 세운 회사에 취직한 장그래는 나름의 행복을 찾았지만, 그게 과연 해피엔딩일까? 원인터내셔널의 시스템을 바꾸는 데는 결국 실패하고, 오 차장이라는 선한 개인의 사적 구제에 기대어 행복을 얻은 결말이?

무능한 공권력에 대한 비판, 부패한 언론에 대한 조소, 권력형 비리를 밝히려는 젊은이들. 세월호 참사 이전에도 이와 같은 소재들을 드라마에서 만나는 게 어려운 일은 아니었다.

그러나 참사가 일어나고 구조에 실패하며 진실규명이 정쟁의 소재가 되는가 하면, 유족들이 공공연하게 모욕당하는 일련의 사태를 겪은 뒤 드라마 안에는 '죽음'의 그림자가 드리워지기 시작했다. 막을 수 있었으나 그러지 못했던 죽음, 죽었는지 살았는지 시신조차 확인하지 못한 죽음, 권력이 제 보위를 위해 그 진실을 숨긴 죽음. 작품을 만드는 이들의 무의식 혹은 작품을 보는 이들의 무의식에, 세월호의 트라우마는 그렇게 선명히 각인되었다. 그리고 일상의 반복 속에 세상이 참사의 기억을 지우려 할 때마다 트라우마는 이렇게 우리를 정면으로 노려볼 것이다. 그것이, 구조에도 실패하고 모욕을 막는 데도 실패한, 초라한 우리 시대가 짊어져야 할 굴레인지도 모른다.

타인의 절박함을
유희 삼아
행복한가요
〈짝〉과 리얼리티 쇼

'집드림'이라는 TV 프로그램이 있었다. 2011년 MBC 〈우리들의 일밤〉의 한 코너로 생겨난 프로그램인데, 내 집 마련이 절실하지만 그럴 만한 사정이 안 되는 열여섯 가족을 모아놓고 토너먼트 형식을 통해 최후의 한 가족을 뽑아 집을 지어주는 내용의 리얼리티 쇼였다. 제작진은 "가족이 행복하게 살 수 있는 공간으로서의 역할을 재조명하고 싶다"고 말하며 "누구에게 더 유리하고 불리할 것이 없는 공평무사한 퀴즈를 출제하겠다"고 포부를 밝혔지만, 그 결과물은 썩 신통치 않다. 시청자들은 당장에 집 한 칸이 간절한 이들을 스튜디오에 불러놓고선 '네덜란드 건축설계사의 막내아들은 뱀 인형과 거북이 인형 중 어떤 걸 더 좋아하는가' 따위의 퀴즈로 당락을 가르는 어이없는 장면들을 봐야 했다. 결과? 당연히 시원하게 망했다. '집드림'은 "집 가지고 장난치느냐"는 비난과 낮은 시청률에 시달리다가 조용히 사라졌다.

비슷한 시기, SBS에선 〈짝〉이라는 프로그램을 론칭했다. 이름 대신 '남자 1호', '여자 4호' 등의 호칭을 달고 나온 일군의 일반인 남녀를 산장이나 펜션 같은 제한된 공간 안에 모아놓고, 그들이 마음에 드는 상대를 찾기 위해 서로를 탐색하고 최종 선택을 하기까지의 과정을 보여주는 일종의 관찰 예능 프로그램이다. 남녀는 자신의 배우잣감을 고를 때 과연 '성격, 취미' 같은 이상적인 면모와 '직업, 연봉, 학벌, 외모' 등의 현실적인 면모 사이에서 어느 쪽에 판단 기준을 두는가가 이 프로그램의 출발 지점이었다. 그렇게 '교양'으로 시작한 프로그램은 이윽고 '예능'이 되었다. 과거 인기를 끌었던 공개맞선 프로그램 〈사랑의 스튜디오〉에서 내숭과 체면을 걷어내고 노골적인 욕망을 부각시킨 듯한 이 프로그램을 놓고, 한쪽에선 '인격의 상품화'라는 비판이 일었지만 다른 한쪽에선 폭발적인 인기를 끌었다.

한쪽은 '내 집 마련'이라는 한국인의 숙원사업을 걸었고, 다른 한쪽은 소위 '삼포세대'라 불리는 한국 청년세대의 결혼을 걸었다. 두 프로그램 모두 타인의 절박함을 중계하며 서사를 써 내려가는 것은 동일한데, 어째서 한 프로그램은 실패해 사람들의 기억 저편으로 사라지고 다른 프로그램은 수요일 밤의 강자로 살아남았던 걸까. 이 차이에 대해 이야기하기전, 잠시 리얼리티 프로그램 자체에 대해 이야기해보자.

적지 않은 수의 리얼리티 쇼 프로그램은 타인의 절실함을 관람하는 구조로 이루어져 있다. 가볍게는 미션에서 승리해 가벼운 보상을 받기 위해 뛰어다니는 게임 쇼 부류, 예를 들면 KBS 〈해피선데이〉 '1박 2일'이나 SBS 〈일요일이 좋다〉 '런닝맨', tvN 〈더 지니어스〉와 같은 프로그램들이 있다. 살아남으려면 열심히 게임에 임해야 하지만, 게임에서 진다고 해서 인생 자체에 지장이 생기는 것은 아닌 프로그램들. 그런데 이런 쇼에서 제공하는 보상이 무거워지면, 자신의 꿈을 이루기 위해 남들과 경쟁하는 서바이벌 쇼가 된다. Mnet의 〈슈퍼스타K〉, O'live의 〈마스터셰프 코리아〉와 같이 일생의 꿈을 걸고 절박하게 경쟁하는 종류의 쇼 말이다.

리얼리티 쇼에선 참가자들의 '절박함'을 얼마나 더 기발하고 절절하게 뽑아내느냐에 따라 그 재미가 결정된다. '1박 2일'이 얼마나 악랄한 복불복을 마련하느냐, 〈더 지니어스〉에서 게임이 얼마나 정교하게 설계되었느냐, 〈슈퍼스타K〉가 참가자들로부터 더 날것의 무대를 뽑아내기 위해 얼마나 더 치열한 경쟁 구도를 만드느냐 등등이 그것일 것이다. 이 절박함을 보여주고 극복하는 과정이 '공정'하지 못해 재미가 훼손되었다고 느낄 때, 시청자들은 분노한다. 〈더 지니어스〉에서 타인의 게임 아이템을 숨겨 경쟁에서 유리한 고지를 획득한 참가자에 대한 대중의 분노나, 조작 방송 논란이 일었던 SBS 〈정글의 법칙〉 제작진에 대한 비판은 '공정하지 않은 방식으로 절박함을 포장하거나 조장하는 행위'에 대한 반발이었다.

그렇지만 더 본질적으로는, 시청자들은 타인의 절박함을 지나치게 잔인한 방법으로 자극하고 조장할 때 격분한다. 패자부활전을 명목으로 울고 있는 탈락자들을 세워놓고 하염없이 카니발의 〈거위의 꿈〉을 부르게 시켰던 〈슈퍼스타K 3〉가 좋은 예다. 참가자들의 당락을 좌지우지하는 제작진과 심사위원이, 그 권위와 실낱같은 희망을 무기로 내세워 참가자들을 벼랑 끝으로 내모는 듯한 인상을 줬던 그 장면은 아직까지도 〈슈퍼스타K〉 프랜차이즈 사상 최악의 장면으로 회자된다. 시청자들은 그 장면을 보며 참가자들이 느끼는 감당하기 힘든 무게의 절박함을 마치 자신의 것처럼 느꼈고, 나아가 그런 절박함을 강요하는 형태로 쇼를 설계한 제작진에게 분노한 것이다.

다시 '집드림'과 〈짝〉의 차이에 대해 생각해보자. 얼핏 생각하면 제작진조차 뭘 어떻게 해야 좋을지 감을 잡지 못하고 헤매던 '집드림'에 비해, 〈짝〉의 만듦새가 압도적으로 높았다는 점을 제일 먼저 꼽을 수 있다. 서로를 탐색하고 선택하는 과정에 출연자 본인의 의지를 반영할 수 있는 구조인 〈짝〉에 비해, 흡사 동전 던지기 수준에 가까운 어이없는 퀴즈로 16강 토너먼트를 진행해 타인의 인생을 랜덤으로 결정한다는 비판을 들어야 했던 '집드림'의 안일한 구조도 그 이유 중 하나다. 가장 거대한 차이는, 결혼보다 내 집 마련을 더 절박하게 생각하는 시청자의 수가 많다는 점일 것이다. 제 짝을 찾는 것이야 프로그램이 끝난 뒤에도 어떻게든 개인이 해나갈 수 있는 일이지만, 집을 마련한다는 것은 일생일대의 과업이고 그 꿈은 함부로 농락당해선 안 된다고 믿은 시청자들이 압도적으로 많았던 것이다. '감당할 수 있는 절박함'과 '감당할 수 없는 절박함'의 차이는 두 쇼의 향방을 갈랐다.

과연 '감당할 수 있는 절박함'의 기준은 누가 정하는 것일까? 누군가에겐 자신의 학력이나 직장, 재력과 외모, 성격 등을 평가당하고, 그 결과로 혼자 점심 도시락을 먹느냐, 아니면 의자왕이 되느냐가 갈리는 과정이 전국에 중계되는 〈짝〉이 '감당할 수 없는 절박함'을 담보로 한 쇼일 수도 있는 것이다. 고작 쇼인데 뭘 그러느냐고? 〈짝〉에 출연해 마음에 드는 아가씨를 찾은 한 남성 참가자는, 고향 집에 전화해 눈물을 훔치며 부모님을 안심시킨다. 드디어 며느릿감을 찾았으니 이제 걱정 놓으시라고. 보는 이들에겐 엔터테인먼트인 것이, 나오는 이들에겐 자신의 얼굴과 직업, 성격 따위를 모두 공개해서라도 쟁취해야 하는, 인생을 건 절박함일 수도 있는 것이다.

〈짝〉에 출연했던 한 여성 참가자가 촬영 막바지에 스스로 목숨을 끊었다고 한다. 그동안 〈짝〉을 탐탁지 않게 생각했던 이들은 "프로그램 자체의 문제가 출연자를 죽음으로 몰아갔다"며 폐지를 요구하고 나섰고, 다른 한쪽에서는 "원래 그런 프로그램인 줄 모르고 나간 것도 아닐 텐데, 스스로 출연을 선택한 출연자가 극단적인 선택을 한 이유를 프로그램 탓으로 돌리는 게 말이 되느냐"고 반문했다. 조사 결과 프로그램 제작진에게 죽음의 책임을 묻기 어렵다는 결론이 나왔지만, 결국 〈짝〉은 그 충격을 이기지 못하고 폐지의 길을 걸었다. 그러나 우리가 진짜 물어야 할 질문은 그 죽음의 책임이 출연자에게 있느냐, 제작진에게 있느냐가 아닐지도 모른다. 어쩌면 질문은, TV를 보고 있는 시청자인 우리 자신을 향해야 할지도 모른다.

우리 중 많은 수는 리얼리티 쇼에서 '공정성'이 훼손되는 것이나 '감당하기 힘든 절박함'을 강요하는 구조에 대해서는 비판하면서도, 절박함을 미끼로 경쟁을 벌이는 리얼리티 쇼의 메커니즘 자체는 상수로 받아들여 왔다. 타인의 절박함을 엔터테인먼트로 소비하는 것 자체는 도덕적으로 정당한 일인가? 만약 그것이 그 절박함의 정도에 따라 다르다면, 그 정도는 과연 누가 어떤 기준으로 정하는가? 당장 이 사건 하나를 두고 성급하게 리얼리티 쇼 장르 전체를 악마화해서 손가락질을 하며 바라볼 필요는 없을 것이다. 그러나 나 아닌 다른 누구의 경쟁과 고통을 유희로 소비하는 메커니즘 자체에 대해 한번 진지하게 의문을 가질 필요는 있지 않을까. 너무 늦기 전에 말이다.

들개
이빨의
춤
세 번째

화장품 사는 거 좋아하고

달라 달라 전부 달라 겹치지 않아
과소비 아냐 잘 샀어 잘 샀어!!!

몇 번의 터치로
얼굴의 결점을 얼버무리는 과정도
그럭저럭 즐기는 편입니다.

....만,

화장이란 행위가
한쪽 성별에만
과도하게 가해지는

씻고바르고씻고바르고씻고바르고씻고씻고

사회문화적 압박임을
상기시키는 순간들과
맞닥뜨릴 때면

여자의
화장은
예의.

어쩔 수 없이

쿠루루루

심사가 뒤틀리죠.

와장창

······

화장에 대한
저의 해묵은
양가감정입니다.

이건 한정품이니
가져가자.

228

뷰티 유투버로 대활약 중인
김기수에 대한 시각도
이와 유사합니다.

방어운전에 가까운 화장을 하는 저에게
그의 과감한 터치는
경이로움 그 자체였습니다.

우와.

...만,

이렇게 공격적인 타이틀 아래

김기수의
예쁘게 살래?
그냥 살래?

꾸밈에 서툰 여자들을 향한
그의 앙칼진 훈계를 들을 때면
어쩔 수 없이 느껴지는
약간의 저항감.

그냥
안 꾸밀
자유를
추구해버렷.

...그럼에도,

사내다움을 강요하는
세간의 압박을 딛고 일어나
자신의 장기를
마음껏 뽐내는 모습이

멋지다는
생각
자체엔
변함이
없으니

앞으로도 계속
흥미롭게 지켜볼 것
같습니다.

우와.

중학 시절,
성추행을 일삼던
선생이 있었습니다.

기자한테 알리자.

교장한테 말하자.

소용없을걸?
교육청에 고발하자.

우리 아빠가 기잔데...

그로부터 며칠 뒤,

00 선생님 교육청에
고발하겠다는 사람들
한번 일어나봐.
일단 나랑 먼저 얘기
좀 하자.

담임

떡

벌

아무도 일어나지
않았습니다.

저만 빼고.

이 순간의
고독과 공포를

똑똑히 기억합니다.

이후 저는 두 번 다시 모난 돌을 자처하지 않았습니다.

웬만하면 입 닫고 내 할 일 하는 게 속 편하다는 주의.

게슴츠레 이해득실을 따지는 눈깔

헌데 누군들 편하고 싶지 않을까요.

김부선.

고독과 공포에도 불구하고

불의 앞에 고개 들어 외쳐야만 하는 사람들.

그들에게 빚을 지고 있다는 것만은 잊지 않으려 합니다.

모쪼록

치열하게 싸운 이를 위한 온기 가득한 세상이 오기를.

올해는 좀 적게 나오려나.

난방비

들개이빨의 춤 ★ 세 번째

가만 보면
말이죠...

동족 동지 동갑
동기동창 동료
동포 동맹 동년배 동호회
동반자 동거 동인지
......

대한민국
사람들,

同

같을 동 자
되게 좋아하지
않습니까?

우리가
남이가!!!

性

성에 환장하는 건
뭐 말할 것도 없고

사랑에도
죽고 못 살죠.

이것 참
누구 재주인지
모르지만

한국인이
좋아하는
것들만
용케 쏙쏙
골라 담았네요!?

그리 머지않은 때

오!

대한민국이
눈치채지
않을까요?

절실함이
그를 추동한다
염정아

대형마트 비정규직 노동자들의 투쟁을 다룬 영화 〈카트〉
(2014)의 한 장면, 직원 휴게공간에 새겨진 문구가 보는 이들
의 숨을 일순 막히게 만든다. "우리는 항상 '을'입니다." 미치
거나 폭발하지 않기 위해 저 문구를 얼마나 되뇌었던 걸까.
그 문구 앞에 덩그러니 서 있는 선희(염정아)의 표정은 무채색
에 가깝다. 선희는 지난 5년을 벌점 1점 쌓는 일 없이 착실하
게 을로 살아온 끝에, 회사 쪽으로부터 정규직으로 채용해주
겠노라 구두약속을 받는 데 성공했다. 진상손님이 "무릎 꿇고
사과하라"면 무릎 꿇고 사과해야 하고, 회사가 연장근로를 요
구하면 계산대 업무든 '까대기'(화물차로 배달 온 물류를 하차해 분
류하는 작업)든 가리지 않고 해야 하는 폭압적인 근무환경. 이

악물고 버텨온 결과, 선희에게 돌아온 것은 회사의 일방적인 해고 통보였다. 아이들 앞에선 차마 티 낼 수 없었던 설움은 혼자 주방에 남겨진 뒤에야 간신히 터져 나온다. 들썩이는 선희의 어깨를, 카메라는 제법 오래 응시한다.

주눅 든 염정아, 어눌한 말투의 염정아는 의외였던 걸까. 적잖은 이들은 〈카트〉에서 그가 보여준 연기를 설명하기 위해 '연기 변신'이나 '건재함을 재확인' 같은 표현을 동원한다. 이해가 안 가는 건 아니다. 대중에게 널리 각인된 염정아의 이미지란 화려하고 예민하며, 깐깐하고 도도한 '서울깍쟁이'에 가까우니까. 유난히 좋은 발음과 카랑카랑한 하이톤의 발성이 특징인 배우가, 불평불만을 꾹꾹 눌러가며 평생을 바보처럼 우직하게 살아온 선희를 연기하는 건 의외의 선택처럼 보일 수도 있을 것이다. 하지만 정작 대본을 받아 든 염정아는 대번에 "사람들이 몰라서 그렇지, 나 이런 역할 잘할 수 있다"는 생각을 했단다. 자세히 뜯어보면, 선희 역시 그동안 염정아가 분해왔던 인물들과 그리 크게 다르지 않은 인물이다.

지도부가 되어 투쟁을 이끌어가긴 했지만, 선희는 견결한 투사나 투철한 노조주의자가 아니다. 이론적인 토대나 강철 같은 신념은 동료 혜미(문정희)의 것이었고, 정신적인 구심점은 맏언니인 순례(김영애)였다. "회사가 있어야 나도 있다"는 구호를 착실히 외쳐오던 선희는 해고 통보를 받고 난 다음에야 얼결에 노동조합에 가입했고, 그 자리에서 손목이 붙잡혀 등 떠밀리듯 노조의 지도부가 되었다. 협상을 요구하면 응할 줄 알았던 회사는 외면으로 답했고, 하루만 하면 되겠지 싶었던 점거농성은 끝도 없이 이어졌다. 그렇게 엉거주춤 얼결에 시작한 투쟁이었지만, 마지막까지 포기하지 않는 것 또한 선희다. 노조를 와해시키려는 회사 쪽의 농간에 질린 동지들이 다들 포기한 순간, 그는 동지들을 간곡히 설득한다. 이대로 끝내기엔 너무 억울하지 않냐고, 다시 싸우자고.

돌이켜보면 늘 그랬다. 신념이나 주의에 경도되어 움직이는 건 염정아의 방식이 아니었다. 〈간첩〉(2012)의 남파 15년 차 고정간첩 강 대리는 일찌감치 조국 통일에 대한 신념이나 주체사상을 폐기 처분했다. 한때 연인이자 동지였던 우 대리(정겨운)가 왜 자신을 버리고 떠났느냐고 묻자, 술잔을 기울이던 강 대리는 냉정하게 쏘아붙인다. "그래서 뭐 어쩌자고. 너랑 나랑 잘됐을 거라고 생각해? 퍽도 좋았겠다. 애 엄마 아빠가 다 간첩이라서. 너랑 나랑은 미래가 없어. 아직도 모르겠냐?" 염정아가 연기하는 강 대리에게 신념이나 동지애 같은 가치들과 자신과 아이의 미래를 맞바꿀 생각 따윈 추호도 없다. 그에게 중요한 건 자식에게 미래가 보장된 삶을 선물하는 것이고, 그 삶만을 위해 앞으로 달려간다. '사회주의 조국'과는 거리가 멀어도 한참 먼 부동산 중개업을 하면서. 법정 중개 수수료를 에누리 없이 따박따박 받아가면서.

이념을 냉소하기로는 〈오래된 정원〉(2007)의 윤희도 마찬가지다. 황석영의 동명 소설 속에서도 적잖이 시니컬한 인물이었던 윤희는, 임상수 감독의 각색을 거치며 그 냉소의 정도가 더 심해졌다. 수배된 연인 현우(지진희)가 자신이 잠수를 풀고 수면 위로 올라가야 하는 때가 된 것 같다고 말했을 때, 윤희는 눈물로 현우를 붙잡는 대신 차갑게 쏘아붙인다. "때 좋아하시네." 평생 사회주의자들과 노조주의자들 근처를 어슬렁거렸음에도 자신은 단 한 순간도 어떤 '주의자'로 살지 않았던 윤희는, 그 모든 '주의자'들이 변절해 출세하거나 초라하게 패배해가는 동안 오롯이 사람에 대한 예의를 지킨다. 공장 옥상에서 투신한 미경(김유리)이 죽은 자리를 찾아가 애도한 것도, 무기수로 언제 나올지 모르는 현우를 오래오래 기다린 것도 끝내 윤희였다. 시대 따위 아랑곳없이 마음껏 사랑하고 살고 싶었던 윤희는, 현우와 보냈던 짧지만 완벽했던 한 시절을 배신할 수 없었고, 그렇게 살아가기 위해 오래오래 현우를 기다린다. 그 숭고함을 가능케 했던 것은 어떤 '주의'가 아니라, 어떠한 삶의 방식에 대한 갈망이었을 것이다.

말하자면 염정아가 연기하는 인물들은 늘 신념이나 주의가 아니라 삶에 대한 간절함 그 자체를 원동력으로 움직였다. 화면 위의 염정아는 때론 화려하고 도도하며 섬세한 인물이었지만, 한 꺼풀 표피를 벗기고 들어가면 늘 절박하게 발버둥 치는 인물이었다. 과거의 악몽에서 벗어나 살고 싶었던 〈장화, 홍련〉(2003)의 계모가 그랬고, 날고 기는 사기꾼과 도둑놈들이 모인 판에서 크게 한탕 하고 싶었던 〈범죄의 재구성〉(2004)의 '구로동 샤론 스톤' 서인경이 그랬다. 감당할 수 없을 만큼 가혹한 운명을 숨긴 채 재벌가에서 살아남기 위해 음모를 꾸미는 MBC 드라마 〈로열패밀리〉(2011)의 김인숙 또한 예외는 아니었으며, 하다못해 코미디 영화인 〈여선생 VS 여제자〉(2004)에서조차 그는 마음에 드는 남자를 쟁취하기 위해 초등학생 제자와 신경전을 벌였다.

　　어쩌면 이런 간절함은 본인의 삶과도 닮아 있는 건지 모른다. 염정아는 과거 MBC 〈황금어장〉 '무릎팍도사'에 출연했을 때, '최종 꿈이 무엇이냐'는 강호동의 질문에 이렇게 답했다. "저는 원래 계획을 거창하게 세우는 스타일은 아니고. 저희 가족들하고 잘 사는 거죠. 그게 제일 큰 목표예요. 우리 애들한테 가장 좋은 부모가 되어주고, 저희 남편이랑 저랑 잘 사는 모습을 보여줘야 아이들도 분명히 그 영향을 받아서 잘

살 테니까요." 거창한 이념이나 계획은 없다. 목표는 사는 것, 살되 '잘' 사는 것. 작품 안에서든 작품 밖에서든, 그 삶에 대한 절실함이야말로 염정아를 추동해온 힘이다. 중학교 시절 연기자의 꿈을 품은 후 그는 단 한 번도 그 길에서 이탈하거나 한눈을 팔아본 적이 없이 앞으로만 돌진했다. 예정된 수순처럼 고등학교를 예체능계로 진학했고, 중앙대 연극영화과를 선택해서 갔다. 아무도 추천하는 이가 없었음에도 스스로 예쁘다고 생각했기에 미스코리아에 나갔고, 끝내 배우가 되었다. 그러고도 〈장화, 홍련〉으로 주목받기까지는 근 10년이 필요했지만, 그는 스스로를 의심하지 않고 자기 자리를 지켰다.

다시 〈카트〉로 돌아오자. 투쟁을 좌절시키려는 회사 쪽의 농간 앞에서, 아들의 아르바이트비를 떼어먹으려는 편의점 사장 앞에서, 자신들의 절박한 싸움을 두 눈으로 보고도 외면하는 사람들의 콘크리트 같은 무관심 앞에서 선희는 절박하게 소리 지른다. 대단한 신념이나 치밀한 정치적 목표가 있어서가 아니라, 그냥 이대로 잊히고 무시당하고 패배한 채 살아갈 수는 없어서, 사는 것처럼 살아야겠기에 그는 기어코 목소리를 낸다. 스스로 사회적 이슈에 큰 관심이 없었다던 염정아가 배역을 보자마자 잘할 수 있다고 확신했던 것은, 분명 인물이 지닌 삶에 대한 간절함을, 그 온도를 이해할 수 있었기 때문이었으리라.

　영화의 말미, 선희는 물대포를 맞으며 카트를 민다. 경찰과 용역깡패들이 인의 장벽으로 둘러싼 마트 안으로, 부당하게 빼앗긴 삶의 터전으로 다시 돌아가기 위해서. 시종일관 담담한 톤을 유지하던 영화는 그 장면에서만큼은 비장한 배경음악과 슬로모션을 공격적으로 활용하는데, 매우 의미심장하게도 카메라는 돌진하는 카트를 정면에서 잡는다. 마치 스크린을 뚫고 나오기라도 할 것처럼. 영화는 카트를 미는 선희의 표정을 통해, 관객에게 이들의 투쟁을 언제까지 무관심의 벽으로 막아서고 계실 거냐고 묻는다. 삶을 대하는 태도와 연기를 대하는 태도가 별개가 아닌, 실로 염정이였기에 가능한 엔딩이다.

진정한
보수주의자가
누릴 수 있는
당연한 보상
차승원

이쪽 글을 쓰는 사람들끼리 하는 얘기로 "얼굴에 분칠한 사람들 말을 다 믿어선 안 된다"는 말이 있다. 연예인들이 다 거짓말쟁이라는 이야기는 아니다. 아무래도 이미지 관리가 먹고사는 일과 직결된 이들이니, 마냥 진솔하게 모든 걸 털어놓길 기대해선 안 된다는 뜻이리라. 우리 같은 장삼이사들도 140자짜리 트윗 하나 쓸 때 적을 글, 안 적을 글 가리느라 솔직한 이야기는 반쯤 포기하는 마당에 하물며 연예인들이야. 그렇다고 이들이 하는 말을 모두 의심하기 시작하면 창작의 이면에서 어떤 일들이 일어나고 있는지 짐작할 수 있는 방법이 없어진다. 결국 전면에 비치는 연예인의 모습이 아니라 진짜 그의 모습을 보고 싶으면 꾸준히 행보를 지켜보는 수밖에 없다. 자신의 작품관에 대해, 인생관에 대해, 예술가로서의 자의식에 대해 정말 말한 대로 살아가는지 말이다.

tvN 〈삼시세끼〉로 세간의 애정을 한 몸에 받은 차승원은 어떨까? 사람들은 그가 능숙한 솜씨로 생선을 해체하고 채소를 다듬어 주부 9단들이나 만들어낼 법한 밥상을 차리는 모습에 매료됐다. 어떤 이들은 유해진을 향해 잔소리를 쏟아내면서도 그가 좋아하는 콩자반 반찬을 준비하는 차승원에게서 '엄마'의 향기를 느끼기도 했다. 출연할 무렵 이미 모델 데뷔 27년 차, 배우 데뷔 18년 차였던 남자 차승원을 알 만큼 안다 생각했던 이들은 그렇게 다시 한번 그에게 빠져들었다. 하긴, 자막으로 꾸준히 '밀항 느낌'이라거나 '일낼 기세'라고 놀려댈 만큼 시커멓게 차려입은, 키 188센티미터의 거구에 수염을 무성하게 기른 차승원이니까. 그런 사람이 입도하기가 무섭게 주방기구들을 자기 키에 맞춰 진열해둔다거나, 핑크색 감자칼을 보고 "누가 봐도 내 거. 남자는 역시 핑크"라고 말하는 광경이 확실히 낯설고 재미있긴 하지. 그렇다면 과연 차승원의 이런 모습은, 그간의 행보와는 다른 '변화'인 걸까?

2003년 《한겨레21》을 통해 그를 인터뷰한 배우 오지혜는 그를 '대충 마초'라 수식했다.(오지혜, "[차승원] '로버트 드 니로'를 꿈꾼다", 《한겨레21》, 제479호) 사춘기를 맞은 아들과는 말이 잘 안

통하며 전형적인 '마누라'의 모습을 하고 있는 아내가 좋다고 한 그의 가부장적인 말들 때문이었으리라. 이 대목에서 가장 먼저 눈길을 끄는 건 물론 '성 역할 고정관념의 전복'이라는 찬사를 들어가며 능숙한 살림 솜씨를 선보이는 차승원 또한 14년 전엔 아내의 '전형적인 마누라의 모습'을 좋아한다던 남자였다는 점이다. 〈삼시세끼〉에서 "20대 땐 음식 만드는 게 구차하다고 느껴졌는데 어느 순간 그게 근사하고 섹시해"졌다던 그의 말을 믿는다면, 저 인터뷰는 아마 '구차함'에서 '근사함과 섹시함'으로 이동하는 과정의 중간쯤에 이뤄진 거리라.

그보다 더 주목할 만한 대목은 그다음에 나온다. "아내와의 사이에 별 대화는 없어도 이미 커다란 신뢰의 강이 흐르고, 게임 중독에 빠진 아들을 이해할 수는 없지만 자유를 준다." '마초'라 불릴 만큼 보수적인 가정관을 가진 남자지만, 자신이 이해할 수 없다는 이유로 제재를 가하는 대신 가족 구성원을 신뢰하고 존중하는 태도. 스스로 호불호가 분명하다는 차승원은 '내 사람'이 아닌 이들에게 불필요한 친절을 베풀진 않지만, 일단 자신의 영역 안으로 들어온 '내 사람들'에겐 굳은 신뢰를 주고 책임감을 지닌다. 언뜻 가족이기주의나 전형적인 가부장제의 흔적처럼 보일 수도 있다. 그러나 책임지되

군림하거나 자신의 방식을 따르길 요구하기보단 존중하는 태도를 체득한 모습은 단언을 망설이게 만든다. 14년 전 오지혜는 그의 이런 합리성을 긍정하며 '철든 마초'라 묘사했지만, 나는 '마초'라기보단 차라리 잘 다듬어진 '보수주의자'라 부르고 싶다.

흔히 자본주의적 방종과 적자생존, 이윤추구의 자유를 추구하는 이들이 '보수'를 참칭하는 통에 '보수주의'라는 단어의 뜻이 많이 왜곡되긴 했지만, 전통적 의미의 '보수주의'는 자기 절제나 책임, 쉽게 타협하지 않는 신념, 자신이 속한 공동체의 보호와 안녕 추구 같은 덕목들을 중시했다. 앞서 인용한 오지혜와의 인터뷰에서 차승원은 흥행이 아니라 '말'이 되는 시나리오를 고집하는 자신의 심지가 시간이 갈수록 흐려지진 않을까 걱정했다. 자신이 지켜야 한다고 정해둔, 자신이 이해할 수 있는 세계를 지켜내기 위한 심지. 가치관을 훌쩍 뛰어넘는 모험을 하기보단 그것을 더 잘 지켜내면서 차근차근 발전해나가기 위해 최선을 다하는 사람. 그것은 아주 모범적이고 전통적인 의미의 보수주의자의 모습이다.

기본에 충실하고 윤리를 중요시하는 삶의 태도는 인터뷰 때마다 발견할 수 있다. 〈박수 칠 때 떠나라〉(2005)의 개봉을 앞둔 시점, 배우로서의 포부를 묻는 〈한겨레〉 전정윤 기자의 질문에 그는 "너무 당연하다는 듯 직설적으로 내리꽂"았다. "어떤 배우가 되느냐는 중요하지 않다. 어떤 사람이 되느냐가 중요하다. 도덕적으로나 어느 면으로나 잘 살아야 그게 연기의 살이 되고 자양분이 된다."(전정윤, "'박수칠 때 떠나라' 차승원 인터뷰", 〈한겨레〉, 2005년 8월 3일 자) 인간의 감정을 극한까지 탐험해야 하는 '광대'가 지니기엔 다소 따분한 소신처럼 들릴 수 있다. 더군다나 코미디 위주의 커리어에서 〈혈의 누〉(2005)를 기점으로 스릴러물로 방향을 튼 직후였으니, 그에 대해 어떤 주석을 달고 싶을 법도 했으리라. 그러나 차승원은 배우로서의 도덕률을 자연인으로서의 윤리와 분리하지 않는다. 그에게는 그것이 별개의 일이 아니기 때문이다.

서사 위주의 시나리오를 고집하던 연기 태도가 서서히 "재미있으면 되는 거 아닌가"(장영엽, "작정하고 멋을 부리다",《씨네21》, 제663호)로 바뀌는 동안에도 삶을 대하는 태도만큼은 바뀌지 않았다. 〈박수 칠 때 떠나라〉 이후 9년이 지난 2014년, 〈한겨레〉 사심(四心) 인터뷰. '아버지' 차승원의 이미지가 굳어져 배역에 제약이 있지 않겠냐는 남지은 기자의 말에 그는 "안 설레면 또 어떤가. 다른 걸로 보여주면 된다"고 답했다. 절제된 생활이 아티스트로서의 삶에 방해가 되지 않느냐는 김원철 기자의 질문에 대한 답은 더 단호하다. "나는 착한 사람은 아닌데 본능이라고 할까, 그런 것들은 지켜야 한다고 생각한다. 이 직업을 안 했으면 모르겠지만, 하고 있으니까 지킬 건 지켜야 한다. 그리고 난 지금의 내 삶이 좋다."(남지은, "차승원, 로맨스를 상상하게 하는 40대⋯ 실체는 '아줌마'", 〈한겨레〉, 2014년 11월 30일 자)

화려한 스포트라이트의 세계에서 20년 넘게 생활한 이가 지키는 소나무 같은 푸르름이라니. 이 모든 게 이미지메이킹이 아닐까 의심을 품어볼 법도 하다. 그러나 그는 세간의 시선이 닿지 않는 곳에서도 '어떤 인간으로 사느냐'에 매달렸고, 그 흔적은 삶의 궤적이 증명한다. 자신이 지켜야 할 세계의 일원이라 여기는 순간 차승원은 굳이 친절을 가장할 필요가 없는 대상인 빌라 경비원까지 살뜰히 지켜내고(허재현, "우리 아버지가 사실 차승원 집 '경비 아저씨'였습니다", 〈한겨레〉, 2014년 10월 7일 자), 그런 자신을 과시하는 대신 그저 당연한 책임으로 받아들인다. 또한 가족이 불미스러운 사건에 연루되었을 때 연좌제라 해도 좋을 온갖 인신공격성 기사들을 견디면서 대신 사과했으며, "정치사회적인 발언을 피한다"면서도 세월호 참사의 충격으로 온 나라가 상처를 입었을 때 "그런 상황에서조차도 나 몰라라 하면 안" 된다며 여러 연예인이 고사한 〈한겨레〉 6·4 지방선거 독려 캠페인에 나섰다. 공동체에 대한 책임을

지는 보수주의자의 윤리란 이런 것이다.

《ARENA Homme+》김종훈 에디터와의 2011년 인터뷰에서, 그는 아내에게 잘해주고 싶단 마음이 점점 간절해진다고 했다. "좋은 남편이 되는 게 궁극적인 목표다. 예전보다 그게 좀 더 간절해졌다. (중략) 아내는 나를 낳아준 부모님보다 오래 함께하는 사람인데, 내가 뭘 해주겠나. 금전적인 건 정말 빙산의 일각이다. 아내가 행복한 삶을 살게 뭘 해줄 수 있을까?"(김종훈, "차승원+style", 《ARENA Homme+》, 2011년 12월 호) 그가 뭘 해주었는지 우리는 〈삼시세끼〉를 통해 짐작할 수 있다. 차승원이 진짜 인상적인 순간은 화려한 요리 솜씨를 뽐내는 모습이 아니라, 요리 도중에도 짬이 나면 자리 정리를 하며 뒤처리 일감을 줄이는 대목이다. 평소 집안일을 꾸준히 한 사람이 아니라면 나올 수 없는 솜씨다. 그의 살림 솜씨 또한 '의외의 여성성'이나 '마초의 변신'이라기보단 '더 좋은 사람이 되어 자신의 울타리 안에 있는 이들에게 잘해주고 싶다'는 태도의 연장인 셈이다. 그러니 차승원에게 쏟아진 세상의 환호는, 자신이 믿는 가치를 우직하게 가꿔온 견결한 보수주의자가 누릴 수 있는 당연한 보상이다.

서툴고 아픈
'나'를 닮은 배우
이보영

2013년의 일이다. 오랜만에 만난 후배들과 밥을 먹던 중 누군가 물었다. "요즘 즐겨 보는 드라마 있어요?" 식사에 여념이 없던 나는 별생각 없이 답했다. "수목에는 〈너의 목소리가 들려〉가 재미있더라고." TV 보는 걸 업으로 삼는 선배에게 예의상 던진 질문이었겠으나, 탐스러운 떡밥이 던져지자 후배들은 너도나도 대화에 끼어들기 시작했다. 한 무리의 여자 후배들은 이종석과 윤상현에 대한 예찬을, 어떤 후배는 정웅인의 악역 연기가 얼마나 소름 끼치는지에 대한 감탄을, 또 누군가는 미국 드라마 〈앨리 맥빌〉이나 일본 게임 〈역전재판〉에서 영향을 받은 것 같다며 자기 상식 자랑을 하기 시작했다. 원, 말을 시켜놓고선 자기들끼리 신났구먼.

가만히 앉아 듣다 보니, 주연배우 네 사람 중 유독 이보영만큼은 별로 언급되지 않는다는 것을 깨달았다. "다들 이보영에 대해선 관심 없어?" 한 후배가 답했다. "그런 건 아닌데, 보고 있으면 좀 괴롭지 않아요?" "그게 무슨 소리야?" "캐릭터가 좀 많이 미숙하잖아요. 명색이 변호사인데 변호는 잘 못하지, 자기가 잘못한 거 있으면 괜히 남들한테 화내지, 실수 연발에 변호사로서의 책무감도 제로고. 어쩐지 처음에 회사 들어갔을 때가 떠올라 제 얼굴이 다 화끈거리더라고요." 후배의 말에 내심 무릎을 쳤다. 아, 내가 장혜성, 곧 이보영을 볼 때 불편했던 게 거기에 있었구나.

SBS 수목드라마 〈너의 목소리가 들려〉의 주인공 장혜성은 보통의 변호사 캐릭터와는 조금 달랐다. "월 300~400(만 원)은 보장되니까" 국선변호사가 되었다고 말하는 장혜성은 정의감이나 사명감이 아니라 생존을 위해 법정에 선다. 그런 주제에 일을 열심히 하는 것도 아니어서, 모든 변론이 20초 안에 뻔하고 성의 없게 끝난다고 '20초'라는 별명을 달고 다니는가 하면, 의뢰인의 말을 믿는 대신 "그냥 곱게 혐의 인정하고 선처 부탁해서 적당히 형량 줄이자"고 윽박지르기도 한다. 콤플렉스 덩어리에 자존심만 세서 삐뚤어질 대로 삐뚤어진 괴짜 변호사, 드라마의 주인공치곤 참 밉상이다.

이 정도 밉상이면 정을 주기 어려워야 맞는데, 희한하게 그에게서 눈을 뗄 수 없었다. 남들 앞에서는 자존심을 세운답시고 목에 힘주고, 성격도 모나서 가는 곳마다 좌충우돌 부딪히기만 하다가도, 혼자 있는 순간이면 자신의 무능함에 절망하며 자신이 변호사를 할 수 있는 그릇인지 자문하는 그의 모습이 영 낯설지가 않아서다. 처음 일을 시작하면서, 멋도 모르고 글 쓰는 사람이랍시고 실력도 없는 주제에 자존심만 칼날같이 세우던 시절의 내 모습이 딱 저랬겠지. 세상에 다칠까봐 내가 먼저 발톱을 잔뜩 세운 채, 남들이 안 보는 곳에선 두려움에 벌벌 떨면서.

후배들이 이보영이나 그가 맡은 캐릭터를 좀체 언급하지 않은 것도 이상한 일은 아니다. 생각하면 불쑥 치밀어 오르는 민망함에 도리질을 치게 만드는, 모든 게 서툴고 미숙하던 자신의 잊고 싶던 지난날을 상기시키는 캐릭터니까 말이다. 그의 좌절에 공감하고, 그의 미숙함을 과거의 자기 모습에 투사해서 응원할 수는 있어도, 동경이나 환상의 대상은 될 수 없는 캐릭터 아닌가. 이종석과 윤상현이 얼마나 멋진지 '찬탄'하고, 정웅인의 악역이 얼마나 대단한지 '감탄'하는 것에 비하면, "나도 예전에 저런 삽질 했어"라는 '공감'의 고백은 좀 김빠지니까 말이다.

이보영이 연기했던 캐릭터를 보며 나를 보는 것 같다는 생각을 한 건 이때가 처음은 아니다. KBS 드라마 〈내 딸 서영이〉(2012)에서, 이보영은 지긋지긋한 가난을 물려준 아버지 삼재(천호진)에 대한 원망으로 가득한 주인공 이서영을 연기했다. 아버지에게 모진 소리를 내뱉고 남들 앞에서 아버지의 존재를 부정하는 이 상처투성이 인물을 보며, 나는 한때나마 부모님과 원만하게 지내지 못했던 나의 과거를 떠올렸다. 키 작은 중도 비만의 남자인 내가, 훤칠하고 아름다운 여자 배우 이보영의 연기를 보며 번번이 감정이입을 하고 공감을 하는 이 기묘한 상황이라니.

세상에는 동경과 선망의 대상이 되는 배우들이 있고, 공감과 동일시의 대상이 되는 배우들이 있다. 전자가 아무나 가질 수 없는 아름다움과 아우라로 사람들을 홀리고 유혹하는 동안, 후자는 평범한 이들이 가진 결함, 그들의 욕망, 그리고 삶의 무게와 고통을 모사한다. 흥미롭게도 이보영은 전자의 배우들이 지닌 외형적 조건을 갖춘 채 후자의 노선을 걷는다. 많은 이들이 이보영의 대표작으로 청순가련한 여주인공 현주를 연기한 영화 〈비열한 거리〉(2006)를 말하고, 본인도 자신은 주로 정적인 역을 맡아서 연기해왔다고 말하지만, 조금만 신경 써서 그의 필모그래피를 살펴보면 얘기가 달라진다.

이보영은 유독 뭔가 결핍된 인물을 연기할 때 더 강한 인상을 남기는 독특한 배우다. 적잖은 여자 배우들이 작품 속 아름다운 여주인공을 연기하며 주체가 아닌 객체로 자신의 경력을 채우는 동안, 이보영은 자신의 욕망을 따라 움직이는 당당한 주체를 연기하곤 했다. 그는 직접 〈서동요〉를 전파해 사랑을 쟁취하는 SBS 드라마 〈서동요〉(2005)의 선화 공주였고, 조선의 독립 따윈 관심 없고 자신은 한탕 크게 챙겨 어디론가 떠나고 싶어 하는 〈원스 어폰 어 타임〉(2008)의 도둑 춘자였다. 순진한 청년을 꼬드겨 그의 유산을 강탈해 신세를 고치고자 하는 tvN 드라마 〈위기일발 풍년빌라〉(2010)의 '룸살롱 텐프로' 서린이었다.

슬픈 연기를 할 때조차 이보영은 아름다운 꽃처럼 시련을 맞이하는 청초한 여주인공이 아니라 고난 앞에서 처절하게 망가지는 인물을 그려낸다. 온몸을 활용해 와르르 무너져 내리고, 온 얼굴을 일그러뜨리며 통곡하는 이보영의 연기를 보는 것은 단순한 시청이나 관람의 차원을 넘은 대리체험에 가깝다. 아버지의 존재를 숨기고 거짓에 기반한 결혼생활을 하며 괴로워하는 〈내 딸 서영이〉의 서영의 불안이나, 어머니의 유언 앞에서 둑이 터지듯 쏟아져 나오는 〈너의 목소리가 들려〉의 혜성의 통곡, 말기 암 환자인 아버지를 간병하고 빚에

쪼들리는 현실에 치인 나머지 과대망상증 환자의 판타지에 동참해 위안을 얻는 〈나는 행복합니다〉(2008)의 정신병동 간호사 수경의 파리한 얼굴은 보는 이들의 가슴을 먹먹하게 한다. 비슷한 종류의 고난을 경험했던 이들에게, 이보영은 감정이입과 공감의 대상이 된다.

흔히 "한국엔 여자 배우들이 맡아서 연기할 만한 좋은 배역이 드물다"고들 한다. 한 해에도 수많은 이들이 큰 꿈을 품고 데뷔하지만, 화면 속 정물처럼 존재하는 여주인공이나 감초 조역이 아니라 주체적인 역할로 살아남는 데 성공하는 이들은 흔치 않으니 말이다. 2003년 데뷔 이래 10년 동안 이보영은 〈내 딸 서영이〉 정도를 제외하면 메가 히트작이나 엄청난 스타덤 없이 꾸준하고 착실하게 그 시간을 채웠다. 유달리 여자 배우들에게 배역이 인색한 한국 엔터테인먼트계에서 그가 이렇게 오랜 시간 활동할 수 있었던 것은 '지적이고 단아한 이미지'라는 외형적인 조건에 갇히지 않고 다양한 스펙트럼의 인물들을 맡아 연기해왔기 때문일 것이다. 단순히 시청자들의 동경의 대상이 되는 것에 그치는 것이 아니라 공감의 대상, 동일시의 대상이 되는 배우는 오래 살아남을 수밖에 없다.

이젠 확고하게 그의 대표작이 된 드라마 〈내 딸 서영이〉가 끝난 뒤, 이보영은 한 인터뷰에서 "서영이를 연기하다 보니 만들어진 캐릭터보다는 만들어가는 캐릭터가 재미있다는 사실을 알았"(하경헌, "이보영 "드라마 본 부모도 대만족… 오랜만에 효도한 셈이죠"", 〈경향신문〉, 2013년 3월 4일 자)다고 말한 바 있다. 화면 너머 평범한 시청자들의 희로애락과 조우해온 이 비범한 배우라면, 스스로 만들어나갈 캐릭터들을 기대해도 좋을 것이다. 닿을 수 없는 먼 곳에서 빛나는 스타가 아니라, 작품을 보는 우리네 못나고 뒤틀리고 아프지만 미워할 수 없는 감정들을 함께 나누는 좋은 배우로 오래 남을 테니 말이다. 지금껏 그래왔던 것처럼.

산전수전이 빚어낸
너른 품
이영자

이경규가 그랬던가, "젊은 사람들은 아무거나 보고 까르륵
잘 웃지만, 우리는 이제 누군가 프로페셔널하게 웃겨주지 않
으면 좀처럼 웃지 못한다"고. 이경규만큼 연륜과 나이를 먹은
건 아니지만, TV를 보고 글을 쓰는 걸 업 삼아 한 세월을 보
낸 나도 그렇다. 웃으면서도 머릿속으론 저 개그의 기저에 깔
린 코드는 무엇인지, 이 사람은 어떤 전략과 매력으로 사람을
웃기는지 계산하고 있는 것이다. 그러고 있노라면 불현듯 '남
들처럼 아무 계산 없이 속 편하게 웃어본 게 그 언제였던가'
싶은 것이다.

그런 와중에도 가끔 아주 드물게, 분석을 잠시 잊고 넋 놓
고 웃게 되는 순간들이 있다. tvN의 〈SNL 코리아〉 4시즌 세

번째 에피소드, 이영자 편이 그랬다. 오랜 동료 신동엽과 함께한 19금 개그의 끝 '그 겨울, 바람이 분단다'나 '먹방(먹는 방송) 전문가 칼로 리(Lee)'로 등장한 '위크엔드 업데이트' 코너도 좋았지만, 내가 배를 잡고 뒹굴었던 코너는 따로 있었다. 앞의 두 코너에 비해 상대적으로 화제가 덜 된 콩트, '오늘은 내가 짜파구리 요리사'가 그것이다.

　짜장라면 '짜파구리' 광고 촬영장, 내용은 대략 이렇다. 광고 모델 박재범이 '짜파구리'를 끓이며 "세상에서 제일 좋아!"라고 외치면 아버지와 어머니가 차례로 묻는다. "아빠보다 더?" "엄마보다 더?" 박재범이 웃으며 "당연하죠!"라고 외치면 촬영은 무사히 끝난다. 그런데 어머니 역을 맡은 단역 연기자 이영자가 문제다. '엄마보다 짜파구리가 더 좋다'고 말하는 내용을 도저히 이해할 수 없는 것이다. "야, 내가 너를 어떻게 키웠는데 고작 이 짜파구리가 엄마보다 더 좋아?" 이영자는 흥분해서 계속 NG를 내고, 광고장 분위기는 점점 험악해진다. '이번엔 정말 마지막 촬영'이라던 마지막 촬영, 이영자는 마치 꾹 눌러 담은 울분을 살풀이라도 하는 듯 세트에 놓인 소품들을 사방팔방으로 던진다. 세트 벽에 부딪힌 접시들이 산산조각이 나고, 국수 면발들이 허공에 흩날린다. 삽시간에 생지옥으로 돌변한 촬영장 한가운데에서, 흡사 파괴의 신과 같은 기세로 이영자가 박재범에게 묻는다. "엄마보다 더?" 생명의 위협을 느낀 박재범이 "엄마 다음으로 제일 좋은 짜라짜라짜짜짜 짜파구리!"라고 외치며, 콩트는 끝난다.

이렇게 콩트를 잘하는 사람이 어떻게 그 긴 세월을 이런 걸 안 하고 참았던 걸까. 마치 꽃잎을 날리듯 가볍게 접시를 부수는 그의 몸짓, 참았던 울분을 터뜨리는 순간 지어 보이는 표정, 그 모든 난장판 가운데에서도 중심을 잃지 않고 마지막 순간까지 콩트를 지탱해 보이는 그 힘이라니! 앞에서 언급한 19금 개그나, 먹성 좋게 음식을 먹는 '먹방' 개그는 다른 사람들도 하려면 할 수는 있다. 하지만 정갈한 광고 촬영장을 혼자 힘으로 생지옥으로 돌변시키는 완력, 그 아수라장 안에서도 자기 호흡을 잃지 않고 중심을 지탱해내는 카리스마는 분명 이영자만의 것이다.

이영자가 처음 대중의 사랑을 받았던 이유도 사실 그것이었다. 20대 초반부터 생계를 위해 유흥업소 밤무대에 오르며 체득한 카리스마와 무대 장악력, 무대 위에 털썩 쓰러지는 것만으로도 땅이 울리는 듯한 위압감을 주던 체구, 귀여움과 질펀함, 무서움을 말투 하나로 넘나들던 연기력까지. 공채 시험엔 수차례 낙방했던 그가, 전유성에게 발탁되어 특채로 TV에 출연하자마자 3주 만에 스타덤에 오를 수 있었던 건 그가 그 이전에도 없었고 이후에도 없던 여성 코미디언이기 때문이다(그와 가장 스타일이 닮은 예능인으로 다른 여성 예능인이 아니라 강호동이 거론되는 걸 생각해보자).

참 얄궂게도, 이영자를 성공 가도에 올렸던 카리스마와 완력, 체구, 위압감은 그를 힘들게 하는 걸림돌이 되었다. 덩치가 큰 코미디언이란 점은 이영자의 매력이었지만, 그 점을 콤플렉스로 여겼던 이영자는 비밀리에 지방흡입을 했다가 거짓을 말한 대가로 지상파 방송을 떠나야 했다. 사람들을 쥐락펴락하는 위압감과 카리스마는 그에게 부와 명예를 주었지만, 한번 나락으로 떨어진 뒤엔 '나대기 좋아하는' 비호감 이미지로 받아들여졌다. '나대기 좋아하는', '비호감의', '거짓말을 한', '뚱뚱한' 여성 코미디언에게 대중은 관대하지 않았다.

엎친 데 덮친 격으로, 지상파 방송 복귀를 시도할 때마다 그의 주변에서 연이어 터지는 고난은 그를 점점 더 깊은 고립으로 몰아갔다. 이영자는 불과 5년 사이에 친구를 잃고, 친구의 남편을 잃고, 친구의 남동생을 잃고, 친구의 전남편을 잃었다. 상처는 아물어간다 싶으면 다시 벌어지길 반복했다. 그 과정을 겪는 동안 몇 차례 지상파 프로그램들을 시도하긴 했지만, 결과는 언제나 신통치 않았다. 이영자는 그렇게 1990년대에서 2000년대로 넘어오는 데 실패한, 수많은 예능인 중

하나가 되는 것 같았다.

삶이란 얼마나 변덕스러운지, 이영자의 극적인 부활은 외려 그 고립과 고난을 통해 시작되었다. 반복된 복귀 실패와 개인적 층위의 고통을 겪으면서, 이영자는 몇 년을 tvN 〈현장토크쇼 택시〉(이하 〈택시〉) 한 프로그램에만 집중했다. 심적으로 다른 프로그램을 더 맡을 여력이 안 되었던 탓이다. 그 프로그램은, 다들 아는 것처럼 예능인 이영자의 인생을 바꿨다. 호스트 두 명이 운전석과 조수석에 앉아, 달리는 차 안에서 뒷자리에 앉은 게스트와 대화하는 형식의 〈택시〉는 이영자에겐 분명 새로운 도전이었다. 시청률이 높지 않은 케이블이란 환경, 본격적인 '몸 개그'를 보여주기엔 한없이 좁기만 한 촬영 현장, 도로 위를 달리는 동안엔 좋으나 싫으나 다른 쪽으로 시선을 돌릴 수도 없이 게스트에게만 집중해야 하는 여건, 자신의 이야기로 상대를 녹다운시키는 게 아니라 남의 이야기를 잘 들어줘야 하는 장르적 특징까지. 처음 이영자가 〈택시〉에 캐스팅되었을 때, 그가 오래 버티리라 생각한 사람은 많지 않았다. 중간에 잠시 MC가 바뀐 적도 있었지만, 이영자는 세간의 우려를 비웃듯 2007년부터 지금까지 이 프로그램을 지탱하고 있다.

그렇다. 지탱이란 표현이 맞을 것이다. 화려한 조명이나 세트 장치도 없고, 도망갈 곳도 없이 좁은 자동차 안. 이런 환경에서 게스트로부터 이야기를 끌어내고 흐름을 이어나가는 것은, 어지간한 기운으로 쇼의 중심을 잡지 않으면 불가능한 일이다. 본인의 최대 장기인 몸 개그를 지우고, 본인에게 유리한 환경인 관중석이 있는 무대를 치웠다. 그런 제약을 안고, 이영자는 자신의 기운을 외부로 발산하는 대신 그 기운으로 상대의 이야기를 차분하게 품어내는 법을 배우기 시작했다. 이영자의 튼튼한 리액션과 추임새, 적절하게 이야기에 개입해 흐름을 조율하는 능력은 〈택시〉를 통해 더욱 정교하게 다듬어졌다. 고난의 시간들은 역으로 게스트를 더 깊게 이해하는 데 도움이 되었다. Mnet 〈슈퍼스타K 2〉의 우승자 허각에게, 그가 환풍기 수리공으로 일하던 시절의 고생담을 묻는 토크쇼 호스트는 많았다. 산전수전을 모두 겪은 이영자만큼 그 질문을 진실하게 던진 사람은 없었다. "각이는 돌아보니까 어때? 좀 잘 살아낸 것 같아?" 이영자는 어떤 이의 인생은 살아지는 대로 흘러가는 게 아니라, 하루하루를 전투하듯 '살아내'는 것이란 사실을 안다.

그래서 이영자의 지상파 복귀 성공작이 리얼 버라이어티 예능 KBS 〈청춘불패 2〉가 아니라, 일반인들의 고민을 듣고 공감해줘야 하는 토크쇼 KBS 〈안녕하세요〉인 건 너무도 당연한 귀결이다. 그는 여전히 불행과 고통의 그림자에서 자유롭지 못하고, 여전히 기 세고 힘 좋고 덩치 큰 여자라는 이미지를 극복하지 못했다. 오히려 그렇기에, 누구의 힘든 과거도 공감하며 들을 수 있고, 아무리 괴상한 사연이라도 품어서 지탱해낼 수 있다. 저이라면 내가 겪는 고충과 아픔을 곡해 없이 온전히 이해해줄 것이라는 믿음이야말로, 그 많은 논란에도 〈안녕하세요〉를 월요일 밤 지상파 토크쇼 전쟁 최후의 승자로 살아남게 만든 힘이었다.

좌절과 고난, 콤플렉스가 사람을 성장시킨다는 말은 이제 너무 흔한 말이 되었다. 모든 이가 그런 것들을 극복하고 살아남는 데 성공하는 것도 아니고, 극복한다 해서 당연한 성장이 담보되는 것도 아니다. 하지만 어떤 사람들은, 이영자는, 그렇게 성장한다. 좌절과 고난, 콤플렉스의 시간을 잘 '살아내'는 것을 통해서.

비로소 빛을 발한
'별난 여자'의 품격
박미선

"따님께도 그렇게 말씀하시고, 그렇게 무책임한 남자를 만나도 OK 하실 거예요?"

2021년 출시 예정인 남성용 경구피임약에 대한 대화를 나누던 도중 "나는 안 먹을 것"이라고 말하는 정영진을 향해 서유리가 질문을 던진다. "안 만나는 게 최고 좋지만, 만약에 만난다면 만일에 대비해서 본인의 몸은 본인이 지켜야죠." 중간에서 가만히 듣고 있던 메인 진행자가 조용히 말을 얹는다. "그런데 확률적으로, 다 그런 건 아니지만, 딸은 아버지 같은 남자를 만납니다." 정영진의 말문이 갑자기 턱 막힌다. 서유리나 은하선과 격론을 벌일 때도 얼굴에 미동 하나 없던 그가 순간 표정이 굳어지더니 말을 어물거리기 시작한 것이다. "네

딸도 너 같은 남자 만나면 넌 어쩔래?"라는 질문을 이토록 평온한 투로 던질 수 있는 진행자. EBS가 선보인 젠더 토크쇼 〈까칠남녀〉 2화를 보던 이들이 손꼽아 베스트로 뽑은 이 장면을 만든 진행자는 바로 박미선이다.

한국 사회에서 좀처럼 깨지지 않을 것만 같던 젠더에 대한 편견과 통념을 한번 제대로 이야기해보자는 프로그램의 특성상 〈까칠남녀〉는 프로그램 안팎으로 매회 뜨거울 수밖에 없다. 방송인 서유리나 《이기적 섹스》의 저자 은하선, 단국대 서민 교수와 같은 여성주의자 패널들이 주도하는 대화는 늘 망설임이 없고, 기존 한국 사회 남성들의 시선을 대변하는 패널 정영진과 봉만대 감독 또한 물러섬 없이 부딪친다. 덕분에 〈까칠남녀〉는 고작 2회 만에 찬반양론이 격돌하는 화제의 프로그램 반열에 올랐다. EBS 프로그램이 이처럼 화제의 중심에 놓인 게 〈생방송 톡! 톡! 보니하니〉 이후 얼마 만인지. 매주 월요일 깊은 밤 〈까칠남녀〉가 방영된 직후 SNS에 접속해보면, 프로그램이 지나치게 여성 편향적이라며 화를 내는 이들부터, 정영진과 봉만대가 보기 불편하다며 말 통하는 사람들만 출연시키라고 외치는 이들까지 극과 극의 반응을 만날 수 있다.

이 뜨거운 대립 속에서 중심을 잡고 전체 분위기를 부드럽게 아우르며 교통정리를 하는 것은 박미선의 몫이다. 제작발표회에서는 "이 프로그램을 하면서 제 목소리를 내기보다는 패널분들과 전문가분들의 얘기를 들으며 공부를 하겠다는 생각"이라며 한 발 뒤로 물러서 겸손한 모습을 보였던 박미선은, 촬영 현장에서는 기존의 사회통념이 여성에게 강요해왔던 굴레에 대해 명확하게 짚어 이야기하며 패널들의 토론을 독려한다. 논쟁이 지나치게 과열됐다 싶은 순간 슬그머니 치고 들어와 상황을 정리하고 토론을 다시 본궤도 위로 올리는 솜씨도 흠잡을 곳이 없다. 박미선은 자기 목소리가 강한 패널들의 격론을 잠재우며 '모두를 위해 어떤 피임법이 가장 안전하고 효율적인가를 이야기하자는 것이고, 이야기해보니 콘돔이 가장 적합하다는 이야기를 하고 있는 것'이라고 논의의 맥을 짚어 요약해낸다.

과거 한 인터뷰에서 자신이 "사실은 내가 못 웃겨서" "하는 프로그램마다 교통정리를 한다"(조은별, "개그우먼 박미선 "많이 웃기진 못해도 교통정리는 잘해요"", 〈노컷뉴스〉, 2008년 7월 4일 자)고 농담처럼 말한 바 있지만, 한국에서 박미선만큼 복잡한 논의의 맥락을 능숙하고 품위 있게 정리할 수 있는 진행자는 많지 않다. 그는 이미 MBC 〈명랑 히어로〉에서 시사와 정치에 대해 이야기하는 남성 패널들 사이에서 무게중심을 지키는 역할을 한 바 있고, MBC 〈세바퀴〉에서는 입담으로 무장한 중년의 여성 패널들 사이에서 말의 길을 터주는, 웬만한 내공의 진행자들은 엄두도 못 낼 일을 해냈다. 같은 방송사의 가상 결혼 버라이어티 〈우리 결혼했어요〉에선 출연자들이 미처 다 몰두하지 못한 로맨스의 빈틈을 끊임없는 추임새로 이어 붙여낸다. 데뷔 이후 30년간 쉬지 않고 늘 우리 곁에 있었던 그 친숙함 때문에 종종 간과되곤 하지만, 박미선은 유재석이나 손석희 JTBC 보도 부문 사장 정도를 제하면 비견할 만한 다른 진행자를 떠올리는 게 불가능한 진행자다.

돌이켜보면 1988년 MBC 〈개그 콘테스트〉를 통해 데뷔할 때부터 이미 박미선은 동시대 다른 여성 코미디언들과는 다른 길을 걸었다. 다른 코미디언들이 분장이나 슬랩스틱, 유행어 등으로 사람들을 웃겼다면, 박미선은 말과 말이 충돌하며 생기는 리듬감과 온도의 차이를 활용해 사람들을 웃겼다. 1988년 MBC 〈일요일 밤의 대행진〉을 통해 선보인 출세작 '별난 여자'는 지금 봐도 촌스럽다는 느낌 없이 준수한데, 춤을 추는 박남정을 보고 "어머, 날렵해"라고 감탄해놓고는 바로 뒤이어 특유의 심드렁한 말투로 "제비 같아"라고 첨언하는 것으로 보는 이의 허를 찌르는 광경은 30년이 지난 지금 봐도 위력적이다. '별난 여자' 코너를 함께하던 1년 선배 정재

윤과 함께, 박미선은 여성 코미디언의 세대교체를 이끌었다. 송은이와 정선희를 위시로 해서 강유미와 안영미까지 이어지는 여성 스탠드업 코미디언 계보의 제일 위에, 박미선이 있었다.

1991년 SBS 개국과 함께 MBC에서 SBS로 이적해 간 박미선은 다음 해 허참과 함께 〈빙글빙글 퀴즈〉를 진행하며 본인이 꿈꾸던 진행자로서의 삶을 시작하게 됐다. 콩트 시절에도 말재주 하나로 관객들을 쥐락펴락했던 박미선은 진행자의 롤 또한 자연스럽게 소화해냈다. 방송국 간에 코미디언들이 이적하는 것이 배신행위처럼 여겨지던 시절이었지만, 이적을 이유로 기용을 꺼리기엔 박미선은 너무 유능했다. 그는 SBS로 이적한 지 오래지 않아 고향인 MBC에서도 다시 프로그램을 진행하게 되었다. 1990년대 중반부터 2000년대 초반까지, 박미선은 스튜디오 버라이어티(MBC 〈기인열전〉, 〈사랑의 스튜디오〉), 정통 코미디(KBS 〈시사터치 코미디 파일〉, 〈개그콘서트〉), 라디오(MBC 〈김흥국 박미선의 특급작전〉), 시트콤(SBS 〈순풍 산부인과〉)을 모두 소화할 수 있는 몇 안 되는 여성 예능인으로 군림했다.

한국 연예계가 여성 연예인에게 상대적으로 더 가혹하다는 건 큰 비밀도 아니지만, 중년의 여성 연예인에겐 그나마 있던 기회도 점점 줄어든다. 최정상급 연예인인 박미선에게도 그건 예외가 아니었다. 동년배 여성 예능인 동료들이 하나둘씩 방송 일선에서 자취를 감추기 시작하던 2000년대 후반, 박미선 또한 살아남기 위해 좁아지는 문틈 사이로 어떻게든 제 공간을 만들어내야만 했다. 그는 2004년 SBS 〈세상에 이런 일이〉를 통해 메인 진행자에서 패널로 자리를 옮기는 충격을 처음 겪었고, 2008년 KBS 〈해피투게더 3〉에 합류할 땐 고정 멤버로 들어가는 게 아니라 일단 한 달 기용해보고 결정하겠다는 제안을 받았다. 2015년 신봉선과 함께 〈해피투게더 3〉에서 방출에 가까운 석연치 않은 교체를 당했을 때, 박미선은 "쓸데없는 분란 없이 조용히 마무리됐으면 좋겠다"고 상황을 정리했다. 박미선은 어느덧 그 세대 여자 예능인 중 최후의 생존자가 되었다.

그렇기에 박미선이 〈까칠남녀〉의 메인 MC란 사실은 당연한 귀결처럼 보인다. 그는 허수경, 정은아, 이금희 등과 함께 보조 진행자에 머무르던 여성 진행자의 지위를 능력 하나만으로 메인으로 끌어올린 첫 세대의 일원이고, 나이 든 여성 연예인에게 야박한 한국 방송계에서 지금까지 살아남는 데 성공한 제 세대의 유일한 생존자다. 무엇보다, 그는 남성 연예인들에게 입에 발린 뻔한 칭찬 대신 솔직한 속내를 이야기하는 '별난 여자' 아니었던가. 여자에게만 유독 더 가혹한 '기울어진 운동장'을 바로잡는 논의를 시작하자는 쇼를 진행하기에 이만한 적임자가 또 있으랴. 다음 주에도 이 '별난 여자'는 민감한 이슈를 논하면서도 품위를 잃지 않고, 무거운 주제를 버겁게 여기지 않도록 분위기를 띄우며, 격론이 지나간 자리는 "우린 서로의 이야기를 더 주의 깊게 경청해야 한다"는 대원칙으로 쓰다듬을 것이다. 마치 그 만듦새가 완벽해 바느질 자국조차 찾아볼 수 없다는 천계의 옷, 천의무봉의 경지로.

볼 때마다 낯선,
어디에든 녹아드는
이민지

이민지는 여러모로 낯선 배우다. 그를 어떤 작품에서도 만나본 적 없는 이들에게만 국한된 말은 아니다. 어떤 식으로든 그를 만나본 이들에게도 이민지는 여전히 낯설다. 〈짐승의 끝〉(2010)에서 생명의 위협을 느끼며 하염없이 걸어가는 임산부 순영이나 〈세이프〉(2013)의 불법 환전소에서 상품권을 한두 장씩 삥땅 치는 계산원 민지로 그를 기억하는 이들에게, 순한 눈빛으로 오컬트에 대한 관심을 피력하던 JTBC 드라마 〈선암여고 탐정단〉(2014)의 하재나 안재홍과 함께 궁극의 로맨스를 연기한 tvN 드라마 〈응답하라 1988〉(2015) 속 미옥처럼 본격 상업 작품에 등장하는 캐릭터로 분한 이민지의 얼굴은 분명 익숙하지 않은 것이었으리라. 반면 〈선암여고 탐정단)이나 〈응답하라 1988〉 같은 유쾌한 작품들로만 이민지를 접했던 이들에게는 그가 말간 얼굴 위에 체념과 설움, 분노와 냉소, 피로 따위를 서늘하게 영사하는 가출 소녀 소현으로 등장하는 영화 〈꿈의 제인〉(2016)이 낯선 경험일 것이고.

볼 때마다 아직 이 배우를 다 알지 못한다는 기분이 들게 만드는 가장 큰 요인은 큰 기복 없이 다양한 인물을 천연덕스레 연기해내는 이민지의 연기력이다. 더 많은 대중에게 얼굴을 알리기 전부터 이미 독립영화계에 그 소문이 자자했던 이민지는, 색깔이 선명한 표정 연기나 독특한 발성으로 보는 이들의 뇌리에 각인되는 종류의 연기를 하는 대신 인물이 처한 상황을 있는 그대로 흡수해 자신의 말투와 몸짓으로 번역한다. 예컨대 〈선암여고 탐정단〉의 하재와 〈짐승의 끝〉의 순영의 말투 사이에, 웹 시트콤 〈게임회사 여직원들〉(2016) 속 마시멜과 〈응답하라 1988〉 속 미옥의 몸짓 사이에 아주 근본적인 차이가 있는 것은 아니다. 그러나 이민지는 인물을 단번에 식별하게 만드는 외적 요인에 힘을 쏟는 대신 인물이 겪고 있는 감정에 집중해 고등학생과 임산부, 2010년대와 1980년대라는 각기 다른 상황을 살아낸다. 세상에는 어디에 어떤 배역으로 가져다 놓아도 배역 앞에 자신의 이미지를 드리우는 배우가 있는가 하면, 매번 다른 역할을 맡겨도 배역 속으로 온전히 녹아들어 배우보다 배역이 먼저 눈에 들어오게 만드는 배우도 있다. 이민지는 단연 후자에 가깝다.

물론 여기에는 스스로 "특징이 없다"고 표현하는 특유의 외모도 한몫한다. 입체적인 골격이나 크고 진한 눈, 자기주장이 강한 콧날이나 턱선 같은 요소들로 보는 이들의 뇌리에 강하게 제 흔적을 남기는 또래 동료 배우들과 달리, 이민지는 신촌이나 동성로, 충장로나 서면 어느 골목쯤에서 쉽게 마주칠 법한 인상의 소유자다. 둥글고 말간 얼굴 위에 오밀조밀하게 들어찬 눈코입은 선이 이어지는가 싶으면 어느 순간 면으로 녹아든다. 홑겹의 눈꺼풀로 길게 그어진 반달 모양 눈과 토끼 앞니가 조심스레 부여하는 이목구비의 리듬감은 인상적이지만 잔잔한 편이다. 《매거진 M》과의 인터뷰에서 이민지는 농담처럼 "나 같은 얼굴이 국정원에 딱인데"(백종현, "'꿈의 제인' 이민지에게 반할 수밖에 없는 이유", 《매거진 M》, 제215호)라고 말했는데, 정보요원이나 배우나 모두 제 정체를 감춰 다른 인물을 위장하는 동시에 그 어느 자리에 던져놓아도 위화감 없이 녹아들 수 있어야 한다는 점을 생각하면 농담 속에 묻어둔 뼈가 제법 단단하다. 20대의 초입에 길을 헤매는 임산부를 연기하고, 20대의 끝자락에 가출 청소년을 연기하며 그 모두의 얼굴을 설득력 있게 담아내는 이민지의 말이라 더더욱 그렇다.

영화 〈꿈의 제인〉에서 이민지의 연기와 외모는 시너지 작용을 이루며 영화 전체의 정서를 결정하는데, 트랜스젠더 여성 제인 역할을 맡은 구교환이 영화의 색깔과 온도를 이끌고 간다면 이민지는 특유의 말간 얼굴을 스크린으로 활용하며 대사로 표현할 수 있는 것 이상의 스토리를 들려준다. 이민지가 맡은 배역인 가출 청소년 소현은 다 말하지 못한 사연들을 안고 난폭한 환경에 처한 채 살아가는 인물인데, 수중에 돈이 있다거나 의지할 만한 인물이 있는 것도 아닌 소현은 늘 남들의 눈치를 보느라 자기 목소리를 내지 못한다. 관객들은 조심스레 안으로 말린 소현의 어깨에서 그가 제 목소리를 냈다가 그를 못마땅히 여기는 이들에게 폭력을 당했으리라 유추해볼 수 있고, 다른 친구들 몰래 초콜릿 사탕을 양 볼에 가득 넣고 혼자 먹어치우는 장면에서 그가 늘 남들에게 제 것을 빼앗기며 살았을 것이라 짐작할 수 있다. 그러나 이 모든 건 유추와 짐작일 뿐이다. 조현훈 감독은 그런 시시콜콜한 전사를 길게 늘어놓으며 소현이 겪은 고통을 전시하는 것에는 관심이 없고, 소현은 남들에게 자신을 어떻게 표현하면 좋을지 그 방법을 몰라 괴로워하는 인물이다. 해서 이민지는 그 모든 가능성을 소소한 뉘앙스 안에 담아 전달해야 했다.

카메라가 자주 이민지의 얼굴을 화면에 꽉 차도록 클로즈업으로 담아내는 것은 바로 그 때문이다. 소현은 폭압적이고 가부장적인 가출팸('가출 청소년'과 '패밀리'의 합성어. 가출 청소년들이 자신들끼리 모여 만든 열악한 수준의 경제생활 공동체)의 리더 병욱(이석형)과 이야기할 때는 눈빛을 던졌다가 금세 거둬들이며 고개를 안으로 만다. 말투 또한 행여 상대에게 불손해 보일까 봐 안으로 수그러든다. 이런 종류의 인물과 정면으로 부딪혔다가는 어떤 위해를 입을 것인지 소현은 정확하게 알고 있고, 이민지는 그 사실을 굳이 입 밖으로 꺼내지 않아도 삼가는 태도 하나만으로 암시한다. 나경(박경혜)이 발로 어깨를 툭툭 차며 일어나라고 채근할 때, 깨어 있는 티를 내지 않기 위해 안간힘을 쓰는 소현의 표정은 피로와 체념으로 가득하다. 이런 장면들을, 소현이 자신이 의지하고 기댈 수 있다 믿은 가출팸 동료 대포(박강섭)에게 제 안전을 위탁하려 애원하는 대목과 비교해보면 디테일의 차이는 선명하게 다가온다. 아주 작은 차이지만, 소현은 조금은 더 명확하게 제 의견을 던지고 조금은 더 오래 눈빛을 준다. 여전히 상대가 자신에게서 애정을 거둘까 봐 두려워하지만, 동시에 이 사람에게는 상대적으로 더 편하게 다가가도 된다는 감정이 그 찰나의 뉘앙스 안에 숨어 있다.

이민지를 포함한 수많은 이들이 매혹적인 인물 제인으로 분한 구교환의 신들린 듯한 연기에 찬사를 보내는 동안, 구교환은 이민지의 연기를 두고 "내가 연기하는 인물이 어떤 사람인지를 더 깊게 이해할 수 있게 해주는 연기"라고 극찬했다. 그건 이처럼 극도로 절제된 대사와 행동들을 가지고도 정확하게 감정을 담아내는 이민지의 디테일한 연기에 대한 언급이었을 것이다. 터덜거리지만 어딘가 즐거운 듯 제인의 뒤를 따라 이태원 골목길을 내려가는 소현의 걸음걸이 하나로, 이민지는 제인을 신뢰하고 의지하고 싶어 하는 소현의 마음을 간결하게 표현해낸다. 모든 것을 잃고 휘청이는 걸음걸이로 억새풀을 헤치며 냇가를 걷는 후반부의 장면이나, 영화 앞뒤로 반복되는 결연한 표정의 달리기 장면처럼 그 어떠한 대사나 눈물도 허락되지 않은 순간에도 이민지는 소현의 먹먹한 감정을 옮겨내는 데 성공한다.

　　이처럼 작고 소소한 뉘앙스마저 크고 선명하게 담아낼 수 있는 건, 이민지가 하얀 캔버스나 스크린처럼 배우 본인의 흔적을 일절 남기지 않을 만큼 순백한 얼굴과 담백한 연기 톤을 지닌 이였기에 가능한 일이었으리라. 특징 없는 얼굴과 어떠한 어젠다도 숨기지 않은 표정으로 보는 이들을 방심케 하고, 그 틈을 노려 어떠한 감정이든 투사해내는 이민지였기에.

각종 인터뷰에서 이민지는 여전히 자신의 외모에 대해 어떻게 생각하면 좋을지 입장을 정하지 못했다고 말한다. 때로는 독보적인 이미지를 지닌 동료들을 부러워하다가도, 어딜 가도 무난하게 어울리는 무채색 같은 자신의 얼굴이 자산이라 말하기도 한다. 하지만 〈응답하라 1988〉과 〈꿈의 제인〉을 모두 목격한 이들이라면 이제 알 것이다. 이민지는 어딜 가나 무난하게 어울리는 수준에 그치는 얼굴이 아니라, 그 어떤 작고 사소한 감정조차 선명하게 보여주는 압도적인 순백의 스크린이다.

누구의 아역이 아닌
현재형의 배우
진지희

"요즘 TV엔 10대가 없지 않아요?" 한 매체의 초청으로 나간 2015년 신년맞이 대중문화 좌담회, 맞은편에 앉아 있던 대담 참석자가 운을 뗐다. 가만, 무슨 소리지? 온갖 오디션 프로그램을 도배하고 있는 게 온통 10대들이고, 요즘 들어 10대 아역 배우들의 위상은 더 높아지지 않았나 말이다. 반문을 하려던 찰나, 상대가 말을 이어갔다. "예전에는 TV에 10대들의 이야기가 있을 자리가 있었잖아요. MBC 〈사춘기〉(1993~1996)나 〈나〉(1996~1997), KBS 〈학교〉(1999~2002, 2012~2013) 시리즈 같은 작품들. 당대의 10대들이 무슨 고민을 가지고 있고 어떤 일들을 겪고 있는지 보여주는 작품들이 있었는데, 요즘은 그 자리가 사라진 것 같아요. SBS 〈상속자들〉(2013) 보세요. 그게 어디 고등학생 이야기인가요? 재벌 3세가 등장하는 신데렐라 로맨스를 무대만 고등학교로 바꾼 거죠. TV 안에는 하이틴들이 보고 함께 공감할 수 있는 내용이 거의 없더라고요."

동의하자니 지난 몇 년간 등장했던 일련의 학원물들이 떠올랐다. KBS 〈정글피쉬〉 시리즈(2008, 2010)나 〈공부의 신〉(2010), 드라마 스페셜 〈화이트 크리스마스〉(2011)나 〈학교 2013〉(2013) 같은 작품들은 분명 준수한 작품들이었다. MBC 〈여왕의 교실〉(2013) 또한 연기파 10대 배우들이 대거 출연한 작품이었고 말이다. 하지만 그 작품들에 10대로 출연한 배우 중 절반가량은 촬영 당시 이미 20대였다는 사실과, 그 리스트도 2013년 어귀에 그쳤다는 게 마음에 걸렸다. 요즘 오디션 프로그램에 나오는 10대들은 어른들의 세상에 편입되려 노력하는 특별한 소수이고, 드라마에 등장하는 10대들은 대개 드라마에서는 성인 연기자들의 아역을 연기하고 쇼 프로그램에선 걸 그룹 섹시댄스를 추며 어른의 욕망을 대리한다. 그래, 10대들의 이야기가 한동안 뜸하긴 했네. 좌담 상대의 설명은 계속됐다. "그래서 요즘 10대들이 뭘 보나 연구해봤는데, TV를 아예 안 보는 학생들이 많아서 놀랐어요. 공감할 수 있는 이야기가 별로 없으니까요. 오히려 또래 BJ들이 운영하는 인터넷 방송을 본다고 답한 학생들이 더 많았어요." 지금만 해도 상식이 되어버린 이야기가, 그때는 그렇게 낯설었다. 정말 그런 걸까. 초등학생 때 〈사춘기〉를, 고등학생 때 〈학교〉를 보며 자란 나는 다소 당혹스러운 기분으로 좌담을 마쳤다.

좌담을 끝내고 돌아오는 길, 문득 내가 JTBC 〈선암여고 탐정단〉(2014)을 간과하고 있었다는 사실을 깨달았다. MBC와 JTBC를 차례로 '예능 왕국'으로 만든 여운혁 감독의 첫 드라마 연출작으로 더 유명한 작품이지만, 좌담에서 제기된 고민에 대한 답으로 그만한 작품도 없었다. 10대들이 주인공의 어린 시절이나 주인공의 자녀로 나오는 것이 아니라 그들 스스로 주인공인 작품, 그리고 무대만 고등학교인 신데렐라 재벌 로맨스가 아니라 입시 스트레스, 왕따, 자살, 낙태 등 당대의 10대들이 부딪힐 만한 이슈와 고민들이 줄거리의 뼈대를 이루는 준수한 학원물. 여자고등학교에서 탐정단을 자처하는 다섯 여고생이 각종 사건들을 해결하는 이 작품을 난 왜 까맣게 잊고 있었을까. 무엇보다, 열일곱이 된 진지희가 열일곱의 주인공을 연기한 작품이 아닌가.

돌이켜보면 진지희는 참 비범한 방식으로 대중의 시야에 들어왔다. 처음으로 그를 스타덤에 올린 작품인 MBC 〈지붕뚫고 하이킥〉(2009)에서, 진지희는 안하무인에 독설을 일삼는 가족의 막내 해리 역을 맡았다. 해리는 어린 소녀가 연기하기엔 다소 벅차 보이는 캐릭터였는데, 어지간한 막장 드라마의 악역만큼이나 많은 에너지를 소비해야 하는 소악마였기 때문이다. 집에 빌붙어 살게 된 식모 세경(신세경)과 신애(서신애)를 노골적으로 괄시하고, 세상을 '친구'와 '빵꾸똥꾸'의 이분법적 피아 구분으로 바라보는가 하면, 반장 선거에서 낙선하자 반 친구들을 폭행하려 달려드는 이 불세출의 악역. 김병욱 감독이 창조한 세계에서 해리와 비견할 만한 인물은 SBS 〈순풍 산부인과〉(1999)의 전설적인 괴물 미달이 정도가 근접할 뿐, 아예 대놓고 눈 밑에 점을 찍고 등장하며 막장 드라마를 패러디하는 해리는 전인미답의 캐릭터였다.

물론 해리가 마냥 괴물이기만 한 건 아니었다. 에피소드 중심의 구성이었던 〈순풍 산부인과〉와는 달리 〈지붕 뚫고 하이킥〉은 전체 스토리 중심의 구성이었고, 그 덕에 해리는 미달이가 미처 가지지 못했던 성장담을 가질 수 있었다. 무능력한 아빠(정보석)와 성적으로 자신을 닦달하기만 하는 엄마(오현경) 사이에서 의지할 곳을 잃은 채 인성이 망가진 해리는, 처음으로 자신의 패악을 받아주고 챙겨주는 세경과 함께 어울려주는 또래 친구 신애를 만나 성장한다. 괴물처럼 보였던 해리에게는 '무책임한 어른들의 방기'라는 납득할 만한 사정이 있었던 셈이다. 작품 초반엔 악역으로 출발했다가 끝에 가선 친구를 잃고 슬퍼하는 애잔한 소녀가 되어야 하는 이 기묘한 성장담을 진지희는 정확하게 연기해냈다. 그의 나이 열한 살의 일이었다.

JTBC 〈인수대비〉(2012)의 폐비 윤씨 아역이나 MBC 〈해를 품은 달〉(2012)의 민화 공주 아역 등 '누군가의 어린 시절'을 연기하지 않은 건 아니지만, 진지희의 필모그래피에 굵직한 글씨로 기록된 작품들은 대체로 또래가 경험할 법한 어둠을 그린 작품들이었다. 마치 무책임한 어른들 사이에서 괴물로 커버린 〈지붕 뚫고 하이킥〉의 해리가 그랬던 것처럼, 어른들의 학대를 피해 상상의 세계로 도망간 영화 〈헨젤과 그레텔〉(2007)의 정순이 그랬으며, 나잇값 못 하는 가족들에 몸서리치는 〈고령화 가족〉(2013) 속 질풍노도의 10대 민경이 그렇다. 어른들을 공포로 몰아가는 불가해한 아이, 담배를 태우고 가출을 하는 불량 청소년, 하지만 미워하자니 안쓰럽고 한 번쯤 돌아보게 만드는 소녀. 또래 배우인 김새론이 영화 〈여행자〉(2009)와 〈아저씨〉(2010), 〈바비〉(2012)와 〈도희야〉(2014)에 이르는 일련의 작품들을 통해 입양, 인신매매, 불법 장기거래, 가정폭력과 같은 극단의 고통을 연기하는 동안, 진지희는 또래들이 보다 더 쉽게 접할 만한 보편적인 고민을 연기해온 셈이다.

〈선암여고 탐정단〉에서 진지희가 맡은 채율 또한 그런 인물이었다. 아빠(최덕문)는 가정에 무신경하고, 세간에는 천재 아들을 키워낸 슈퍼맘으로 소문난 엄마(이승연)는 사실 그럴싸한 간판과 학벌을 중시하는 통제광이다. 외고 입시에 실패했으니 학업 수준이 낮은 선암여고로 전학해 전교 1등을 확보하고, 1년 뒤 미국으로 유학. 엄마가 멋대로 짜놓은 미래에 맞춰 입시만을 바라보며 달려온 채율에게 이 세상은 꼭 벌칙 같다. 그런 채율의 눈에 '탐정단'을 자처하며 등굣길 변태를 잡겠다고 날뛰는 동급생들은 한심하게만 보이지만, 어느새 채율 또한 입시 레이스 따위는 아랑곳하지 않고 당장 눈앞에 열중할 무언가에 전부를 바치는 '탐정단'의 열정에 전염된다. 염세적이고 냉소적이던 채율이 조금씩 마음의 문을 열고 살아 숨 쉬는 인물이 되어가는 과정을, 진지희는 전에 없던 진지하고 시니컬한 톤으로 연기해냈다.

무겁고 진지한 분위기의 동명 원작 소설과는 달리 드라마판 〈선암여고 탐정단〉은 시종일관 가볍고 발랄한 톤을 유지했다. 예능에서나 쓰일 법한 자막이나 컴퓨터 그래픽, 각종 효과음들이 장면 곳곳을 채우고, 중간중간 삽입되는 채율의 인터뷰는 마치 MBC 〈우리 결혼했어요〉에서나 나올 법한 방식으로 편집됐다. 그럼에도 이 작품은 자신들이 다루는 소재

의 무게마저 가벼이 여기지는 않는다. 왕따에 시달려 자살 시
도를 하는 소녀, 돈을 받고 시험 답안지를 빼돌리는 교장, 재
임용을 걱정해 뇌물을 건네야 하는 계약직 교사, 건드리면 폭
발할 것만 같은 입시 스트레스. 〈선암여고 탐정단〉은 이런 당
대 고등학교의 어둠을 정면으로 응시한다. 시트콤을 연상시
키는 작법에도 이 작품이 응당 갖춰야 할 품위를 잃지 않을
수 있었던 건, 작품 한가운데에서 정극 연기로 극의 무게중심
을 잡고 있던 진지희의 공이었다. 누군가의 아역을 연기할 때
가 아니라, 또래가 겪을 법한 보편적인 고민을 연기할 때 가
장 빛을 발하는 배우가 지닌 힘이다.

버티는 이에게
기회는 온다
황정음

　사회에 처음 발을 내디뎠을 무렵 그의 초년운은 그리 좋은 편은 아니었다. 수많은 아이돌 그룹들이 뜨고 지던 2000년대 초반, 기획사에 발탁되었을 때만 해도 그렇게까지 그 시절이 암울해지리라곤 상상하기 어려웠을 것이다. 체중 감량을 요구하는 회사의 관리를 피해 몰래 나무 밑에 떨어진 은행을 주워 먹으며 허기를 달래던 시절이었으니, 그보다 더 심한 마음고생이 남아 있을 것이라 어찌 예상할 수 있었으랴. 그가 그 쓸쓸한 시절을 무슨 생각으로 버텼을지 나로선 알 수 없다. 그저 토크쇼 프로그램 등에서 "나도 SES나 핑클 같은 선배들이 그랬던 것처럼, 요정 같은 이미지의 걸 그룹으로 활동할 수 있을 것"이란 생각을 했다고 말하는 걸 보며 어렴풋이 짐작해볼 뿐이다.

데뷔만 하면 모든 게 나아질 것 같았겠지만, 데뷔한 후에도 상황은 녹록하지 않았다. 사람들의 관심은 대부분 서툰 한국말과 어수룩한 표정으로 TV 예능 프로그램에서 두각을 드러내기 시작했던 재일 한국인 멤버 아유미에게 쏠렸고, 남은 관심의 대부분은 코끝 점이 매력적이었던 박수진에게 돌아갔다. 남은 두 멤버는 그룹의 일원이었으나, 사람들의 뇌리에 깊게 남진 못했다. 활동을 시작할 때만 하더라도 분명 그가 메인이었는데, 사람들이 즐겨 찾는 멤버들에게 가운데 자리를 하나둘씩 양보하고 나니 어느 순간 그는 가장 끝자리로 밀려나 있었다. 회사는 그의 몸에 맞지 않는 이미지를 요구했고, 그 요구에 고분고분 따른다고 해서 다른 멤버들에게 집중된 스포트라이트를 조금이라도 나눠 받게 되는 즐거운 일 같은 건 일어나지 않았다.

중학생 시절부터 동네 오빠들은 물론 지하철에서 마주친 의경에게 헌팅을 당할 정도로 돋보이는 외모의 소유자였던 그로서는 사람들의 관심에서 철저하게 멀어진다는 게 퍽이나 낯선 일이었을 것이다. 더군다나 그는 리틀엔젤스 예술단 활동으로 이미 몇 년간의 무대 경험을 쌓아왔던 터였다. 기획사에 소속되기 전부터 혹독한 반복 훈련과 엄격한 위계질서로 점철된 다년간의 트레이닝을 받아왔고, 남북 문화교류의 일환으로 평양 무대에도 올라갔던 그였다. 그 오랜 훈련과 고생을 거친 끝에 얻은 게 고작 '유명한 그룹의 안 유명한 멤버'라는 포지션이라는 건, 어린 그에겐 아마 고통스러운 일이었으리라. 그는 회사와의 계약이 끝나자 뒤도 돌아보지 않고 몸담고 있던 그룹 '슈가'를 탈퇴했다. 데뷔 2년이 채 되기도 전의 일이었다.

스스로 "지옥이 따로 없었다"고 표현했던 그룹 생활은 끝났지만, 그렇다고 바로 좋은 날이 온 것도 아니었다. '안 유명한 연예인'이란 건 생각보다 고통스러운 것이다. 알아보는 사람이 아무도 없어 깔끔하게 새로 시작할 수 있는 상황이라면 모를까, 어정쩡하게 얼굴이 알려진 상황에선 툭하면 "요샌 왜 TV에 안 나오느냐"는 질문과 마주쳐야 한다. 그 시절 그도 그랬을까? 모르긴 몰라도 그랬을 것이다. 그룹은 나왔으되 여전히 '그룹 슈가 출신'이라는 수식어를 떼어내진 못했고, 한창 SBS 버라이어티 프로그램 〈일요일이 좋다〉 '엑스맨을 찾아라'에 출연하던 시절에도 그는 사람들의 사랑을 받기보다는 "쟤는 뭐냐"는 떨떠름한 반응을 주로 얻었으니까. 세상은 그에게 관대하지 않았다.

새로 선택한 연기의 길도 만만치는 않았다. SBS 드라마

〈루루공주〉(2005)에서 작은 역을 받았지만, 드라마 자체가 워낙 엉뚱한 방향으로 화제가 된 탓에 그가 출연했다는 사실은 제대로 알려질 틈도 없었다. 같은 방송사의 드라마 〈사랑하는 사람아〉(2007)에 출연했을 때는 '발 연기' 논란에 몸살을 앓아야 했고, 그 후 출연한 작품들에서는 이렇다 할 인상 자체를 남기는 데 실패했다. 그 시기 그가 출연한 작품들을 나열해보면 그 리스트가 제법 길다. MBC 〈겨울새〉(2007), CH CGV 드라마 〈리틀 맘 스캔들〉(2008), MBC 〈내 생애 마지막 스캔들〉(2008), MBC 〈에덴의 동쪽〉(2008) 등이다. 아마 그가 출연한 장면을 떠올리는 게 쉽지는 않을 것이다.

슈가를 박차고 나온 지 4년이 넘도록, 그는 여전히 제 존재감을 세상에 알리지 못한 채 고군분투만을 반복 중이었다. 쇼 비즈니스 업계에서 7년을 일했는데 통장 잔고는 487원뿐인 기가 막힌 상황. 여자 연예인의 나이에 유달리 가혹한 한국에서, 나이 스물다섯에 데뷔 7년 차 중고 신인의 잔고가 그 모양이라는 건 결코 청신호가 아니었다. 심지어 연예인이 아닌 그 또래의 평범한 청년들도 스물다섯이면 슬슬 진로에 대해 진지하게 고민하게 되는 나이다.

그렇다고 그에게 다른 선택지가 있긴 했을까. 2009년 〈텐아시아〉와의 인터뷰에서, 그는 그 시절에 대해 이렇게 이야기했다. "내가 지금 와서 연예인 아닌 다른 일을 할 수 있을까 싶었다. 어디 가서 아르바이트를 할 수도 없는 거고. 아빠가 일을 하시긴 하지만 전처럼 엄마가 함께 일을 하시는 것도 아니고. 그리고 내가 어렸을 때부터 무용을 했는데, 예중하고 예고 보내려면 정말 많은 돈이 나간다고 하더라. 그렇게 부모님이 고생 많이 하셨으니까 이젠 내가 도움을 드리고 싶었다."(강명석, "뛰어넘지 말고, 하나씩 하나씩 해나가고 싶다", 〈텐아시아〉, 2009년 10월 28일 자) 그것은 흡사 자신을 뒷바라지해준 부모에게 보답하기 위해서라도 포기해선 안 된다고 스스로를 다잡는 고시생과 같은 마음이었으리라.

일은 희한한 방향에서 풀렸다. 당시 실제 연인인 그룹 SG 워너비의 멤버 김용준과 함께 MBC 가상 결혼 예능 〈우리 결혼했어요〉에 출연해보지 않겠느냐는 제안을 받은 것이다. 결혼을 장담하기엔 너무 어린 연인들 입장에서는, 만천하에 자신들의 연애를 공개하는 게 다소 부담스러운 일이었다. 그는 고민 끝에 제안을 받아들였다. 자신을 세상에 알릴 수 있는 기회가 될 것이라 생각한 것이다. "안 하고 후회하는 것보다 하고 후회하는 게 낫겠다"며 내린 그 선택은 그의 인생을 180도 바꿨다. 드디어 전 국민이 그의 이름 석 자를 제대로 외우기 시작한 것이다. 황, 정, 음.

그 뒤로 이어진 황정음의 행보를 새삼 길게 이야기할 필요는 없을 것이다. MBC 시트콤 〈지붕 뚫고 하이킥〉(2009), SBS 드라마 〈자이언트〉(2010), MBC 〈내 마음이 들리니〉(2011), MBC 〈골든 타임〉(2012), SBS 〈돈의 화신〉(2013)을 거치는 동안 그는 매번 연기력 논란에 시달리면서도 그 논란을 정면으로 돌파해냈고, 매번 비슷한 배역을 맡는다는 비판 속에서도 조금씩 다른 모습을 보여주는 데 성공했다. KBS 드라마 〈비밀〉(2013)을 통해 마침내 연기로도 인기로도 크게 이의를 제기할 수 없는 배우가 될 때까지, 〈우리 결혼했어요〉에서부터 딱 4년이 걸렸다. 성공에 대한 이야기는 이쯤 해둬도 좋을 것이다. 이 글은 그의 성공이 아닌 그의 실패들에 대해 이야기하기 위한 글이니까.

동시대를 살아가는 동갑내기 입장에서 감히 이야기하자면, 그가 경험했던 실패들은 또래 청년들의 보편적 경험과 크게 다르지 않다. 성인으로 내디딘 첫 발걸음은 불만족스럽고, 일은 자신의 생각처럼 되지 않으며, 목표는 저 높이 있는데 현실은 그저 갑갑할 따름인 상황. 나 혼자만 제자리걸음인 것 같은데 시간은 너무도 빠르게 흐르는 청춘의 어떤 암울함. 드라마틱한 성공을 제외하면 그의 경험은 처음 본 수능을 망치고, 처음 품었던 장래희망이 맥없이 좌절되는 걸 경험하고,

먼저 취직한 친구들을 보며 스스로를 자책했던 나와 내 또래의 경험과 그 궤를 같이하는 것이다.

연예인의 인생에 평범한 우리의 삶을 등가 비교하는 건 무리다. 평범한 우리 중 대부분은 황정음처럼 엄청난 성공을 거두진 못할 것이며, 사소한 승리와 자잘한 좌절을 반복하며 하루하루를 살아갈 것이다. 하지만 한 가지는 확실하다. 겹겹이 쌓인 좌절 앞에서 포기했다면 지금 우리가 알고 있는 황정음은 없을 것이다. 쉴 틈 없이 세상에 얻어맞으면서도 어떻게든 버텨내야, 예상치 못한 기회라도 잡아볼 수 있다. 당장의 실패로 자신의 인생 전체를 재단하지 않는 것. 2013년 11월, 수능이 끝난 직후 신문에 발표한 이 글에서 새삼스레 황정음의 기나긴 실패를 되짚어가며 이야기하고 싶었던 것은 그런 것들이었다.

이승한 작가님의
머리말을
반복해서
읽는 중입니다.

· · · · ·

위로에 재능 없기론
저도 둘째가라면
서러운 사람인데.

누가 더 잼병인지
결투 신청하고 싶네.

간곡한 위로의 선행조건들을
다시금 짚어봅니다.

위로는 공감에서 나오고
공감은 인간에 대한
이해로부터 나오는 것인데,

정말이지 해가 갈수록,

이해의 과정

지성

애정

이 이해라는 것이 참

싸 ⸱ 늘

고난도의 정신노동임을

그냥 날계란이잖아?!

펄 펄 펄

바글 바글

절감하게 됩니다.

노른자가 퍼렇게 질렸다!

나라 안팎으로
힘든 시기라

빠 직

'이해'라는 엄청난 정신 에너지를
남에게 할애할 여력이 없으니

더더욱 어렵게만 느껴지네요.

귀찮아.

그래도,

마지막으로
딱 한 번만 더

쓸데없는 걱정을
해볼까요.

연예인
걱정.

연예계란

대중의 숭배와 혐오라는
땔감으로 돌아가는 곳.

정확히 이해하고
공감하는 상대를

맹목적으로
숭배하거나
혐오하는 일은
드물죠.

그렇기에
저는 오늘도
쓸데없이

진심 어린 위로의
사각지대에
놓여 있을

이 화려하고 아름답게 빛나는
사람들을 걱정합니다.

걱정이란

그리 세련된
위로의 방식은
아니지만

세상 구석에서
이것저것 걱정하는 것이

제 나름의 춤사위
아닐까 합니다.

ⓒ 이승한 들개이빨 2017

초판 1쇄 인쇄 2017년 11월 1일
초판 1쇄 발행 2017년 11월 6일

지은이 이승한 들개이빨
펴낸이 이상훈
편집인 김수영
기획편집 정진항
마케팅 조재성 천용호 박신영
경영지원 이해돈 정혜진 장혜정 이송이

펴낸곳 한겨레출판(주)www.hanibook.co.kr
등록 2006년 1월 4일 제313-2006-00003호
주소 서울시 마포구 효창목길6(공덕동) 한겨레신문사 4층
전화 02)6383-1602~3 팩스 02)6383-1610
대표메일 book@hanibook.co.kr

ISBN 979-11-6040-105-9 03810